KB261613

서버
SERVER

오딘 퓨전 판타지 소설
FUSION FANTASTIC STORY

서버 1

오딘 퓨전 판타지 소설

초판 1쇄 찍은 날 § 2007년 7월 24일
초판 1쇄 펴낸 날 § 2007년 7월 31일

지은이 § 오딘
펴낸이 § 서경석

편집장 § 문혜영
편집책임 § 유혜림
편집 § 이재권 · 유경화

펴낸곳 § 도서출판 청어람
등록번호 § 제1081-1-89호
등록일자 § 1999. 5. 31
어람번호 § 제1-0859호

주소 § 경기도 부천시 원미구 심곡1동 350-1 남성B/D 3F (우) 420-011
전화 § 032-656-4452 팩스 § 032-656-4453
http://www.chungeoram.com
E-mail § eoram99@chollian.net

© 오딘, 2007

ISBN 978-89-251-0820-9 04810
ISBN 978-89-251-0819-3 (세트)

오딘 퓨전 판타지 소설
FUSION FANTASTIC STORY

SERVER

서버

1

"차원 관리자?"
"세상에는 수많은 차원이 있고 그런 차원들을 관리하는 사람이랍니다. 그리고 평생 보장직입니다.
특근수당, 야근 수당, 연금, 의료보험, 아이들 교육비 지원됩니다."
우연한 기회에 철밥통을 움켜쥔 사나이.
철밥통을 지키기 위한 그의 좌충우돌 직업 인생이 시작된다.
하지만 그의 고난은 이제부터 시작이다.
그가 원하는 것은 단 하나.
"좀 상식적인 애들은 없는 거야?"

도서출판 청어람

Contents

Part 1

로그인

SERVER

"로그인하시겠습니까?"

화면에 뜬 메시지를 보면서 상일은 한숨을 쉬었다. 겜생겜
사라고 나름대로 게임에 관한 한 누구에게도 밀리지 않는다
고 생각했다. 나름대로 그 안에서는 인간관계도 충실하고 또
사람들도 많이 만난다고 생각했다. 길드장이라는 것도 해보
고 동료들과 공성전도 했다.

그런데 군에 다녀오니 그게 아니었다. 2년여 만에 복귀한
게임상에서 그는 충격을 받을 수밖에 없었다. 그가 없는 사이
에 게임의 만렙은 풀렸고 자신과 게임을 하던 동료들은 너도
나도 새로운 만렙을 향해서 달리고 있었다. 자신을 기억하는

사람도 얼마 없었고, 그나마 기억하는 사람들조차 하는 말은 단 한 마디.

"어, 왔냐?"

그 말뿐이었다. 다들 사냥 나가고 공성전하며 2년 만에 그가 돌아왔건만 반기는 사람이 없었다.

"결국 난 이 정도였냐?"

자신도 만렙이 풀렸다는 사실을 알고는 기를 쓰고 키우려고 했지만 사냥터를 선점한 자들로부터 번번하게 죽었다. 사냥터는 좁고 레벨업할 사람은 많고 거대 길드는 아예 장소를 차지하고는 끊임없이 자신들의 구역을 넘보는 자들을 죽이고 있었고, 그 결과 거대 길드에 속하지 못하면 사냥조차 제대로 하기 힘들었다.

그리고 그가 만든 작은 길드는 그의 캐릭터를 제외하고 단한 명만 남아 있었다. 군대 가기 전 만나던 애인, 그리고 100일날 자신을 찬 여자의 캐릭터는 그날 그 렙 그대로 남아 있었지만 사람은 들어온 지 2년이 다 되고 있었다.

"휴… 너도 나 같은 신세구나. 버림받고, 세월에 도태되고, 아무도 안 찾아주고."

그나마 길드 마스터라 상태는 볼 수 있었지만 누구도 관리하지 않은 캐릭터만 남아 있는 길드가 운영이 될 리 없었다. 원래가 대규모의 공성 길드라기보다는 친목 길드로 만들었기 때문이다.

"그래, 새로 시작하자. 기를 쓰고 해봐야 뭐 하겠냐. 만 레벨을 찍어도 결국 또 풀리면 그거만을 향해서 달려갈 것을."

그는 마지막으로 그렇게 중얼거리고는 자신의 남아 있던 캐릭터를 두고 그대로 나왔다. 더 이상 이 게임을 할 자신이 없었다. 좁은 사냥터에서 기계적으로 사냥을 하고 렙이 오르면 그냥 장비나 맞추러 다니는 그런 인생 말고 다른 게임을 하고 싶었다.

사람이 아닌 엔피씨와 대화하는 그런 게임이 아니라 사람끼리 진짜로 인연을 만들 수 있는 게임을 말이다. 물론 2년 만에 사회 복귀한 그가 그런 게임을 찾을 수 있을 리가 없었다.

그렇게 얼마나 인터넷을 뒤졌을까? 수많은 게임들이 나왔지만 대부분 전처럼 오랜 시간 사냥을 하는 게임 아니면 대화할 틈이라고는 없는 즉효성 게임들뿐이었다. 그때 그의 눈에 들어온 새로운 게임의 이름이 보였다.

"서버? 무슨 게임 이름이 이래?"

가장 바닥에 있는 게임 이름에는 서버라는 이름이 등재되어 있었고 거기에는 어떤 설명도 없었다. 그는 무언가에 홀린 것처럼 그 안에 들어갔고, 회원가입을 한 후 게임을 다운받았다. 아니, 다운받으려고 했지만 그냥 시작이라는 스위치를 누르니 알아서 접속이 되었다. 원래 컴에 깔려 있는 것처럼. 그리고 거기에 보이는 수많은 서버의 수는 약 100개 정도 되어 보였다.

"오! 사람 봐라? 이게 이렇게 유명한 게임인가? 그런데 뭔가 이상한데?"

그는 서버를 고르기 위해서 잠시 돌아다니다가 피식 웃었다.

"7번 서버 지구 접속자 55억이라… 미친놈들, 구라를 쳐도."

전 세계에 55억이라는 인구가 한 서버에 접속한다면 그걸 처리할 수 있는 컴은 세상에 없을 것이다. 아니, 이론적으로 전 인간이 여기 접속해 있다면 다른 서버에 접속한 사람들은 어디 외계인이란 말인가?

"뭐, 지들 마음이지. 후후, 그나저나 다른 서버로 가야겠다. 여기 말고 좀 한적한 곳 없나?"

한참을 고른 그는 11번 파인서버를 선택했다. 인구는 대략 5억 정도. 그중에서는 좀 한적했다. 물론 이 구라를 믿는다는 조건하에 말이다.

"새로운 존재를 만드시겠습니까?"

"응? 존재? 캐릭터를 새로 부르는 건가? 뭐, 친근감있네."

상일은 새로운 캐릭터를 만들면서 한참을 고민했다. 그리고는 문득 자신의 캐릭터와 함께 버려진 전 게임의 여자 친구 캐릭터가 생각났다.

캐릭터 사이에서 관계가 있다면 나름대로 그것은 자신을

기다려 준 셈이고 어찌 보면 자신조차 버린 캐릭터를 옆에서 그 게임이 종료되는 순간까지 지켜줄 테니까. 둘만의 길드에서 말이다.

"내가 미쳤지. 군대까지 다녀온 놈이 이런 감상적인 생각에 빠지다니."

그는 그렇게 이야기하면서도 그대로 만들기 시작했다.

"어디 보자, 직업은… 뭐 이리 많아? 전사 계열, 상인 계열, 귀족 계열? 일꾼 계열까지? 얼래? 노예 계열은 뭐야? 우선은 게임이니 전사로 하고… 하위 직업이 뭐 이리 많아? 사냥꾼, 용병… 등등이라… 오, 기사라? 기사 좋지."

상일은 느긋하게 기사를 선택했다. 전에 한 게임에서도 전사를 했고 어느 게임에서나 전사가 가장 필요한 직업 중 하나이니 말이다.

사실 전사는 어느 게임에서는 그리 인기있는 직업은 아니지만 어느 게임에서나 존재하는 공기 같은 직업이라고 할 수 있다. 드러나지는 않지만 가장 필요한 직업, 그것이 전사였다. 거기다 기사라는 직업이 특별하게 있는 것이 아니라서 그는 기사를 택한 것이다. 그가 생각하는 전사 이미지에서 가장 잘 어울린다고 생각했으니까.

"직업은 이렇게 하고. 나이? 나이까지? 소속에 엄청나게 까다롭게 만들었네."

서버라는 게임이 얼마나 화려한지는 몰라도 게임이 너무

복잡하면 사람들이 떠나기 마련이다. 그런 면에서 잘 만든 게임은 아닌 듯하지만 어쩐지 그의 관심은 그렇게 느끼고 있었다.

"다 됐다."

나름대로 캐릭터를 만든 상일은 느긋하게 생성 스위치를 눌렀다. 하지만 화면에 뜬 모습은 그를 황당하게 하기에 충분했다.

접속까지 하루가 걸립니다.

"뭐야? 대기자가 그렇게 많은 건가?"

나름대로 사람이 없는 곳에서 조용히 게임을 하고 싶어서 사람이 없는 곳을 골라서 캐릭터를 만들었는데 접속까지 하루라니, 아무리 제대하고 할 것이 없는 처지라고 하지만 그렇게까지 사람을 기다리게 하는 게임을 할 생각은 들지 않았다.

"내 더러워서 안 한다."

상일은 컴퓨터를 꺼버리고는 그대로 자신의 침대로 누웠다. 복학까지 남은 시간은 앞으로 2개월 정도. 애매한 시기에 군대를 가서 복학마저 늦어진 상황이라 당장 할 것도 없었다.

"그냥 아르바이트나 구해볼까?"

그는 그렇게 이런저런 생각을 하면서 천천히 잠들었다.

“이봐. 일어나, 빨리!”

누군가 깨우는 소리에 상일은 허겁지겁 튀어 올랐다. 아직 군에 있을 때로 생각한 그는 반사적으로 소리가 튀어나왔다. 최소한 자신에게 반말을 하는 사람이 쫄따구일 가능성은 없으니.

“병장 박상일!”

“뭔 소리야! 기사가 병장이라니. 빨리 나와. 긴급 출동이다. 마을에 오크 무리가 나타나서 난리를 피우나 봐.”

“아…….”

순간 멍하니 일어난 그는 자신을 흔들고 있는 갑옷을 입은 기사를 바라보았다.

처음 보는 얼굴, 처음 보는 갑옷, 처음 보는 방. 하지만 홀연히 머릿속에 생기는 기억.

“한스?”

“잠이 덜 깬 거야? 기사대장이 난리 피우기 전에 빨리 일어나. 긴급 사태라고. 실전이야, 실전!”

잠이 덜 깬 상태에서 채 마음을 다잡기도 전에 그는 시종의 도움을 받아서 갑옷을 챙겨 입고는 연병장으로 튀어나갔다. 연병장은 그들의 동료들로 그득했고 그들은 줄을 서기 위해서 우왕좌왕했고 먼저 온 선배들은 눈치를 주면서 줄을 세우고 있었다.

"긴장되지 않냐?"

"응?"

"던젤, 넌 긴장 안 되냐고. 첫 실전이잖아. 상대가 오크이긴 하지만 뭐 첫 실전 상대로는 쓸 만하지. 후후."

동기인 한스의 말을 들으면서도 상일은, 아니, 던젤은 정신을 차리지 못하고 있었다. 머릿속에 산재해 있는 두 가지 기억. 상일이며 얼마 전 군을 제대한 한국인으로서의 기억, 그리고 던젤이며 이제 초급 기사 직을 받은 신출내기 기사의 기억. 그가 아직 어떤 상황인지 채 알기도 전에 선배 기사는 그들을 다그쳤다.

"이 자식들아, 아직도 여기가 학교인 줄 알아? 빨리 가서 안 뛰어!"

얼떨결에 뛰어간 자리에는 병사들이 서 있었고 자신은 부소대장으로서 소대장 역할을 하는 기사 옆에 서야 했다. 따로 기사단이 있기는 하지만 그런 기사단은 정예병, 어느 정도 경험이 쌓여야만 갈 수 있었다.

"여, 여전히 잠이 덜 깬 얼굴이군 그래, 던젤."

자신 소대의 소대장이자 동기와 이름이 같은 한스 기사는 그를 보면서 싱글거리며 웃었다. 하지만 상일이자 던젤은 웃을 수가 없었다.

'도대체 내가 어떻게 저 사람을 알고 있는 거지?

그런 생각을 하면서도 그의 몸은 자연스럽게 줄을 맞춰서 대열을 정비했다. 그리고 잠시 후 나오는 중년의 기사.

"여러분, 방금 급박한 보고가 들어왔다. 여기서 약 반나절 거리에 있는 마을을 오크 무리가 급습했다는 보고이다. 가을이 깊어지고 오크들 역시 식량을 구하기 위해서 급습하는 경우는 많았지만 이번에는 그 수가 상당히 많은 모양이다. 전령의 보고에 의하면 선발대만 200이라고 하니 상당한 양이다. 지금 그 마을을 비롯한 주변의 마을은 성곽을 닫은 채로 저항을 하고 있다고 하지만 원래가 개척지로 만들어진 마을이 아닌지라 방어가 부실하다. 그래서 우리 하얀장미연대가 지원을 나가기로 했다. 실전이니 처음 온 기사들과 병사들은 정신을 바짝 차리고, 기존에 있던 병사들은 그들을 잘 통제해 주기 바란다. 시간이 없으니 말은 아끼도록 하겠다. 황제의 영광이 함께하기를 빈다."

짧은 말을 마친 연대장을 따라서 연대는 천천히 움직이기 시작했다. 그때까지 기억을 정리하고 있던 던젤 역시 전혀 아는 바 없지만, 아니, 알고 있지만 자연스럽게 따라가면서 정신을 가다듬었다.

'생각을 해보자. 어젯밤만 해도 난 내 침대에 잠들었는데, 난데없이 기사라니. 거기다 기억까지 완벽한 기사라니. 이게 뭔 상황이야? 설마 진짜 호접지몽이라도 꾸고 있는 것인가? 하지만 그것치고는 너무 생생한데, 아니, 생생 정도가 아니라 완벽한 기억이라고. 호접지몽은 한쪽은 나비 같은 곤충이기라도 하지, 난 뭐야? 둘 다 인간인데 이렇게 완벽하게 기억이 공존할 수가 있나?

그때 그의 기억을 스치는 한 가지가 있었다. 자신이 자기 전 만든 캐릭터. 정신이 없어서 하나도 생각을 하지 못했지만 너무나 지금의 상황과 맞아떨어지고 있었다.

'그… 그때 캐릭터 이름이 던젤이고, 기사에, 나이 20에, 이것저것……'

그는 화들짝 놀라서 가지고 있던 방패를 들었다. 전쟁터에 거울 따위를 가지고 다니지 않으니 얼굴을 비출 만한 것은 미리 반질반질 닦아둔 방패뿐이었다. 그리고 거기에 나오는 검은 머리에 갈색 눈, 약간은 백인 비슷하면서도 황색이 도는 구릿빛 피부, 자신이 만든 그것과 너무나 비슷했다.

'이 무슨 황당한 일이……'

던젤이 그렇게 멍하니 그걸 바라보고 있자 옆에 서 있던 한스가 그의 머리를 툭 쳤다.

"얌마, 오크 미녀라도 꼬실 생각이냐? 그걸 왜 그렇게 봐?"

"아, 아닙니다."

"아니긴. 이 녀석 학교에서는 순둥이라고 하던데 소문 잘못 난 거 아냐? 전쟁하러 가는 놈이 실실 방패 보면서 미모나 꾸미고. 설마 그 마을에 아리따운 처자라도 기대하는 거냐?"

"그건 아닙니다만……"

"후후. 안다, 알어. 나도 너 같은 초년병 시절에는 거 있잖
아, 목숨을 구해준 기사와 소녀의 아리따운 사랑 그딴 거 꿈
꿨지. 근데 너처럼 노골적으로 티 안 냈거든."

그 말에 그들의 뒤를 따르던 병사 하나가 자신도 모르게 킥
킥거리고 웃다가는 던젤이 노려보자 바로 웃음을 멈추고 고
개를 숙였다. 아무리 초임이라고 해도 기사는 기사니까 전쟁
에서는 기사의 즉결 처분권이 보장된다.

"뭘 그리 겁을 주냐. 말했지, 계급을 떠나서 등을 맡기는
것은 동료라고. 너도 전투를 해보면 알 거다. 그나저나 정신
차려. 얼마 안 남았다."

그가 이런저런 생각을 하는 사이 아무래도 상당한 거리를
온 모양이었다. 그리고 그 말에 상일의 기억을 던젤의 기억이
압도하기 시작했다. 이들에게 남은 것은 침대와 컴퓨터 게임
이 아니라 진짜 피 터지는 전쟁이었다.

"전원 전투 대기!"

연대장의 목소리는 어떤 도구도 이용하지 않았음에도 병
사들의 귓속을 울렸고 병사들은 분분하게 대열을 맞추기 시
작했다.

"생각보다 상태가 심한데?"

한스 소대장은 평소와는 다르게 심각한 얼굴로 마을 쪽을
바라보았다. 아직 마을의 방어선은 무너지지 않았지만 조만

간 무너질 것이 확실했다. 보고와는 다르게 오크의 수도 상당한 것이 아마 본대도 도착한 모양이었다.

"그나마 우르크가 아니니 다행이네."

우르크는 오크에서 진화했을 거라고 추정되는 종족이다. 오크와 다르게 어느 정도 지성도 있고 전투력도 강하고 사회성도 있다. 다만 그 목적이 살육이라는 목적뿐이 없다는 것이 문제지만, 그들에게 있어서 모든 행동은 미래의 학살과 전투를 위한 행동이다.

"수는 대략 2천! 더 이상 지체할 시간이 없다. 전원 전투 준비! 궁사들의 선공으로 공격한다. 창수와 방패수는 돌격해 오는 오크들을 저지하라."

몇 번이나 배운 기본 진형. 하지만 실전에서 써먹는 것은 처음.

"던젤, 넌 무리하게 오크 잡을 생각 하지 말고 병사들을 공격하는 오크들의 뒤를 쳐라. 그게 더 효율적인 작전이고, 병사들이 패닉에 빠지지 않게 하는 방법이다. 그리고……."

나름대로 설명을 해주는 한스의 말은 연대장의 고함 소리에 묻히고 말았다.

"사격!"

"우와!!"

"발사!"

활을 쏘는 것과 동시에 오크의 신경을 분산하기 위해서 병사들의 함성이 터져 나왔다.

목책을 부수기 위해서 사력을 다하던 오크들은 거대한 함성을 듣고는 그제야 다른 인간이 있다는 것을 알고 고개를 돌렸다. 그리고 그들의 머리 위로 쏟아지는 무수한 화살들.

"전 궁수는 자유 사격!"

궁수들의 활들이 먼저 그들의 진형을 헤집었다. 아니, 정확하게는 그들에게 딱히 진형이 있는 것은 아니지만 그것만으로도 그들의 신경을 분산시키는 데 충분했다. 그리고 예상대로 새로운 인간 무리들을 향해서 오크들이 달려오기 시작했다.

"좋아, 적이 분할되었다. 전원 전투 준비!"

한스의 고함 소리를 들은 던젤은 이를 악물고는 손에 힘을 주었다. 첫 실전이다. 당연하게도 엄청나게 긴장이 되었다. 몬스터를 죽여본 적이 없는 것은 아니다. 학교에서 훈련용으로 잡은 몬스터를 죽인 적도 있다. 하지만 그 몬스터들은 무기도 없고 혼자다.

하지만 여기 오크는 무기도 있고 수도 많고 결정적으로 만일을 위한 구속 장치 따위는 없었다.

"쿼칙."

오크들의 거친 숨소리가 여기까지 들리는 듯하고 그 역겨운 냄새는 먼저 도착해서 코를 간질였다. 그리고 엄청난 소리와 함께 전방에 병사들과 오크들이 충돌했다.

콰직!

"크윽!"

"취액."

사람들의 비명 소리와 오크들의 비명 소리가 함께 울리면서 그 녀석들의 돌파력이 상실되는 순간, 대기하고 있던 병사들이 치고 나가기 시작했다.

"찔러!"

훈련받은 대로 방패 뒤에서 창으로 오크를 찌르는 병사들. 오크들은 창이 없거나 있어도 짧은 창이기 때문에 방패를 부수고 돌파하는 수밖에 없었고, 당연하게도 방패병들은 자신의 목숨줄인 방패를 놓을 생각이 전혀 없었다. 하지만 완력에서 앞서는 오크이니만큼 아주 막을 수는 없었다.

"저기 막아!"

한스의 명령을 받은 던젤은 방패가 부서지면서 그대로 도끼에 죽어버린 병사를 대신해서 오크를 가로막았다.

"취익."

"닥쳐!"

검술이라고는 전혀 배운 기억이 없는 상일의 몸과는 다르게 지금의 몸은 자연스럽게 오크의 심장을 찔렀고 오크는 부르르 떨다가 그대로 멈추고 말았다. 하지만 애석하게도 칼이 빠지지 않았다.

"어어."

"병신 같은 자식아! 적당히 찔러야 할 거 아냐!"

너무 세게 찌른 나머지 그대로 관통한 칼은 쉽게 빠지지 않았고 그 뒤로는 연이어 오크들이 달려들었다.

"에라 모르겠다."

상일은 그대로 오크의 시체를 방패로 삼아서 그 오크들을 막았고, 그의 등 뒤에서는 병사들이 다가오는 오크들을 향해서 창을 휘둘렀다. 그리고 한참이 지나서야 칼을 뺀 상일은 이제는 혼전에 치닫고 있는 상황에 돌아다니며 위급한 병사들을 도와주거나 또는 등을 보인 오크를 공격했다.

'이거 스틸 아닌가?

이런 상황에서도 그런 생각을 하는 상일. 스틸이라면 스틸이지만 게임과는 다르게 화를 내기는커녕 대부분 기뻐했다. 얼마나 싸웠을까?

오크들은 대부분 정리가 되고 있었다. 오크가 힘이 좋다고는 하지만 체계적인 훈련을 받은 적도 없고 단결이나 협동 같은 고등한 생각은 태생적으로 무리기 때문에 인간에게 이기기는 무리였다. 작은 마을의 민병대라면 모를까, 제대로 훈련을 받은 부대에게는 말이다.

"첫 실전치고는 잘했는데?"

한스 소대장은 녹색의 피가 덕지덕지 묻어 있는 자신의 칼을 헝겊으로 닦으면서 다가왔다. 오크의 피라고 해도 염분이 포함되어 있기 때문에 장시간 그냥 두는 것은 좋지 않으니까.

"시체로 방패를 삼다니 적절한 임기응변이었다."

"가, 감사합니다."

"하지만 경험이 부족했어. 그렇게 찌르면 칼이 봉쇄되어 버리니 주의해야지. 그나저나 저쪽도 정리가 되는 모양이군 그래."

마을 쪽에 남아서 공격하던 오크들 역시 아군이 당하고 여기서 연신 화살을 날리자, 대부분 도망가고 없었고 살아남은 몇 놈들은 병사들에게 사로잡히고 있었다. 아마도 마법사의 실험 대상이 되던가, 아니면 기사학교로 가서 학생들의 실전 훈련 대상이 될 것이다.

"오늘은 저 안에서 쉴 수 있겠는걸? 작은 마을이지만 시원하게 맥주 정도는 마실 수 있겠지."

"휴……."

처음으로 실전을 겪은 밤, 상일은 여관의 침대에 누워서 한숨을 쉬고 있었다. 자신이 만든 캐릭터는 기사. 확실히 기사로서 역할을 하기는 했지만 자신이 생각한 것과는 다른 역할이었다. 파티의 몸빵으로 몬스터의 공격을 몸으로 막으면서 버티는 그런 게 아니라 다른 직업과 마찬가지로 칼질 한 방이면 죽는 것은 마찬가지, 실시간으로 들어오는 힐도 없고 데미지 딜러도 없고 마법사도 없는 그저 좀 더 방어구가 좋은 인간에 지나지 않았다. 다만 그걸 사용하는 데 좀 더 능숙하다는 것이 다일 뿐.

"이게 아닌데……."

자신은 그냥 게임을 하고 싶었을 뿐이었다. 그냥 게임을 조용하게 즐기고 싶었을 뿐인데.

그러는 사이 온몸에 피곤이 몰려오기 시작했다. 사실 하루 종일 싸우고 버티면 인간이 아니다. 아무리 기사라고 해도 그럴 수는 없었다.

"이건… 아닌데……."

그렇게 중얼거리면서 상일은 천천히 잠들었다.

"일어나……."

누군가가 깨우는 목소리, 그리고 자신을 흔드는 손.

"10분만……."

어제 일이 꿈이라고 생각하고는 10분만 더 자고 싶은 마음에 밍기적거렸지만 누군가 자신의 머리를 후려치는 통에 잠이 몽땅 달아났다.

"야 임마! 여기가 무슨 집이냐?"

"아우~"

고통에 찬 비명을 지르면서 일어나는 상일, 그리고 그 앞에 서 있는 자신의 동기인 한스. 아침부터 뭐가 좋은지 싱글거리고 있었다.

"뭐야, 꿈이 아니잖아?"

"꿈? 무슨 꿈? 무슨 야한 꿈을 꾸셨기에 그렇게 아쉬워해. 그럼 지금이 현실이지, 꿈이냐?"

어젯밤만 해도 자신이 한 일이 꿈이기를 그렇게 원하고 잠들었지만 일어난 이상 현실이었고 이제는 현실이라는 사실을 인정해야만 할 때였다.

"정신 차리고 순찰 준비해, 순찰 명령 떨어졌으니. 소대장들은 모두 회의 갔으니까 처음 혼자 하는 작전 지휘라고."

한스는 연이은 실전 투입에 흥분되는지 아직 시간이 있음에도 불구하고 상일을 재촉하고 있었다. 상일 입장에서는 환장할 노릇이었다. 아직 사태도 파악이 안 된 상황인데 순찰이라니. 어제 싸움이 있었으니 이 근처에 몬스터가 있을 리는 없지만 그는 아직 이쪽에 대해서 정확하게 상황을 이해하지 못하고 있었다.

"빨리 준비해. 이러다가 늦겠다고. 아, 난 동쪽 정찰이고 넌 서쪽이니까 누가 한 건 해서 오는지 내기나 해보자고. 후후후."

"뭐지?"

순찰을 나온 상일은 누군가가 자신을 바라보는 느낌에 고개를 돌렸다. 하지만 그곳에는 자신을 따라오는 소대원들뿐이었다.

"기사님, 뭐 이상한 점이라도 있습니까?"

어제 전투를 해서 오크를 몰아냈다고 해도 오크가 남아 있을 수가 있기 때문에 다들 긴장된 얼굴로 그를 바라보았다. 물론 오크의 지능으로 매복이나 그런 것을 하기는 힘들지만 본능적으로 어디 덤불 같은 곳에 숨어 있을 수는 있었다.

"아아, 아무것도 아니야. 그냥 누가 보는 듯해서."

아무리 뒤를 돌아봐도 아무것도 없는 상황. 하지만 그는 분명 누군가가 자신을 보고 있다는 사실을 알 수 있었다.

"그런데… 아무리 봐도 특이한 점은 없는 것 같은데."

오크들 역시 대부분 물러난 후였기 때문에 특별히 자신을 볼 만한 것이 없음에도 불구하고 자신을 바라보는 시선은 멈추지 않았다.

자신이 주변을 둘러봐도 보이지 않아서일까, 아예 대놓고 자신을 관찰하는 느낌. 상일은 자신이 동물원 원숭이가 된 느낌이었지만 더 이상 아무런 말도 하지 않고 앞서서 나가기 시작했다. 더 이상 이상한 행동을 하면 병사들이 동요할 수도 있기 때문이었다. 한 소대 정도 나와 있는 상황에서 어지간한 수의 적은 물리치겠지만 어제 물러난 오크는 제법 많았기 때문에 방심할 수는 없었다.

다행이라고 할까 불행이라고 할까. 어제의 전투에서 겁을 먹은 것인지 아니면 다른 무언가를 찾아서 식량을 구한 것인지 모르지만 더 이상의 오크는 보이지 않았다.

돌아와서는 한 건 올리고 온 한스에게 패배의 대가로 술을 사야 했지만 그것도 비상사태라는 말로 두루뭉술하게 넘길 수 있었다. 다른 한스가 나타나기 전까지는 말이다.

"비상? 무슨 비상?"

"아니, 전투가 끝난 지 얼마 안 됐으니까 다시 올지 몰라서 말입니다."

"걱정하지 마. 우리가 할 일은 끝났어."

"네?"

"우리는 기동 부대지 주둔 부대가 아니야. 벌써 이 주변까지 주둔군이 와 있는걸. 오늘 회의도 그들을 맞이하기 전에 구역을 나누느라 하는 거지. 아, 너희들은 신참이라서 잘 모르는군. 주둔군에게 일을 넘기고 나면 우리는 할 일이 끝나는 거야."

그 말에 광분하는 한스. 술을 그리 좋아하지 않는 던젤과 다르게 그는 애주가였다.

"던젤, 가자!"

결국 반강제로 그에게 끌려간 상일은 한스가 전부터 봐두었다고 하는 술집을 찾아들어 갔다. 작은 도시답지 않게 상당히 퇴폐적인 분위기였는데, 한스의 지론에 의하면 술이라는 것은 자고로 그런 분위기에서 먹어야 한다는 것이다. 물론 던젤은 아예 술을 즐기지 않으니 그런 것을 반가워하지 않지만 꼽사리로 따라온 한스 소대장은 한스에게 술 먹는 법을 안다면서 지들끼리 낄낄거리면서 술과 여자를 시켰다. 물론 여자를 부르는 그런 분위기의 술집이니까.

"저, 저기."

짙은 분향의 냄새 때문에 던젤은 얼굴을 찌푸리며 자신의 옆으로 들어오는 여자에게서 거리를 두려고 했다. 두 명의 한스들이야 벌써 여자 끼고 낄낄거리고 있지만 자신은 영 마음에 들지 않았다. 물론 이런 데서 일하는 여자라고 깔보거나하는 것은 아니다. 하지만 너무 과하게 나는 화장품 냄새는 그의 신경을 거스르게 하고 있었다.

"호호호, 너무 그렇게 싫어하지 마세요. 인생 다 그런 거 아니겠어요? 싫어도 좋아도 다 하면서 사는 거 뭐 가끔은 새로운 기회가 있기는 하지만 말이죠."

"싫어하는 건 아닌데 내가 좀 코가 예민해서 화장품 냄새가 좀……."

현대의 화장품도 많이 바르거나 하면 얼굴을 찌푸리는데 이곳은 화장 기술이 발달하지 않아서 그런지 유독 냄새가 심했다. 그 냄새를 죽인다고 향신료를 많이 넣은 모양인데 그것이 더 뒤섞여서 그를 괴롭게 하고 있었다.

"생각보다 예민한 분인가 보네. 뭐, 길을 잃은 안내자가 더 웃기기는 하지만."

"네?"

이해할 수 없는 말에 그녀를 바라보자 그녀는 슬며시 그의 귓가에 대고 중얼거렸다.

"박상일. 대한민국의 청년. 후후, 자세한 걸 알고 싶다면 따라오라구요."

그 말에 정신이 퍼뜩 드는 던젤이었다. 지금 자신에 대해서 알고 있다니 상당히 충격이었다. 그는 얼른 그녀에게 물어보려 했지만 그녀는 벌써 일어나 방을 나가고 있었다. 상일 역시 얼른 일어나서 따라나섰다. 지금이 아니면 자세한 상황을 알아내지 못할지도 몰랐다.

"뭐야? 벌써 한 건 한 거야? 이야, 던젤! 순둥이인 줄 알았더니만 작업 귀신인걸?"

"아뇨, 그게……."

"됐어, 나가봐. 여자 기다리게 하는 건 예의가 아니지."

그러면서 자신과 있는 여자를 꼬시는 소대장. 상일은 변명을 할까 하다가 아무런 말 없이 나와 버렸다. 이 세상은 철저한 남성 중심의 사회로 기억된다. 당연하게도 이런 것은 추대에 들지도 않으니까. 자신이야 별로 좋아하지 않는 상황이지만. 어쨌든 그녀를 따라서 간 곳은 여자들이 2차 작업실로 사용하는 3층 방이었다. 그곳에서 그녀는 들어오기 무섭게 담배 파이프를 채워서는 입에 물었다.

"나도 이런 복장으로 일하고 싶지는 않은데 말이야. 우선 자리에 앉아봐요. 설명해 줄 테니."

엉거주춤하게 자리에 앉는 상일, 그리고 침대에서 약간은 섹시한 모습으로 앉아 있는 여자. 하지만 그녀의 눈은 절대로 직업여성의 눈은 아니었다.

"박상일, 한국의 청년. 나이는 22세, 군 제대 후 복학 준비 중. 흔하디흔한 상황이로군요."

"저… 지금 이게 무슨 상황인지 설명을 좀……."

자신의 상태를 알지 못하는 상황에서 자신에 대해서 알고 있는 자를 만난다는 것은 기분 좋은 것은 아니었다.

"아, 소개부터 할까요? 이곳에서 내 이름은 캔디, 뭐 쓸모 없는 가짜이기는 하지만 어쨌든 당신을 데리러왔습니다."

"데리러와요?"

"네. 그전에 당신의 상황부터 이해시키는 것이 정상이겠네요."

"……."

이윽고 설명을 시작하는 그녀였다.

"사람들은, 정확하게 지구에 사는 사람들은 자신들만 존재한다고 말하는 사람도 있고, 또는 다른 우주인이 존재한다고 말하는 사람도 있습니다. 하지만 세상이라는 것이 그렇게 단순하지만은 않아요. 소설에 나오는 다른 차원들, 그것은 확실히 존재합니다. 다만 그걸 알아낼 방법이 없으니 모르고 있을 뿐이죠."

"네."

"우선 자세한 것은 나중에 배워야 하지만 대략적인 것만 알려 드리죠. 사실 당신 같은 사람은 상당히 오랜만에 나와서 저희로서도 당혹스럽긴 합니다만, 여기 들어온 것이 컴퓨터에서 들어온 거죠?"

"네, 그렇습니다."

"에… 게임을 하셨다고 하니 그거와 대입해서 설명하는 게 편하겠네요. 온라인 게임은 한 개의 게임 속에 수많은 서버가 있지요. 각각의 서버는 완전한 독립체로 존재를 하지만 기본 베이스는 같아요. 차원도 마찬가지입니다. 차원도 결국 신이 만든 세계, 완벽하게 각자 존재하기는 하지만 그 베이스에 있는 무언가는 같을 수밖에 없습니다. 뭐라고 설명하기 어려운데 게임으로 치자면 메인 서버? 하여간 그렇게 중심이 되는 축이 있습니다. 다만 게임은 같은 내용을 가지고 하지만 차원은 각각 다른 진화를 한다는 것이 다릅니다만, 어쨌든 보통 인간은 그걸 넘어가지 못합니다. 당신이 제1서버에서 마음대로 2서버나 아니면 100번 서버로 넘어가지 못하는 것처럼 말입니다."

"……."

"하지만 간혹 그걸 넘어가는 사람이 있지요. 누구인지 알겠습니까?"

알 리가 없지 않은가? 게임은 철저하게 개별적인 서버로 이루어진다. 1서버의 사람은 2서버의 사람을 만나기 위해서는 거기에 캐릭터를 새로 만들어야 한다. 결코 과거에 1서버에 가지고 있던 캐릭터로 만날 수는 없다.

"모르시는군요. 뭐, 유저는 아니니 그렇게 보일 수도 있죠. 설명드리자면 운영자라고도 합니다."

"아……."

사실 운영자가 마음대로 서버를 넘나드는 것은 아니다. 각자 관리하는 서버가 다르고 그 안에서 활동하니까. 하지만 자신이 원한다면 다른 서버에 캐릭터를 만들어서 들어갈 수도 있다. 물론 상담이나 하는 그런 사람이 아니라 어느 정도 직위가 있어야 하겠지만 말이다.

"이해가 빠르시군요. 맞습니다. 차원을 넘어갈 수 있는 존재는 역시 신이지요. 하지만 신만이 넘어갈 수 있는 것은 아닙니다. 신이 게임의 개발자라고 한다면 운영자는 따로 있습니다. 물론 그것이 아무나 시키는 것은 아닙니다. 타고난 재능도 있어야 하고 어느 정도 수련도 필요합니다. 무협지에 보면 수련을 해서 신선계로 간다는 이야기가 있지요? 아니면 선행을 쌓아서 천당으로 간다거나 하는 것 말입니다. 그것이 바로 자격입니다. 물론 그렇게 쉬운 것은 아닙니다만, 어쨌든 이동할 수 있는 자격은 상당한 노력이 필요합니다. 저 같은 경우에도 상당한 수련을 쌓아서 이런 세상이 있다는 것을 알았습니다만. 어쨌든, 그런데 간혹 신이 과도한 재능을 내리는 경우가 있지요. 그 이유는 모르지만 우리는 그 사람들을 안내자라고 합니다. 우리는 운영을 하지만 그들은 우리를 통제하니까요. 즉 우리는 그 세상에 직접 개입할 수가 없습니다. 하지만 그들은 개입이 가능하지요."

"통제? 개입? 무슨 말인지 모르겠습니다. 설명을 해주세요."

그러자 그 여자는 멍하니 상일을 바라보다가는 아차 하는 표정을 지었다.

"한 번에 넘어온 사람은 처음이라 자꾸 헷갈리는군요. 설명을 드리자면 여러분이 캐릭터를 만들 듯이 우리 역시 새로운 존재를 만들어서 그 세상에 들어갈 수도 있습니다. 아니면 기존에 있던 사람의 몸을 빌리는 것도 가능은 합니다만 그건 비상사태에만 가능하죠. 그리고 우리 같은 운영자들은 그 한계가 명확한데, 세상에 큰 영향을 줄 만한 존재를 만들어서 들어갈 수는 없습니다. 한 존재를 만드는 것은 그 주변에 관련된 모든 기억을 만든다는 것, 쉬운 일이 아니지요. 제가 이렇게 직업여성으로 온 이유도 그겁니다. 하위층은 세상에 큰 영향이 없기 때문에 우리로서는 부담이 없거든요. 하지만 상위자는 직접 개입이 가능한 만큼 중대한 존재를 만드는 것이 가능합니다. 또 가장 큰 특징은 다른 존재를 이동시킬 수 있다는 거죠. 사람이든 물건이든 물론 임의로 가능한 것은 아니고 신체적 접촉이 있어야 한다는 제약이 있습니다만, 그리고 권력도 강하고 말입니다. 아니, 그걸 떠나서 우리 관리자들이 만들거나 또는 끼어들 수 있는 직업도 만들어서 들어갈 수도 있지요. 가령……."

"가령?"

"황제 같은 거죠."

그 말에 상일은 침을 꿀꺽 삼켰다. 확실히 자신이 만들 때 귀족 계열에서 황제라는 직업이 있기는 했었다. 다만 그걸 선택하지 않았을 뿐.

"아시는 것을 보니 아마 보신 모양이군요. 하, 다행입니다. 그거 만드셨으면 이쪽을 바로잡으려면 얼마나 고생해야 할지 모르는데… 아, 말이 다른 곳으로 샌 거 같군요. 상일 씨 같은 경우에는 그런 겁니다. 신에게 선택되어서 안내자로 된 거죠. 물론 저희들도 신이라는 존재에 대해서 알지는 못하고 본 적도 없고 배운 적도 없습니다. 그저 그렇더라 유추하는 것이 다입니다. 사실 안내자가 등장하면 저희들이 자연스럽게 알아야 정상인데 우리가 그걸 알아채기도 전에 스스로 다른 세상에 접속하는 방법을 알아내 버린 일종의 해킹 같은 거죠. 상당히 이례적인 경우죠."

이제야 대충 이해가 가는 상일이었다. 자신은 확실하게 존재하고 지금의 던젤이라는 이 역시 존재하는 것이 확실하다는 것이니까.

"좀… 어려운 이야기 같은데."

"한번에 이해는 어려울 겁니다. 일하면서 배워야지요."

"일?"

"안내자는 극히 드물죠. 운영자가 세계를 유지한다면 안내자는 세계를 바꿀 수가 있습니다. 게임에서야 그리 큰 차이가 없을 테지만 각 차원을 관리하는 것에서는 엄청난 차이입니다. 게임상의 캐릭터가 아니라 살아 있는 존재들이니까요. 극단적인 경우에는…….”

말을 하던 그 여자는 아차 하는 얼굴이었다. 너무 일찍 알려주는 것이 아닌가 했지만 상일의 얼굴을 보니 아무래도 알려줘야 할 듯했다.

“휴… 이건 나중에 배우고 나서 알아야 했는데… 극단적인 경우에는 리셋이 가능합니다.”

“리셋이요?”

“네, 리셋이요. 마치 공룡처럼 말이죠.”

다른 설명이 필요없었다. 어느 순간 공룡이 사라지고 그때부터 포유류들이 지구를 지배했고 그 결과 인간으로 진화했다. 여전히 혹한기설 또는 운석이나 지각 변동설이 싸우고 있지만 설마 리셋이라니…….

“전 잘 모르지만 기록에 따르면 공룡의 발전 가능성은 제로, 즉 정형화되어 버린 상태였기 때문에 할 수 없이 리셋을 했다고 하더군요.”

“……”

“어쨌든 지금 상황에서 안내자는 단 한 명뿐입니다. 이제는 두 명이군요. 다행스러운 일입니다. 안내자의 대가 끊어지면 다음 안내자는 완전히 남아 있는 기록에서만 배워야 하는데 생존하신 분이 계시니 한결 수월하겠습니다.”

"그럼 제 몸은?"

"상관없습니다. 관리자에게 시간은 무의미한 것, 확인하고 왔을 때는 잠을 자던 중이던데 원하시면 8시간 잔 시점으로 갈 수도 있고 아니면 1분간 눈만 감았다가 뜬 시점으로 갈 수도 있습니다."

어안이 벙벙했다. 도대체 이 사람이 하는 말을 믿어야 하는 것인가, 아니면 미친놈 취급해야 하는지 말이다. 하지만 미친 놈으로 취급하기에는 자신이 더욱 미친놈이 되는 것 같아서 무서웠다. 도대체 다른 차원이라니…….

"대략적인 내용을 알려 드렸으니 우선은 돌아가시기 바랍니다. 방법은 간단합니다. 게임과 같지요. 원하는 시점에 나가고 싶다고 생각하시면 됩니다."

"저기 그럼… 이 몸은 어떻게 됩니까?"

"이 몸? 아, 던젤로서의 육체 말이군요. 그건 선택에 달리신 거죠. 삭제하신다면 던젤이라는 존재는 처음부터 없었던 존재로 돌아갑니다. 부소대장도 다른 사람으로 바뀌고 사람들도 기억을 못하죠. 하지만 남겨두신다면 당신이 부여한 인격을 바탕으로 계속 이 세계에서 살아가는 진짜로 존재하는 사람이 됩니다."

"그건… 사실 창조 아닙니까?"

"창조요? 그건 아닙니다. 창조는 완전한 무에서 유를 만드는 것, 이 경우는 과거 있던 존재의 기억을 조작하는 것에 지나지 않습니다. 다만 그 대상이 되는 객체가 진짜로 존재하게 된다는 것이 다르지만요. 하지만 삭제를 권해 드리겠습니다. 아무리 그래도 난데없이 없는 존재가 나타난다면 역사가 혼란스러울 수 있으니까요. 아, 전 이만 가야겠군요.”

“네? 하지만 어떻게 돌아가는지?”

“그냥 나가려고만 생각하시면 됩니다. 돌아가시면 나중에 연락드리도록 하죠. 요즘은 세상이 편해서 말이죠. 하하.”

그렇게 말을 남기고 문을 나서는 여자. 그는 서둘러 그녀를 잡으려고 그녀가 닫은 문을 열었지만 아무도 없었다. 아직 물어볼 것이 많은데 이렇게 홀연히 사라지다니… 그는 서둘러 지나가던 종업원을 잡았다.

“이봐, 여기 있던 여자 어디 갔나? 그 갈색 머리에 빨간 드레스 입고 입 옆에 점 있는 여자 말이야.”

“네? 무슨 말씀이신지? 그런 여자는 없는데요?”

“아니, 방금 방에서 나갔단 말일세.”

그가 그렇게 난동을 피우고 있을 때 여급을 꼬시는 데 성공한 한스 소대장이 여급의 어깨에 팔을 올리고는 올라오고 있었다.

“무슨 일이야?”

“네? 아뇨, 저랑 함께 온 여자가 사라져서 말이죠.”

“여자? 너 이런 분위기는 싫다고 올라가서 쉰다고 하더니 무슨 여자? 자다 꿈꾼 거 아냐?”

그 누구도 그녀를 기억하지 못했다. 그렇게 확연한 특징을 가지고 있는데 말이다.

"그… 그런가 봅니다. 그럼 전."

상일은 서둘러서 다시 방으로 들어왔다. 그리고는 그녀가 남긴 말들을 천천히 곱씹었다. 어째서인지 모르지만 그녀를 기억하는 사람이 없다는 것은 그녀의 말대로 존재가 삭제당한 것이라는 말이었다.

"진짜인가……."

그는 마음을 단단하게 먹고는 침대에 누웠다. 진짜인지 아닌지는 모르지만 최소한 시도해 볼 가치는 있었다.

"돌아간다. 돌아가고 싶어. 내 몸으로, 상일로 돌아가고 싶어."

그렇게 중얼거리면서 그는 천천히 잠들었다.

"……."

자고 일어났을 때 상일은 황당했다. 그렇게 오크들과 싸운 기억이 확실한데, 동기 한스와 소대장 한스의 기억이 확실하게 있는데 자신이 일어난 곳은 자신이 잠들었던 방이었다.

그리고 시계에 표시되는 시간은 고작 5분. 분명 이틀이 지났건만 지금 지나간 시간은 5분밖에 되지 않았던 것이다.

"꿈이 아닌가?"

상일은 한참을 멍하니 있다가 서둘러 컴퓨터를 켜고는 화면을 바라보았다. 분명 바탕화면에는 처음 보는 아이콘이 있었고 이름은 서버였다.

"……."

잠시 두려움에 떨던 그는 조심스럽게 그 아이콘을 열었다. 그리고 그 안에는 또다시 100여 개의 서버가 있었다. 그리고 그가 만든 캐릭터, 아니, 존재도 말이다.

"이름 던젤, 직업 기사, 직위 부소대장……."

차마 다시 들어갈 자신은 없었지만 분명 존재하고 있었다.

"말도 안 돼……."

그 순간 울리는 전화벨 소리. 그는 화들짝 놀라서 자신의 전화를 바라보았다. 거기에는 전혀 모르는 번호가 떠 있었다.

"누구지?"

말은 그렇게 했지만 그는 느낌으로 알 수 있었다. 그들이라는 것을 말이다. 소위 말하는 운영자들. 어쩌면 그들은 자신이 지금 하는 것을 모두 알고 있을지도 몰랐다. 그러니 일어나는 시간에 맞춰서 전화를 하는 것이겠지.

"여보세요?"

"일어나셨군요."

낯선 남자의 목소리.

"누구신지……."

"아실 텐데요? 뭐, 거기서의 목소리와는 다르니 모르실 수도 있지만. 하하. 우선은 이쪽으로 와주셨으면 합니다만."

"네?"

"아, 별거 아닙니다. 일하시려면 아무래도 이쪽에서 하는 것을 알아야 하시니까요."

"일이요? 하지만 전 거기서 일한다고 한 적이 없습니다."

아직 정신도 차리지 못하고 마음도 정하지 못했는데 그쪽에서는 일하는 것이 정해진 것처럼 말을 하고 있으니 그는 살짝 기분이 나빠질 수밖에 없었다. 하지만 그쪽도 그 정도는 예상을 하는 모양이었다.

"아, 기분이 나쁘다면 사과드립니다. 하지만 저희 입장에서는 상당히 중요한 분인지라 어떻게든 모시고 싶어서요. 강제할 생각은 없습니다만 그래도 좋게 생각해 주셨으면 하는 마음에."

상대방이 이렇게 나오면 그로서도 절대로 안 한다고는 하기 힘들다. 당장은 어떤 일을 하는지조차 모르고 있기 때문에 이렇게 하지만 상일은 어쩐지 마음속으로 운명 비슷한 것을 느끼고 있었다.

"알겠습니다. 그럼 어디로 가면 되는 겁니까?"

"감사합니다. 이곳의 위치가 어디냐면……."

한 시간 뒤 그가 도착한 곳은 거대한 빌딩 앞이었다. 근무 시간이 모두 끝이 난 상태에서 아무도 없는 빌딩은 컴컴했지만 분명히 이 빌딩이었다. 어머님이 또 피씨방으로 도망간다고 한소리 했지만 그로서는 마땅히 변명할 것이 없어서 그냥 나와 버렸다.

사실 그것만큼 야밤에 변명거리 좋은 것도 없었다.

"어이구, 박 이사님 오셨어요?"

"네?"

어떻게 들어갈지 난감해하고 있는데 난데없이 경비가 먼저 아는 척을 하니 그로서도 황당했다. 하지만 그 경비는 그를 아는 것이 확실했다.

"역시 젊은 분이 그런 자리를 차지하고 있으니 패기가 넘치시는군요. 이 늦은 시간까지 근무하시다니."

"아, 네."

우선 아는 척은 했지만 이사라는 말에 그는 고개를 돌려서 빌딩을 바라보았다. 세계그룹이라고 쓴 거대한 간판이 붙어 있는 이 건물은 분명 세계그룹의 본사다. 그런데 이사란다. 전 세계의 CEO들이 근무하기를 바라는 회사 선진 기술의 선두주자이자 한국 소속의 다국적 그룹, 이사진 월급이 수억 단위가 가뿐하게 넘어가는 회사라고 한다. 그런데 이사라니……

"떡밥부터 뿌리려는 것인가? 그거치고는… 너무 거창한데."

그는 예정대로 맨 상위층에 있는 회의실로 들어갔다. 그리고 그 앞에 서 있는 한 남자를 만났다.

"저기."

"박상일 군이시죠?"

"네, 그렇습니다만……."

"반갑습니다. 실물로 보는 것은 처음이군요."

아무리 봐도 남자는 자신을 아는 듯했는데 도저히 기억이 나지 않았다. 그 순간 그의 뇌리를 스치는 한 가지 기억.

"설마!"

"뭐, 여자 복장은 취미가 아니지만 그게 가장 빠른 접촉 방법이거든요."

그랬다. 이 남자가 자신이 알고 있던 그 캔디인지 사탕인지 하는 존재였던 것이다.

'이, 이건 아니야!'

상일이 충격을 받든 말든 그래서 머리가 멍하든 말든 그는 상일을 이끌고 사무실 구석에 있는 다른 엘리베이터로 갔다.

"오시다 경비를 만나서 아시겠지만 약간의 기억을 조작했습니다. 아무래도 이 야심한 밤에 손님이 올 리가 없으니까요. 아, 그리고 들으신 대로 직위는 이사 직을 받게 될 겁니다. 특별히 할 것은 없습니다. 이사라고는 하지만 명목상의 이사일 뿐 저희들은 관리만 하면 되니까요."

"잠깐, 그럼 일은 누가?"

"협조자들이 합니다. 다른 이사들이죠. 그들은 우리의 존재에 대해서 알고 있습니다. 뉴스를 보서서 알지만 그 덕에 세계그룹은 이사가 많기로 소문이 났지요. 후후. 방만한 경영이라고 욕하기는 하지만 뭐, 우리 나름대로 일을 하니까요.”

오로지 회의실을 통해서만 들어갈 수 있는 엘리베이터를 타고 숨겨진 공간으로 갔을 때 그는 놀라움에 입을 딱 벌렸다.

“저기, 여긴.”

“우리의 근무처입니다. 사실 시간의 관념이 필요없기 때문에 잠깐 일하고 와서 놀거든요. 진짜 몸은 놀지만 정신은 일한다고 할까요?”

‘그게 문제가 아닌 거 같은데?’

그건 이해할 만한 이야기다. 수많은 위락 시설을 보니 그럴 만도 하다. 하지만 그 위락 시설이라는 것이 상당히 그에게는 거부감을 주는 것이다. 아니, 그걸 사용하는 사람들 역시 그의 상상에서 벗어난 존재들이었다.

‘근무지가 아니라 경로당 아냐?’

구석에서 고스톱을 치는 할아버지와 뜨개질하는 할머니, 그리고 텔레비전에서 주말 드라마를 보고 있는 할머니 등등. 자신이 생각하던 그런 이미지와는 전혀 어울리지 않는 모습이었다.

“저기… 뭐 하면 됩니까?”

“뭐라고 할까… 서버의 관리직 같은 겁니다.”

“서버의 관리직?”

"에… 게임으로 보자면 유저의 질문에 대답하는 것이 운영자가 하는 일인데 우리 같은 경우에는 기도에 응답하는 셈이지요. 물론 다 응답하는 것은 아닙니다. 우리가 살고 있는 지구의 경우에는 응답이 불가능하고 몇 개 차원 중에서 종교가 강한 부분에 대해서만 응답을 합니다. 일의 양은 많은 것은 아닙니다. 일주일에 잘해야 한 건? 물론 응답은 그 후 그 차원에 대해서 큰 영향을 주기 때문에 대답하기 전에 충분한 회의와 타당성 검사를 한 뒤 합니다."

"그러니까… 천사 비슷한?"

"뭐, 다른 차원에서는 그렇게 보는 관점도 있습니다만 우리는 어디까지나 관!리!직!이니까요."

도대체 그걸 하면서 돈을 받아먹는다는 것이 황당할 지경이었다.

"이 청년은 누구여?"

"아, 이번에 새로 온 안내자입니다."

"뭐? 잡상인? 잡상인은 내보내. 에잉!"

아예 잡상인 취급을 하면서 고개를 돌려 버리는 할아버지를 보면서 그는 엄청나게 뺑진 얼굴이었다.

"저기… 누구신지."

"현 안내자입니다."

"……."

할 말이 없었다. 자신이 생각한 이미지는 모여서 심각하게 회의하고 세상이 굴러가는 것을 논의하고 그에 맞게 조율하는 그런 모습이었는데 지금 보이는 것은 나이 좀 있는 분들의 노인정으로밖에는 보이지 않았다. 그것도 전임자는 가는귀 먹었다니.

"저기, 현 상황에 대해서 설명을 좀."

그러자 그 남자는 난감한 표정으로 설명하기 시작했다.

"사실 안내자의 능력이 하나 더 있는데 바로 운영자를 선택하는 겁니다. 정확하게는 그 재능을 알아볼 수 있는 거죠. 그런데 그 운영자라는 게 그리 흔하게 나오는 능력도 아니고 자기 각성하는 경우는 없습니다. 안내자와는 다르게요. 그러니까 안내자가 찾아다녀야 하는데, 보시다시피 현 안내자 분은 나이가 있어서 더 이상 운영자를 찾아다닐 수가 없는 상황입니다. 지금 근무하는 분들 대부분 퇴직을 하셔야 하는데 다음 대 사람들이 없으니 무리해서 근무를 하시는 겁니다. 사실 제가 막내입니다만, 저도 슬슬 퇴직할 나이거든요. 그래서 이렇게 서둘러 모신 겁니다. 저를 포함해서 총 일곱 분이 계셨는데 3개월 전에 한 분이 돌아가셨습니다."

"그럼 운영자들이 없으면 어떻게 운영되는 겁니까? 그리고 그건 누가 이어가구요?"

"에, 이어가는 것은 우리를 도와주고 있는 협력자들이 이어갑니다. 즉 그들은 각성한 안내자를 찾아서 일을 도와주고 설명하는 거죠. 그리고 운영자가 없는 세상은 특별히 망하거나 하지는 않습니다. 게임에서 운영자가 없어도 자기들끼리 알아서 굴러가는 셈이죠. 다만 그게 어느 쪽으로 갈지 통제가 불가능하다는 것이 문제입니다. 과거 역사에 보면 어떤 차원은 전쟁으로 인해서 인구의 반 이상이 죽은 사건도 있습니다. 그때는 신이 버렸다 어쩌고 하지만 사실 그걸 사전에 조율할 운영자가 없다는 말이 맞는 것이지요. 저희들도 신이 만들었다는 것만 알 뿐 어떤 식으로 신이 끼어들지는 알지 못하니까요.”

“그럼 전 어떻게 해야 합니까?”

“가는귀가 먹었지만 보청기를 쓰시면 됩니다. 가능하면 빨리 일을 배워주시기 바랍니다. 그 후에 운영자를 찾아야 하니까요.”

“하지만 전 아직 일을 한다고 결정을…….”

“그 마음은 저도 알고 있습니다만, 사실 안내자는 무슨 짓을 해도 안내자로 돌아올 수밖에 없다고 하더군요. 더욱이 보셨다시피 지금 현 안내자 분이 고령이시라 다른 곳에서 일하기도 좀 문제가 있고요. 그 점을 좀 생각해 주셨으면 합니다.”

“하지만…….”

상일은 갑작스러운 그들의 부탁에 이러지도 저러지도 못하고 주저하기 시작했다. 그러자 바로 당근이 그에게로 날아왔다.

　"연봉 10억, 보너스 200%, 주택자금 지원 연금에 잔업수당 보장. 거기다 나중에 학자금도 지원됩니다. 그리고 절대 잘릴 걱정 없는 직업이죠. 쉽게 말하면 철밥통이라고 할까요?"
　진지하게 그를 바라보면서 말하는 그에게 상일은 아무런 말도 할 수가 없었다. 그도 겉으로는 아직 결정을 안 했다고 말은 했지만 마음속 깊은 곳에서는 무언가 그를 부르는 것을 느낄 수가 있었다. 아니, 보통 사람이라면 이 정도 조건이면 안 불러도 뛰어갈 것이 확실했다.

　다음날 상일은 진중한 목소리로 아버지와 어머니를 불렀다. 그동안 여러 가지 고민을 했지만 자신이 거부하면 또 어떤 곳에서 수억의 인간이 죽어나갈지 모른다는 말에 결국 그들의 조건을 승낙하고 말았다. 그리고 무수한 당근도 엄청난 위력을 발휘했다. 미취업자 300만 시대에 연봉 10억이라는 말은 엄청난 유혹이 아닐 수 없었다. 특히나 평생직장이라니. 단, 조건이 절대로 이에 대해서 발설하지 않는다는 조건이긴 하지만 그런 말을 한다고 해도 믿을 인간은 아무도 없었다. 자신만 해도 자신이 당한 게 아니라 친구가 이런 말을 한다면 정신병원을 소개시켜 줄 것을 심사숙고했을 것이다.
　"무슨 일이냐, 아들아."
　상일이 자신의 분위기와는 전혀 다르게 분위기까지 잡으면서 두 분을 부르자 아버지도 반은 장난스럽게 응수를 했다.

"저, 사실은 취업을 하고 대학은 졸업하지 않을까 합니다."

당연한 생각이다. 이제 빠방한 직장도 생겼겠다, 그것도 평생직장이니 잘릴 걱정도 없겠다. 누가 대학을 다니면서 시간을 보내고 싶겠는가? 물론 진짜 이유는 말할 수 없으니 그냥 직장이나 잡을 거라는 말을 했지만 애석하게도 그의 부모님은 전혀 다른 시각을 보이고 있었다.

"이노무 자식이!"

허공을 나는 밥상. 그리고 무너지는 반찬 아래 찬란한 빛을 뿜으면서 날아오는 아버지의 불끈 쥔 두 주먹. 얼마 뒤 그는 시퍼렇게 멍이 든 얼굴을 계란으로 문지르며 아버지에게 설교를 듣고 있었다.

"자고로 대학이라는 것은 학문의 전당이다. 네가 잡으려는 직장이 얼마나 좋은 곳인지 모르지만 대학을 나오지 않아서 승진이나 할 수 있을 거 같냐? 사람은 코앞이 아니라 미래를 보고 나가는 거야. 알겠냐? 당장 직장을 잡아서 돈 몇 푼 들어오는 것이 중요한 게 아니야. 나중에 나이 먹어서 대학 못 나왔다고 승진 못하면? 그때는 어쩔 거야? 대학 나온 부하가 먼저 상관이 되면 그것만큼 비참한 것도 없다."

'더 이상 승진할 자리도 없어 보이는데.'

이사에서 승진하면 사장, 아니, 회장인데 그건 힘들 듯했다. 그래도 어쩌겠는가? 당장 거기에 취직했다고 하면 믿을 리가 없지 않은가? 아니, 미친놈의 회사가 월 1억 가까이 주고 새파란 놈을 이사로 채용하겠는가? 그것도 초봉만.

"그리고 대학에서 따는 게 학점만 있는 줄 아냐? 연줄이라는 것은 하늘에서 떨어지는 줄 알아? 대학을 나와야 좋은 곳에 일하는 선배한테 부탁해서 더 좋은 곳으로 갈 수 있다는 거 모르냐? 네가 아무리 지방대라고 하지만 대학 푯말 하나가니 인생을 바꾸는 게 한국이다. 여기가 다른 나라라면 재수 좋으면 성공하겠지. 하지만 여기는 한국이야, 대한민국. 대학안 나오면 인간 취급도 안 해주는 개 같은 나라란 말이다."

'윽! 나왔다.'

아버지의 버릇인 정치 이야기가 나오는 것을 본 그는 한숨을 쉬었다. 다른 것은 몰라도 아버지는 정치에 대해서는 엄청난 혐오감을 가지고 있었고 이런 식으로 이야기가 나오면 한두 시간은 기본이었다.

'내가 미쳤지. 그냥 다닐걸, 별로 문제될 것도 없는데. 오늘도 잠자기는 글렀구나.'

그렇게 아버지의 훈계를 들으면서 그는 한숨을 쉬고 있었다.

그로부터 한 달. 그는 아르바이트를 한다는 이름으로 집을 나와서는 매일같이 세계그룹으로 출근을 했고 얼마나 완벽하게 기억을 조작한 것인지 주변의 사람들은 그를 세계그룹의 이사 중 한 명으로 알고 있었다. 물론 진짜 이사들은 모두 그들의 협력자이기 때문에 어떤 문제도 없었다. 일종의 공생이었다.

안내자들은 이들에게 사업을 할 수 있는 여건을 만들어주고 협력자들은 그 대신에 안내자들이 충분하게 활동할 수 있는 여건을 만들어주는 것이다. 물론 문제가 없는 것은 아니다. 그가 들어오고 난 후 6명 중에서 4명은 노후를 즐기겠다면서 바로 뛰쳐나간 것이다. 사실 아주 중요한 일이 아니면 할 것도 없는 일이다 보니 매일 반쯤 노인정이 된 곳에서 죽치고 있는 것도 지겨울 것이다. 그리고 전임 안내자는 그에게 자신이 알고 있는 많은 것들을 알려주었다. 만만하게 봤지만 상당한 양이어서 거의 한 달은 고3처럼 생활해야 했지만 말이다. 그리고 나머지 한 사람, 그나마 나이 어린 막내라는 사람도 자신만의 농장을 가꾸는 것이 꿈이라면서 슬슬 외부로 돌고 있었다.

평생을 막내 노릇을 했으니 더 이상 일하고 싶은 생각도 별로 없다고 하면서 말이다.

그렇게 시간이 흘러 드디어 오늘 첫 실전이 닥쳤다. 보통 어떤 방식으로 거르는지 모르지만 수많은 차원에서 오는 소원들은 대부분 걸러진다. 최우선적으로 걸러지는 것이 간절하게 원하는 것에 따라서, 또 중요성에 따라서 걸러지고 정작 이들에게 도착하는 것은 얼마 되지 않았다.

"준비 다 됐냐?"

"네."

처음으로 일을 하는 그는 긴장된 얼굴로 마이크를 잡았다. 간만에 올라온 기도의 내용은 왕국에 창궐하는 질병에 대해서 묻는 것이었다. 창궐 정도가 아니라 잘못하면 나라가 망하기 직전인지라 수많은 사람들이 기도를 했고 그 기도는 이들에게 온 것이다.

"해결책은 이거니까 적당하게 설명해 줘. 아, 그렇다고 너무 노골적으로 하지는 말아. 명심할 것은 우리는 신의 대리자로 보여야 한다는 것이다. 우리가 진짜 대리자인지는 신만 알겠지만 우선은 그렇게 생각해야 해. 아니면 신의 목소리로 생각을 하던가 말이야."

"넵."

"좋아, 연결한다."

잠시 후 그가 쓰고 있는 헤드셋 일체형으로 작은 목소리가 들려왔다.

"신이시여, 제발 이 왕국을 구해주십시오. 저기서 죽어가는 백성들이 무슨 죄가 있단 말입니까! 죄가 있다면 제가 모두 받겠습니다. 원하신다면 모든 것을 버리고 떠나겠습니다. 백성들만은, 저 가여운 백성들만은 용서해 주십시오."

국왕으로 보이는 남자의 간절한 기도, 그리고 그 뒤에서 들리는 흐느낌들. 상일은 첫 번째로 하는 일이다 보니 잔뜩 긴장하고 있었다. 교육을 받기를, 자신들을 선택받은 자라고 생각하면 타락한다며 이 모든 것을 그냥 직업으로 생각하라는 말을 수도 없이 들었다.

당연히 첫 일에서 긴장 안 하면 이상한 것이다. 하지만 문제는 과도한 긴장도 문제가 될 때가 있다는 것이다.

"통신보안……."

본능적으로 입에서 튀어나오는 통신보안, 그리고 그 뒤에서 숨넘어가는 전임자.

'아차!'

다행히도 그 뜻을 모르는 국왕은 자신의 머릿속에 들리는 소리에 벌떡 일어났다.

"신이시여!"

"아, 내 사랑하는 아이야… 너희들에게 준 시련은 너의 잘못이 아니니라. 너는 나를 섬김에 있어서 언제나 충직했고 착실했다. 하나 넌 나를 섬기는 만큼 백성을 섬겨야 했다."

그리고 이어지는 이야기들. 사실 중요한 것은 없었다. 워낙 위생 관념이 부족한 나라여서 그 부분을 고치는 것 정도가 다였다. 최소한 목욕은 일주일에 한 번, 그리고 손발을 깨끗하게, 화장실 사용 후 손발 세척은 필수 등등 여기서는 상식에 가까운 사실을 아주 근엄한 목소리로 알려주는 것뿐이다. 그것도 곧바로 알려주는 것도 아니고 비비 꼬아서 알려주는 것이다. 그것이 규칙이라나? 아주 급한 상황이 아니면 곧바로 알려주는 것이 아니란다.

어쨌든 그렇게 첫 번째 임무가 끝나고 그는 한숨을 쉬었다. 그리 어려운 것도 아닌데 너무 긴장한 탓에 실수를 한 것이다.

"휴… 그래도 첫 실수치고는 양호하구나."

"뭐, 말실수 정도니까. 헤헤."

웃음으로 때우려는 상일. 하지만 전임자는 그에게 아끼지 않고 꿀밤을 때렸다.

"네놈은 말실수일지 몰라도 저들은 아니란 말이다. 이것아, 저들에게는 너의 말이 곧 진리란 말이다. 네가 하는 말의 파급력을 생각해야지. 뭐? 통신보안? 그나마 작은 실수이긴 한데 너 때문에 어떻게 바뀌었는지 한번 봐라!"

그가 데리고 간 곳은 미래의 그 나라의 모습이 바뀐 모습으로 나타나게 하는 스크린이었다. 과거에는 물에 떠올랐다는데 현대에 가면 갈수록 현대에 맞게 된다나 뭐라나. 어찌 되었든 거기서 나타나는 모습에 상일은 고개를 푹 숙일 수밖에 없었다.

"신에게 기도합시다! 통신보안!"

"우리에게 은총을 주소서! 통신보안!"

"믿습니다! 통신보안!"

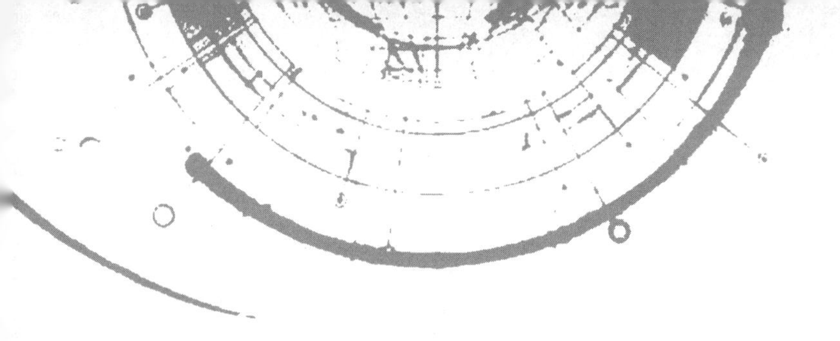

Part 2

용사 만들기 프로젝트

SERVER

　사고를 치고 난 후 2주간의 지옥훈련을 하고 나온 상일은 천국에 돌아온 기분이었다. 그나마 복학 시즌이 되어서 그렇지, 안 그랬으면 아마도 그 지옥훈련이 거의 무한대로 늘어났을 것이다.

　"아버지 말이 맞는구나. 대학은 그냥 학점 따려고 다니는 것이 아니라고 하더니만."

　아버지의 말은 전혀 다른 뜻으로 알아서 해석해 버리며 상일은 느긋하게 교정을 돌았다.

　지방대 출신인 덕에 매일 본사로 출근할 수는 없어서 인터넷을 이용해서, 즉 처음에 각성했던 것처럼 다른 차원으로 이

동해서 훈련을 받기로 했지만 사실 그것도 그리 기대는 하지 않았다. 그가 학교에 나간다는 말을 듣고부터 구석에서 몰래 여행 계획표를 짜는 것을 그는 발견했기 때문이다. 아마도 한 두 달은 특별히 불러들이지 않을 듯했다.

다만 불쌍하게 된 것은 막내라는 그 아저씨였다. 다른 사람들은 나이도 있고 그래서 사실상 은퇴한다고 벌써부터 저러고 있지만 그는 아직 은퇴할 나이도 아니고 그렇다고 아예 본사를 비워둘 수도 없는 노릇이어서 쓸쓸하게 본사를 지키고 있을 테니 말이다.

"반갑다, 학교야!"

무려 3년 만에 보는 학교였다. 2학년을 마치고 갔다 왔으니 자신은 이제 3학년 따라가는 것이 문제지만 말이다. 남자들은 알지만 군대 갔다 오면 머리는 초강력 티타늄 합금 정도의 강도로 굳어버린다.

"박상일."

"넵!"

"이 녀석, 살아서 제대했구나. 축하한다. 그나저나 빵꾸난 학점 때우려면 고생 좀 하겠는걸? 열심히 해, 이 녀석아."

군에 가기 전 무참하게 F를 날린 교수는 상일을 보면서 간만에 보는 얼굴이랍시고 웃고 있었다. 사실 대부분의 예비역들은 군대 갔다 오면 죽자사자 공부를 하기 마련이고, 아직 군대를 가지 않고 대학 왔다고 탱자탱자 놀던 상일은 F를 맞을 수밖에 없었다.

어찌 보면 그 교수가 그를 기억하는 것도 신기할 정도로 수업을 빠졌으니 말이다.

"에, 너무하시네요. 그러지 마세요. 전 이래 보여도 취직까지 다 된 몸이란 말입니다."

은근히 빼기는 상일. 적당히 학점만 따서 졸업하면 자신은 할 일이 있으니까 말이다. 지금도 자신의 계좌에 들어 있는 돈을 보고는 현실인지 꿈인지 구분을 못하고 있었다. 얼마 전 들어온 1억의 돈. 부자에게는 하룻밤 술값인지 몰라도 상일에게는 평소에 꿈에서도 못 보던 돈이었다. 확실하게 느낀 점은 은행 잔고가 억 단위를 넘으니 은행에서 대우가 달라진다는 것이었다.

"어쭈, 그래? 그럼 안심하고 F 날려주마."

"교수님, 그것만은 제발!"

그렇게 반가운 인사(?)를 나누고 난 후에는 첫날답게 수업은 없었다. 하지만 상일은 할 것이 없었다. 자신들의 동기 중 군대 간 사람은 제대를 안 했던지, 아니면 수업이 끝나기 무섭게 도서관으로 내달렸고, 여자 동기들이야 이제 졸업반이니 얼굴 볼 일도 없었다.

아니, 그럴 뻔했다. 하지만 별로 반갑지 않은 사람을 만나고야 말았다.

"아, 이런……."

　어색하게 복도에서 마주친 여자. 상일은 말이라도 붙여볼
까 했지만 그 여자는 자신에게 눈길조차 주지 않고 지나가 버
렸다. 과거를 떠나서, 같은 동기이니 군대에서 수고했다고 해
줄 만도 하건만 말이다.
　"너무하게 그렇게 비참하게 차고 말이야. 아는 척이라도
할 것이지."
　미련은 없지만 섭섭하기는 했다. 다른 여자들 보면 편지로
구구절절하게 변명이라도 했는데 그녀는 단 3줄만 써서 보냈
다.

　미안.
　나 다른 남자 생겼어.
　잊어줘.

　어찌 보면 예상은 했던지라 그리 충격은 받지 않았지만, 그
래서 내심 섭섭하기는 했다.
　"이 녀석, 왕따 신세냐?"
　"네?"
　그렇게 그녀의 뒷모습을 보고 있는데 다가온 사람은 다름
아니라 그의 선배였다. 1년 선배여서 이제는 졸업반인 4학년
이었다. 운이 좋아서 그런지 그도 취업이 예정되어 있는 상태
이다 보니 다른 사람보다는 느긋해 보였다.

"일준 선배!"

"후후, 내가 너의 마음 알지. 복학하고 나서 아는 후배 하나 없지, 여자 동기들은 죄다 떠나갔지. 그래, 내가 먼저 겪어 본 거 아니냐."

"크흑! 선배, 선배가 제 맘을 알아주시는군요."

"그럼그럼, 인생의 선배로서 내가 특단의 조치를 취해주도록 하마. 이러면 금방 친해진다. 확실하지."

그리고는 갑자기 아직 흩어지지 않은 후배들을 보면서 소리를 질렀다.

"애들아! 오늘 점심은 상일이가 좋은 거 쏜단다! 가자!"

"헉!"

"와~ 선배 만세!"

그리고 우르르 몰려드는 후배들. 먹을 걸로 꼬시는 것이 확실히 효과가 좋기야 하지만… 너무 본격적이다. 원숭이도 아니고 말이다. 순식간에 몰려든 후배는 무려 10명 가까이 되었다. 슬슬 점심시간이다 보니 다들 뭘 먹을까 고민 중인데, 선배가 사준다는데 거절하면 그건 예의가 아닌 법.

"자, 가자."

"저기, 그런데 일준 선배. 은근슬쩍 선배도 끼어드시려구요?"

"당연한 거 아냐? 이거 주최자가 누군데?"

아마도 후배를 소개시켜 주기보다는 자신의 배를 채우는

것이 목적이 아닐까 하는 생각이 드는 상일이었다.

"아……."

가벼워진 자신의 지갑을 보면서 상일은 입을 딱 벌렸다. 특별히 비싼 것도 아니고 학교 주변의 식당에서 간단하게 해결했음에도 불구하고 그의 가벼운 지갑은 돌이킬 수 없는 중상을 입었다.

'돈을 좀 찾아야겠는걸?'

1억이라는 숫자에서 9천대로 벽이 허물어지는 것이 아깝기는 하지만 어쩌겠는가, 먹고살아야지. 그나마 좋은 것은 그 덕에 아는 사람이 좀 생겼다는 것이었다.

그렇게 3주쯤 지났을까? 두 번째 월급을 받고 흐뭇해하는 상일에게 전화가 왔다.

"여보세요?"

"상일 씨?"

"태석이 아저씨, 잘 지내셨어요? 별일은 없죠?"

누군가 했더니만 그 아저씨였다. 홀로 외로이 본사를 지키는 아저씨. 나중에 들어보니 결국 전임자는 태국인지 방콕인지로 날라 버렸다고 한다. 태석은 요즘 은근히 차기 운영자를 뽑아달라고 눈치가 장난이 아니었다. 자신도 그리 나이가 적은 편이 아니고 조금 있으면 정년퇴직할 나이인데 혼자서 사무실 지키고 있으니 말이다.

"일이 좀 생겼습니다. 어려운 일은 아닙니다만, 상일 씨만 할 수 있는 일이거든요."

"……?"

기도에 응답하거나 하는 것은 그가 아니더라도 가능하다. 그런데 그가 혼자 할 수 있는 거라는 말에 고개를 갸웃하는 그였다.

"초대장이 날아왔습니다."

"초대장?"

"에, 그러니까 17번 차원에서 마족들이 초대장을 날렸습니다. 마왕의 4천 번째 생일이거든요. 우리 식으로 보자면 50세 정도 되는 나이인데 마족 특성상 나이 먹을수록 강해지니까 말이죠. 어쨌든 신임안내자를 자신의 생일에 초대한다고 연락이 왔습니다. 그쪽도 우리의 협력자거든요. 그러고 보니 은 퇴식도 함께 한다고 하던데요?"

"하지만 마족은 좀……."

상일의 고민은 그것이었다. 소설에서 보면 마족은 사악하고 못되고 인간을 식후 간식거리로 알고 있는 사악한 종족. 그런데 인간인 자신이 갔다가 무슨 꼴을 당할지 알 수가 없지 않은가? 하지만 그런 걱정을 아는지 태석은 웃으면서 알려줬다.

"그런 걱정은 안 하셔도 됩니다. 그쪽 세계의 인간에게는 그럴지 몰라도 우리 쪽은 협력자인 데다가 그런 짓 했다가는 더 큰 보복이 있다는 것을 알고 있거든요."

"아……."

그러고 보니 자신은 원하면 저 차원을 리셋할 수 있다고 했다. 물론 그렇게 되면 지금 살고 있는 종족은 아마도 끝일 것이 확실하지만 말이다.

"가는 것은 어렵지 않습니다만, 전혀 새로운 존재를 만들어서 가시지 마시고 그곳 사람들과 비슷하게, 일종의 거래처 방문이라고 생각하시면 됩니다. 그리고 제 휴가 문제가 좀 있습니다만, 제 아이들하고 태국을 좀……."

"여보세요? 여보세요? 잘 안 들리거든요?"

"네? 아니, 휴가를 좀 갔으면 하는데."

"네? 아니, 여보세요? 전화가 맛이 간 거 같은데?"

"아닙니다. 어쨌든 이쪽까지 오지 않으셔도 컴퓨터를 이용해서 접속이 가능하시니 거기서 하셔도 될 겁니다."

"네? 안 들려요!"

"공중전화로 하세요."

"공중 뭐? 아, 전화요? 잠시만요."

상일은 전화를 끊으면서 당장 핸드폰부터 바꿔야겠다고 투덜거렸다. 자신이 생각해도 그 많은 돈을 쌓아두고는 쓰지 않는 것이 이상할 정도였다. 도대체 여기서 가장 많은 돈을 쓴 것이 후배들에게 털린 첫날이라니. 그는 아무리 그래도 결국 소시민인 모양이었다.

"살기 좋아 보이기는 하는데……."

태석의 충고대로 자신과 비슷하게 만든 존재를 가지고 들어온 상일은 좌우를 둘러보았다. 처음에는 그냥 멋모르고 만들었지만 그가 원하면 아무런 역사적 흐름에 상관없이 존재 자체만 만들어서 올 수도 있다는 말에 그는 이것저것 실험을 해본답시고 만들어서 들어온 것이다. 물론 생긴 것만 비슷하지 능력은 구라였다.

"히히, 진짜 이것이 될 줄은 몰랐네."

그는 그러면서 칼을 뽑아서 몽롱한 표정으로 바라보았다. 칼에서 나오는 파르스름한 검기. 소위 말하는 소드 마스터, 별칭 소드 맛스타였다. 물론 그에 어울리는 검술은 기본적으로 장착한 상태.

"소설에서나 가능한 줄 알았더니만 여기서도 가능하구나."

마음 같아서는 아예 마법조차 9클래스로 만들고 싶었지만 이곳의 자연 규칙상 소드 마스터와 마법은 공존할 수가 없어서 포기해야만 했다. 아무리 관리자라고 해도 그 세상의 법칙을 무시할 수는 없다고 하니까 말이다. 뭐, 이것만 해도 누가 건들지 못할 테지만 말이다.

"그나저나 이쯤에서 누가 마중을 나올 거라고 했는데……."

그 말이 끝나기 무섭게 맞은편의 숲에서는 말쑥하게 차려

입은 남자가 걸어나왔다. 절대로 숲에서는 어울리지 않을 듯
한 복장, 하지만 아주 자연스럽게 나오는 것이 아마도 거기서
기다린 모양이었다.

"안내자 분이십니까?"

"아, 안녕하세요. 이번에 새로 안내자가 된 상일이라고 합
니다."

"반갑습니다. 전 마왕궁에서 집사를 맡고 있는 다룬이라고
합니다. 안 그래도 마왕님을 비롯한 여러 마족 분들이 기다리
고 계십니다."

다룬이라는 중년의 남자는 그를 데리고 숲으로 들어가기
시작했다.

"마왕궁은 안 보이는데요?"

"후후, 전임자도 그렇게 말씀하시더군요. 결계로 감추어둔
상태이니 당연하게 안 보이는 겁니다. 새로 되셨다고 하니 배
우느라 정신없으시겠군요. 수많은 차원들의 규칙을 다 외우
시려면 바쁘시겠습니다."

"뭐, 그렇죠. 하하."

그렇게 웃는 사이 갑자기 그가 사라지는 것이 아닌가? 상
일은 깜짝 놀라서 주변을 두리번거리고 있었는데 바로 눈앞
의 허공에서 불쑥 그의 얼굴이 튀어나왔다.

"그냥 전진하시면 됩니다. 안 보이거든요."

아무것도 없는 허공에 머리만 둥둥 떠다니는 것은 엄청나

게 괴기스러운 모습이었는 데도 불구하고 상일은 어쩐지 웃음이 나오는 것을 간신히 참았다. 허공에 떠 있는 얼굴이 피를 철철 흘리는 얼굴이라면 무섭겠지만 염소수염은 절대로 공포에 떨지 않게 만들어주고 있었다.

"아, 네⋯⋯."

간신히 웃음을 참으면서 안으로 들어간 상일은 입을 딱 벌렸다. 엄청나게 거대한 성이 하늘을 떠받들고 있었고 그 아래에는 마족으로 보이는 수많은 사람들이 날아다니고 있었다. 그리고 걸어다니는 사람도 있었다. 다만 그 분위기가 좀 이상했다는 것이 문제다.

"아, 놀라셨나 보군요?"

"아, 아니요. 그냥 제가 상상했던 이미지랑 좀 달라서 말이죠."

언제나 어두컴컴한 하늘. 말라 죽은 나무와 황량한 대지, 그리고 여기저기 걸려 있는 해골, 바닥을 돌아다니는 언데드와 좀비들, 그런 것을 예상했건만 눈앞에 보이는 것은 크고 깨끗한 성, 그리고 싱싱한 나무와 꽃과 잔디가 어우러진 넓은 초원, 그 위를 날아다니는 나비와 나무에 열린 과실수를 쪼아 먹는 새들까지 이미지와는 정반대였다.

"이번 마왕님 취미가 꽃꽂이거든요. 뭐, 몇몇 마족이 분위기 안 좋다고 하다가 맞고는 조용해졌습니다. 하나 드시겠습니까?"

그러면서 가까이에 있는 나무에서 능숙하게 사과 비슷한 과일을 따서 건네주는 집사. 상일은 멋모르고 받아서 한 입 베어 물고는 상당히 놀랐다. 싱싱한 것은 둘째 치고 한국에서는 맛볼 수 없을 정도의 당도였다.

"대단한데요?"

"그렇지요? 마왕님이 직접 키우신 겁니다. 사실 은퇴할 나이는 아니신데 은퇴해서 조용하게 농장이나 하시고 싶다고 이렇게 은퇴를 하신다네요. 아마도 안내자 전임자 분이 은퇴한다는 말에 마음을 굳히신 모양입니다."

그렇게 안내를 받아서 들어간 홀은 거대하고 사람, 아니, 마족도 많았다. 사실 마족이라고 하면 대부분 공포스럽게 생긴 것을 상상하지만 무섭게 생겨서야 어디 인간을 홀릴 수 있겠는가? 그래서 마족은 대부분 미남 미녀가 많았다. 아니, 그렇게 보였다.

'나만 너무 달리는 거 아냐?'

모델들 사이에 낀 일반인마냥 평범한 얼굴을 하고 있는 상일은 은근히 자신이 달리는 것을 슬퍼하고 있었다.

'이럴 줄 알았으면 얼굴 좀 멋지게 만들어 오는 건데. 이게 뭐냐고?'

그가 그렇게 투덜거리는 사이 멋진 중년의 아저씨 한 사람이 그에게 다가왔다.

"안녕하십니까? 척 보니 알겠군요. 이번에 새로 오신 안내자 분이시죠? 마왕인 다크에룬이라고 합니다."

마왕이라고 볼 수 없는 차분한 인사, 그리고 얼굴. 마왕이라고 하면 뭔가 얍삽하면서도 치사하게 생기거나 또는 사악 그 자체인 얼굴을 가지거나, 하다못해서 얼굴을 가리고 음침한 분위기를 내뿜어야 하는데 이 마왕은 숀 코넬리가 울고 갈 정도로 미중년이다. 던젤은 마왕성의 분위기보다 그런 마왕의 얼굴에 더욱 적응이 안 되었다.

"네, 안녕하십니까. 이번에 새로 안내자가 된 상일이라고 합니다. 이곳에서는 그냥 던젤이라고 부르시면 됩니다."

그렇게 마왕을 시작으로 주요 마족들에 대한 인사를 시작하자 엄청난 시간이 흘렀다. 도대체 인구가 얼마나 많은 것인지 알 수도 없을 만큼 말이다.

"생일을 축하드립니다. 그런데 이번에 은퇴까지 하신다면서요?"

"아, 감사합니다. 하하, 은퇴는 해야지요. 나이도 있고 농장이나 가꾸면서 조용한 삶을 살고 싶어서 말입니다. 뭐, 아직 은퇴식을 준비 중이긴 하지만."

"은퇴식을요? 오늘 하는 거 아닙니까?"

마왕이 오늘 은퇴한다는 말을 들었던 상일은 은퇴식을 준비한다는 말에 고개를 갸웃했다.

"아, 좀 그런 게 있습니다. 용사놀이라고 하지요."

"용사놀이요?"

"후후, 이쪽에서는 용사가 마왕을 처리했다라고 소문이 납니다만 사실은 그게 아닙니다. 아무래도 마왕이 은퇴하고 나면 파리가 꼬일 수도 있죠. 혼자 사니까요. 그리고 마왕이 바뀌었다는 것도 세상에 알려야 하는데 그런 거 소문내고 다니기도 좀 그렇지 않습니까? 그래서 하는 겁니다. 뭐, 별거 아닙니다. 용사 일행이 나타나서 마왕을 습삭 하는 겁니다. 물론 진짜는 아닙니다만. 어쨌든 은퇴하기로 마음먹었으니 적당한 인간을 물색해서 그 짓을 시켜야 하는데 짧게는 1년, 길게는 10년까지 걸립니다."

"네? 하지만 그 소설에서 보면……."

현실과 소설의 괴리에 고통(?)스러워하는 상일. 그럼 영웅이 일어나서 마왕을 처단하고 난 후에 세상을 구한다는 소설의 내용이 다 뻥이라는 소리란 말인가?

"뭐, 그건 인간이 만든 상상이니까요. 혹시 왜 마왕들이 공주를 납치하는지 아십니까?"

"네? 그거야……."

그러고 보니 이유를 알 수가 없었다. 하필이면 어째서 공주일까? 공주를 사랑해서라는 설정상의 내용을 보면 이해가 가지만 그것만으로 이해할 수 없는 것이, 보통 마왕은 공주를 데려가서 손끝 하나 대지 않는다. 사랑한다고 납치하고서는 마왕이 미쳤다고 공주의 처녀지신을 지켜줄 리는 없고, 아니면 결혼 전에 순결을 지켜준다는 그딴 헛소리를 할 리도 없지 않은가?

"공주를 가장 많이 납치하는 이유는 간단합니다. 영웅놀이 하기 가장 좋거든요. 세계 멸망 따위로 하다가는 스케일이 너무 커져서 수습이 힘들고 말이죠. 왕자를 납치하면 왕자들은 국민을 희생시킬 수 없다면서 자살해 버리더군요. 하지만 공주는 데려오면 자살도 못하고 그냥 냅두면 조용히 있어요. 그쪽에서는 여자가 드세다고 들었습니다만, 이쪽은 그런 게 아니라서 말이죠. 그리고 대부분의 공주들이 백마 탄 기사가 구해주러 오니까 말입니다. 사실 다 짠 거지만 말이죠. 후후, 조만간 사람 구해서 은퇴식을 해야 하는데, 어떻습니까? 원하시면 용사놀이라도 한번 하시겠습니까? 잘만 하시면 이곳 공주랑 쎄쎄쎄도 할 수 있는데."

기사와 공주와 백마 탄 용사에 대한 진실을 알아버린 상일은 술잔을 들고는 푸르른 하늘을 바라보면서 이렇게 중얼거렸다.

"인생 뭐 있어……."

그렇게 진실을 알아버린 상일과는 반대로 파티는 점점 흥을 돋우고 있었다. 중간에 들어온 불청객만 아니면 말이다.

"마왕님, 손님이 오셨습니다."

"손님이?"

집사의 말에 어느 손님인가 하고 고개를 돌리는 마왕, 그리고 문을 박차면서 들어오는 사람들.

"마왕 다크에룬! 내가 정의의 이름으로 널 처단한다!"

반짝이는 갑옷과 칼, 그리고 방패를 든 남자는 동료들과 함께 소리를 지르면서 박차고 들어왔고, 동료들 역시 훌륭한 장비를 착용한 모습으로 비장하게 파티가 진행 중인 안으로 들어왔다. 그리고 그들에게 몰리는 시선들.

"혹시 저들이 그?"

"아니요? 아직 안 구했는데요? 가끔 저런 사람들 있습니다. 마왕놀이가 진짜인 줄 알고 오는 사람들 말이죠. 쩝."

황당하다는 표정으로 바라보던 상일. 그는 문득 그 파티를 바라보고는 열이 팍 받는 느낌이었다.

'뭐야? 남자는 전사 하나뿐이다. 사제도 여자, 도적도 여자, 사냥꾼도 여자, 마법사도 여자? 저게 마왕 퇴치 파티야, 하렘물 파티야?'

은근히 열받은 상일은 그렇게 몰려든 개념없는 용사들을 노려보고 있었다. 어쩌면 열받았다기보다는 부러운 것일지도 몰랐지만 말이다.

결국 파티는 쫑나고 말았다. 아니, 그렇게 보였다. 하지만 마족들은 가지 않고 여전히 모여 있었고, 그들의 시선 한가운데는 상일이 있었다. 어디서 구한 것인지 모르지만 빨간색 모자까지 챙겨 쓰고는 제대로 폼을 잡고 있는 상일, 그리고 그 앞에 있는 남자.

"오른쪽 발 든다. 실시."

"실시."

대가리를 박은 상태에서 오른쪽 발을 든다는 것이 얼마나 힘든 일인지 아는 사람은 안다. 당연히 바로 고꾸라지는 그 남자.

"어허, 본 교관의 말을 씹어? 말 씹으니 맛있습니까? 제 말은 딸기 맛입니까? 올빼미가 간이 부었군 그래?"

"아닙니다!"

"그럼 여기가 안이지, 바깥인가?"

그랬다. 하렘물 파티의 모습에 열받은 상일은 마왕에게 부탁해서 이들의 처분권을 넘겨받은 것이다. 사실 마왕 혼자 있어도 이길까 말까, 아니, 100% 지는데 마왕 생일이라고 다 몰려 있는 상태에서 쳐들어왔으니 이들이 이길 리가 만무했고 그 결과 이렇게 비참하게 대가리를 박고 있었다.

차마 여자에게 손을 대지는 못하는지라 구석에서 오들오돌 떨게 만들고 있었지만 남자는 봐줄 상일이 아니었다.

"좋아, 10분간 휴식."

"10분간 휴식!"

그리고 그대로 널브러지는 전사. 맨몸으로 하는 것도 힘들 동작들을 갑옷을 덕지덕지 입고 하는 것이 쉬울 리가 없으니 당근 퍼질 수밖에 없었다. 그사이 상일은 여자들에게 다가갔다.

"자, 그럼 여자 분들? 휴식 사이간 노래 일발 장전~"

"네?"

"노래 몰라요? 노래?"

결국 마지못해서 노래를 시작하는 여자 도적. 하지만 사실 상일은 그거에는 별 관심 없었다. 물론 그녀의 미모도 나쁘지는 않았지만 그 도적보다는 아무래도 사제가 더 이뻐 보이는 그였다.

"저기, 아가씨. 전화, 아니, 주소, 아니, 지금 어디 살아요? 취미는 뭐예요? 좋아하는 것은?"

노래를 부르든 말든 사제에게 다가가서 작업을 거는 상일 바람돌이다. 당근 사제는 기겁을 했다.

"모… 몰라요, 그런 거."

그렇게 접근하면 100% 차이고 당연히 상일은 차였다. 그리고 그사이 노래가 끝났다.

어정쩡하게 노래 한 곡 부르고 서 있는 여자 도적과 졸지에 차여 버린 상일. 분위기가 상당히 차가울 수밖에 없고 당연하게도 그에 대한 희생양은 내정되어 있었다. 자리에서 일어나는 상일의 이마에는 알게 모르게 혈관 마크가 떠 있었다.

"휴식 끝!"

"네? 하지만 아직 5분뿐이……."

"휴식 끝이라니까! 지금 본 교관의 말을 씹는 겁니까! 맛있나 보군요! 아까는 딸기 맛이더니 이번은 사과 맛인가요? 아니면 갈비 맛입니까?"

"아닙니다."

"여기 안이지 바깥 아니라니까! PT 8번 온몸 비틀기 준비!"

"아~ 으아!"

그걸 보면서 마족들은 혀를 내두르고 있었다.

"저 사람 진짜 인간 출신 안내자 맞아? 마족 출신이 아니고?"

"그러게 말이야. 진짜 사악하다. 한 명만 괴롭히고 나머지는 편하게 돼서 이간질시키는 정신 공격에 어느 신전인지 캐내서 복수까지 할려고 하지를 않나. 이야, 차기 마왕감이네. 저거 봐, 고문하면 금방 죽으니까 저렇게 죽지 않을 만큼 괴롭히잖아."

자신도 모르게 마족들에게 점수를 따고 있는 상일이었다.

그날 저녁 사제의 전화번호, 아니, 사는 곳을 알아내지 못한 상일을 마왕은 위로하고 있었다.

"독한 여자군요. 동료가 그렇게 고통을 받는데 입을 열지 않다니."

'그게 아닌데.'

사실 아마 그 여자는 본능적으로 상일에게서 스토커 기질을 발견했을지도 모른다. 의외로 여자의 육감은 예리할 때가 있으니까.

"그럼 어떻게 하실 생각입니까? 처리는 상일 씨에게 맡겼으니 저희야 상관없지만."

"에, 그거에 대해서 생각을 좀 해봤는데 말이죠, 사실 마왕님 은퇴식 문제도 있고 그러니 그 녀석들을 이용했으면 합니다. 어쨌든지 간에 여기까지 올 정도면 배짱은 있는 셈이니까요."

상일의 말에 마왕은 한참을 생각했다. 사실 나쁜 생각은 아닌 듯했다. 특별히 사람들 구해서 하는 것보다는 말이다. 마왕을 죽였다는 타이틀은 인생에서 로또보다 대박이다.

당연히 하려고 하는 인간이 많을 것이다. 물론 진짜로 할 인간은 없지만, 가짜인데 뭐 어떻겠는가?

"하지만 실력이 영 시원치 않던데요? 그 실력으로 마왕 죽였다고 하면 아마 개나 소나 차기 마왕한테 덤빌 텐데?"

마왕의 걱정은 그거였다. 실력이 보장이 되야 말이지, 그가 볼 때 그 전사의 실력은 시장 뜨내기보다 조금 더 나아 보였다. 물론 인간치고는 상당한 실력이지만 그 실력으로 마왕은커녕 마족 하나 이기기도 힘들 실력이었다.

"그 부분은 제가 맡아서 훈련시키도록 하죠. 사실 저도 다른 차원에서 근무하는 것은 처음이라 말이죠. 차원의 흐름을 통제하는 것이 우리의 일이라면 그들을 훈련시키는 것도 제 일입니다."

"하지만 저 파티는 문제가 많을 텐데요? 에, 그리고 그렇게 한다고 해도 사제 주소를 따는 것은 힘들 거 같은데……."

역시 마왕 상일의 속마음을 알고 있었다.

"미련은 버렸습니다, 미련은. 공은 공, 사는 사니까요."

그렇게 말하고 있지만 상일의 눈에서는 불꽃이 일고 있었다. 공은 공, 사는 사지만 공적인 일을 하사면 간혹 상대방이 힘들 수도 있는 것이니까 말이다. 사적인 일이라면 모를까.

1주일 뒤 깊은 산속. 상일은 두 사람을 데리고 나왔다. 결국 전사와 사제만 하기로 하고 나머지 사냥꾼과 도적은 공포에 질려서 절대로 못한다고 하는 바람에 적당히 협박해서 보낼 수밖에 없었다. 물론 이들을 협박해서 동료로 만들 수 있지만 그래서는 재미가 없지 않은가? 용사에게 자고로 동료란 한 명씩 늘어나는 중요한 사람이니까.

나중에 알고 보니 전사와 사제는 소꿉친구이면서 연인 관계였다.

'나만 사이에서 나쁜 놈 된 거네.'

그렇게 투덜거리는 상일. 그러나 그런 마음을 접고는 이제부터 훈련을 시작할 때였다. 물론 그런 마음이 훈련에 어떤 영향을 미칠지는 아무도 모른다.

"자, 어디 보자. 메릴은 이거부터 시작해. 내가 특별히 만든 책이다."

메릴은 책을 받아 들고는 난감한 표정을 지었다. 세 권의 책은 상일이 본사에 있는 태석에게 연락을 해서 만든 책으로 일종의 수양용 책이었다. 각 차원 중에서 가장 효율적인 신성력 향상 프로그램이라고 할 수 있었다. 물론 그녀에게만 허락을 한 거라서 다음 대에서는 쓸 수도 없고 말이다. 아니, 이번 교육이 끝나면 상일이 회수해 갈 테니까.

"신성력 한 달이면 대신관만큼 한다. 기도가 가장 쉬웠어요. 신성력 향상을 위한 99가지 방법… 저기 작명 센스가 좀……."

"시끄러! PT시킬까?"

그 말에 옆에서 사색이 되는 전사인 하인즈.

"할게요."

"그래, 그렇게 나와야지. 그리고 넌 이거부터 시작이다."

그리고 하인즈에게 넘어가는 세 권의 책. 그걸 본 하인즈 역시 얼빵한 표정을 지었다. 사실 그도 전사이기 때문에 수련한다는 것에 내심 기대를 하고 있었다. 그리고 거기서 본 상일. 이곳 이름 던젤의 실력은 분명 소드 마스터. 당연히 젊은 나이에 소드 마스터가 되었으니 자신에게도 그런 것을 알려줄 거라 생각을 했는데 책이라니.

"개념 원리 초딩편? 마음의 양식을 위한 내 마음의 먼치킨 수프? 용사 이럴 때는 이런 대사가 중요하다? 저기, 다 좋은데요, 이 초딩편이라는 책자는 왠지 좀……."

"시끄러! 이 개념없는 새끼야. 넌 초딩편부터 시작해야 해. 개념없이는 용사도 없다, 몰라? 책을 봐. 기존의 용사들이 얼마나 개념이 잘 잡혀 있는데 너같이 무개념은 초딩편부터 차근차근 배워야 하는 거야. 실력보다 그게 우선이다."

하지만 하인즈는 다 좋은데 초딩편이라는 부분에서 자꾸 무언가 거부감이 들고 있었다.

하지만 어쩌겠는가 당장 아쉬운 것은 그들이니 말이다. 그렇게 그들의 훈련은 시작되었다.

"어허, 어디를 물러나!"

상일의 날카로운 공격을 막느라고 데굴데굴 구르는 하인즈를 물러났다고 또 갈구고 있었다.

"전사는 절대로 물러나지 않는다! 알겠냐?"

"하지만 그런 공격을 맞으면 다친다구요!"

"다치라고 하는 거야! 그럼 메릴은 돌에 대고 힐 연습할까?"

그 말에 얼굴이 사색이 되는 하인즈. 결국 그가 연습 상대가 되어야 한다는 것이고, 그렇다는 것은 자신이 매번 다쳐야 한다는 것이다.

"전사는 자고로 파티의 핵심이다. 내가 파티를 이끌 때는 단 한 걸음도 물러나지 않았다. 전사에게 중요한 것은 파티원에 대한 믿음이야, 믿음! 파티를 믿지 못해서 뒤로 물러나는 것은 용사로서 자질이 없는 거야! 설령 파티원이 자신을 버리고 간다고 해도 적을 가로막는 것, 적이 아군을 따라가게 하기 위해서는 나의 시체를 넘어야 한다는 생각으로 싸우는 것, 그것이 전사의 올바른 정신이야.”

그 말에 하인즈는 감동했다는 눈빛을 보냈지만 사실 그 경험이라는 것이 온라인 게임에서 캐릭터 키우면서 배운 것에 지나지 않았다. 하지만 온라인 게임을 알 리가 없는 하인즈는 그냥 진짜로 대단한 사람이라고만 생각하고 있었다.

“그런 의미에서 한 대만 맞아라.”

“알겠습니다. 파티원을 위해서라면!”

그의 말에 감동을 받아서 섣불리 나섰던 하인즈. 결국 기절 상태에서 힐을 받아야만 했다.

여섯 달이었다. 상일이야 어차피 상관없지만 하인즈와 메릴은 지옥 같은 날을 여섯 달을 겪어야 했다. 하인즈는 매일같이 어디 다쳐서 나자빠지고 그런 하인즈를 위해서 메릴은 있는 신성력 없는 신성력까지 다 쥐어짜야만 했다. 그 결과 실력은 엄청나게 일취월장했다. 던젤은 마음 같아서는 그냥 완성될 때까지 데리고 있을까 했지만, 아무래도 용사놀이의 백미는 성장해 가는 용사의 실력이기 때문에 적당히 하고 나오기로 했다.

그리고 다른 이유는 산속에서 둘이서 그렇게 괴롭힘을 당하다 보니 서로 애정지수가 높아져서 쉬는 시간이면 그의 염장을 아주 후벼 파고 있기 때문이었다. 그건 그에게 있어서 상당히 가슴 아픈 고문이었다. 초등학교 시절에는 당연히 없었고 이성에 관심이 많을 때는 남중 남고를 거쳐서 대학에서 한 명 만나나 싶더니만 채 100일도 되기 전에 휴학하고 군대로 날아갔다가 차여 버렸으니 말이다. 여자와 한 시간이 다 해도 채 다섯 달이 넘지를 않으니 당연히 그에게 좋은 소리를 원하는 것은 힘들었다.

"좀 떨어지면 안 되냐?"

"사람도 없는데요 뭘."

"넌 용사야. 사람이 있건 없건 품위를 지키는 것이 용사가 할 일이라고."

마을로 가는 중에도 이제는 아예 찰싹 달라붙어 있는 커플을 보면서 상일은 한소리 할 수밖에 없었다. 안 그럼 도착 전에 염장이 터져서 자신이 먼저 죽을지도 몰랐다. 결국 그 말에 슬며시 떨어지는 두 연인 얼굴에는 아쉬움이 가득했다.

'내가 빨리 장가를 가던가 해야지, 젠장. 그런데 가고 싶어도 혼자 갈 수도 없는 노릇이고.'

마음속에서 그렇게 외쳤지만 여기서 장가를 갈 수도 없는 노릇이고 말이다. 어쨌든 약속대로 마을에 도착하면 그때부터 연극 아닌 연극이 시작될 것이다. 천천히 성장해 가는 용사의 모습은 아마도 다음 용사놀이 때까지는 길이길이 기억될 것이니 두 사람의 얼굴에는 비장미가 가득했다. 그에 반해서 던젤의 얼굴에는 귀찮음이 가득했다. 그의 머릿속에는 비장미보다는 오늘 저녁에 뭐를 먹을지가 더 큰 비중을 차지하고 있었다.

　도착한 마을은 작았다. 주민이 많은 것은 아니고 거기다 몬스터들이 사는 숲에서 가까워서 마을이 크지 않았다. 그나마 오고 가는 사람들은 좀 있는 마을이었다. 그리고 그래서 이 마을이 첫 타깃이 된 것이다. 최초로 영웅 이야기가 시작될 만한 몬스터가 출몰하는 마을, 거기다 소문이 날 수 있을 정도로 사람들이 다니는 마을이니 말이다.
　"오셨군요."
　먼저 마을 여관에 있던 마족은 던젤과 일행이 들어오자 반갑게 일어났다. 연극을 위해서는 용사만 잘나서는 안 된다.
　적들 역시 그에 맞게 나타나 줘야 하는 법이다. 막말로 용사는 생초보인데 오우거를 잡을 수도 없는 노릇이고 용사가 소드 마스터인데 오크를 잡을 수도 없는 노릇이다. 즉, 사냥은 자기 레벨에 맞게 하는 것이다. 그것이 보통이고 그것이 게임의 정석이다. 물론 고 레벨이 밀어줘서 이길 수는 있을지 모르지만 그렇게 하는 사람들은 대부분 빠르게 성장은 할지언정 그리 강하지는 않은 것이 정석이다.
　"준비는 어떻게 되고 있습니까?"
　"우선은 숲에 있는 오크들을 모으고 있고 말씀하신 대로 트롤도 한 마리 넣어뒀습니다만, 힘들지 않을까요?"

"실력이 늘었으니 충분할 겁니다."

"그렇습니까? 얼마나 늘었는지 기대되는군요. 혹시 진짜로 마왕님을 이길 정도는 아니겠지요? 후후."

사기도 대 국민 사기다. 전 세계 사람들을 속여야 하는 사기이니 어줍지 않게 해서는 안 된다. 짜려면 확실하게 짜는 것, 그것이 중요했다. 어쩌면 자신에게는 사기꾼 기질이 있을지도 모른다고 상일은 생각하고 있었다.

"좋습니다. 내일 저녁을 이용하도록 하지요. 컨트롤 잘해주셔야 합니다. 알다시피 여기서 죽어버리면 처음부터 다시 시작이니까요."

"알겠습니다. 이쪽 통제는 상일님에게 맡기도록 하지요. 그런데 상일님은 끼지 않을 생각입니까?"

"그렇습니다. 끼더라도 부차적으로 튀어나온 녀석이나 처리해야겠지요. 메인은 제가 아니라 하인즈가 되어야 하니까요."

다음날 저녁, 하인즈와 메릴은 긴장된 표정으로 방에 있었다. 그에 반해서 느긋하게 던젤은 별반 다르지 않은 표정으로 창밖을 보고 있었다.

"너무 긴장하는 거 아냐? 상대는 그냥 오크 몇 마리하고 트롤 한 마리뿐이라고."

"오크는 그렇다고 해도 트롤을 어떻게 막으라는 겁니까?"

"걱정 마, 너의 실력이면 충분히 막아."

아직 자신의 실력이 얼마나 올랐는지 알지 못하는 하인즈는 여전히 불안한 눈빛이었다.

사실 오크는 어찌한다고 해도 혼자의 실력으로 트롤은 버거울지 몰랐다. 물론 실력이 부족한 것은 아니다. 하지만 그 자기 재생 능력이 문제였다. 그 부분은 메릴이 회복을 저지하는 신성력을 사용해야 한다. 즉, 호흡이 맞아야 한다는 소리다. 사실 그런 기초적인 공격형 신성 주문조차 배우지 않고 마왕성으로 돌격해 온 두 사람의 대담함에 다들 혀를 내두를 정도였다. 하지만 트롤은 대담성만으로 이길 수 있는 몬스터가 아니니까.

"슬슬 올 시간이……."

달을 보면서 슬슬 올 시간이 돼간다고 생각하고 있을 때, 아니나 다를까, 긴박한 종소리가 마을 안을 울리기 시작하고 경비의 거친 외침도 함께 마을 안에 퍼지기 시작했다.

"오크다! 몬스터가 쳐들어왔다! 어서 방책을 닫아! 사람들 깨워!"

"시작이로군."

던젤은 느긋하게 일어나 칼을 집어 들었다. 그리고 하인즈 역시 과도하게 긴장된 표정으로 칼을 집어 들었다. 저러는 것을 보면 도대체 무슨 배짱으로 쳐들어왔는지 알 수가 없었다. 마왕이 설마 슬라임 정도의 전투력을 가지고 있다고 생각한 것은 아닐까?

"자자, 가자구!"

그렇게 그들을 데리고 간 마을 입구에는 벌써 남자들이 무기를 들고 모여 있었다. 칼을 든 사람도 있고 망치나 창을 든 사람도 있고 이도저도 없으면 쇠스랑 같은 농기구라도 가지고 남자들은 모여 있었다.

"자, 여자들과 아이들은 안전한 곳으로 피하게 하고 우리는 여기서 싸웁시다."

마을의 경비대장으로 보이는 남자는 긴장된 얼굴로 나온 사람들을 바라보았다. 그 와중에 낯선 얼굴을 발견하고는 반갑게 물었다. 낯선 얼굴이긴 하지만 제대로 무장을 하고 있으니 그것은 자신들을 지원해 줄 수 있다는 뜻이니까 말이다.

"당신들은?"

"지나가던 여행잡니다. 마을이 위험한 거 같아서 작은 도움이라도 드릴까 하고 이렇게 나왔습니다."

오! 대단하다. 개념원리 초딩편의 위력! 아주 개념이 담뿍 담긴 말이 술술 넘어온다.

"아, 감사합니다. 이런 분들이 많으셔야 하는데. 칼을 들고 계신데 그럼 넘어오는 오크들을 막아주실 수 있습니까?"

"그렇게 하지요. 아, 그리고 제 동료는 사제이니 도움이 필요하시면 부르시면 됩니다."

"아! 사제님까지! 감사합니다. 여러모로 도움이 되겠군요."

마을 사람들의 감사의 인사를 받으면서 그들은 방책 위로 올라갔고 기다렸다는 듯이 저 멀리 오크들이 조잡한 사다리를 들고는 돌격해 오기 시작했다. 그리고 사람들은 침을 삼키면서 긴장하기 시작했다.

"전원 전투 준비!"

활을 가진 사람은 화살을 들었고, 화살조차 없는 사람은 들고 있는 무기를 쥐고 있는 손에 힘을 주었다. 하지만 오크들은 그걸 아는지 모르는지 대열도 없이 그저 무작정 뛰어왔고 당연하게도 거리가 줄어드니 화살 반경에 들어오게 되었다. 그리고 드디어 화살이 하늘을 날랐다.

"발사!"

하지만 하늘을 날아가는 화살은 그리 많은 양이 아니었다. 활을 가지고 있는 사람이 많은 것도 아니고 대부분 군사용이 아닌 사냥용이기 때문에 몇 발 쏘지 않은 상태에서 오크들은 방벽 바로 아래까지 달려들었다. 그리고 그 아래서는 거친 오크들의 함성과 지독한 냄새가 올라오기 시작했다.

"정신 차리세요! 적이 바로 코앞입니다! 우리가 싸워야 가족을 지킬 수 있습니다!"

공포에 떠는 마을 사람들을 독려하면서 하인즈는 싸우기 시작했고, 마족의 조종을 받은 오크들은 하인즈가 있는 쪽만 노려서 꾸역꾸역 몰려가기 시작했다. 물론 다른 쪽에서도 계속 넘어왔고 그 부분은 던젤이 적당하게 처리를 하면서 사태를 관망하고 있었다.

'둘 다 잘하고 있군 그래.'

던젤이 악독한 사람도 아니고 연극을 한다고 진짜로 마을 사람들을 죽일 생각은 없기 때문에 적절하게 조절을 하도록 말을 해놔서 오크들은 이상하게도 결정적인 타격은 주지 못하고 있었고, 조금 위험하다 싶으면 던젤이 끼어들어서 구해 주고는 했다. 그리고 그렇게 여유가 생기자 당연하게도 사람들의 시선은 최선봉에서 싸우는 하인즈에게 갈 수 있었다.

하인즈는 가장 앞에 서서 오크들을 베어 넘기면서 사람들을 독려하고 있었고, 메릴은 약간 뒤에서 사람들을 치료해 준다거나 아니면 보조 신성 마법을 걸어주거나 하면서 지원을 하고 있었다. 아직 정신이 없어서 누가 누군지 모르는 상황이지만 이런 식으로 한다면 사람들의 기억에 하인즈가 확실하게 남을 수 있었다. 하지만 그것만으로는 부족했다. 무언가 확실하게 기억에 남는 것이 필요했다.

'슬슬 나올 때가……'

역시나 예상은 그리 빗나가지 않았다. 갑자기 방책에 커다란 돌덩이가 날아오더니만 일부 방책을 부수고 말았다. 그리고 사람들의 입에서는 절망적인 음성이 들렸다.

"트롤이다!"

"역시."

때마침 나타난 트롤은 접근하지 않고 돌을 던지면서 방책을 부수고 있었다. 이대로라면 방책이 부서지고 오크들이 넘어올 수도 있는 상황. 이 정도 방책은 오크는 막을 수 있을지 몰라도 트롤에게는 무리였다. 사실 트롤이라는 종 자체가 그리 많은 종도 아니고 인간의 마을을 그리 많이 공격하는 종도 아니니 말이다. 트롤의 힘이면 나무 방책 정도는 무너뜨릴 수 있는 데다가 일반인의 실력으로 이길 수 있는 대상도 아니다. 화살 정도는 금방 복구되는 저 녀석의 재생력을 생각하면 그저 따끔할 정도이고 말이다.

'트롤이 좀 접근해야 하인즈한테 처리하라고 할 텐데.'

마음 같아서는 바로 가서 처리하라고 하고 싶지만 애석하게도 너무 멀어서 바로 공격할 수가 없었다. 오크들 사이로 뛰어들어 가 접근하면 어떤 바보라도 이상하다고 느낄 테니 말이다. 더군다나 오크들이 아무리 조종을 받고 있다고 해도 그걸 무시하지 않는다는 법도 없었다.

마족이라고 해도 오크들의 통제성에 방향성을 제시할 뿐 개별적인 통제에는 무리가 있었다.

그때 기적이 나타났다. 아니, 의외의 변수라고 하는 것이 더 정확한 말일지도 몰랐다.

어디선가 10여 마리의 기마가 나타난 것이다.

"돌겨~억!"

거침없는 목소리가 전장을 제압하면서 나타난 기사들이 황당하게도 기사단이었다. 아니, 평소에는 보이지도 않는 기사단이 이 촌구석에 나타나다니 말도 안 되는 일이라면서 던젤은 흥분했지만, 기사단은 말이 되든 안 되든 마을을 공격하는 오크를 향해서 공격해 들어갔다. 고작 10여 기의 기마대일 뿐이지만 오크들이 그들을 막을 수 있을 리가 없었다. 통제에 따라서 마을을 향해서 돌격하던 와중이었는데 후방에서 기마대가 나타났으니 당연히 속수무책, 말 그대로 썰린다고 표현할 정도로 밀리기 시작했다.

"어어, 이게 아닌데."

원래는 오크들이 어느 정도 밀린 상태에서 하인즈가 트롤과 맞짱을 떠서 그 이름을 드높이는 것이 계획이었는데 난데없이 기사단이 나타나서는 초를 치는 것이다.

"저거, 저 자식들이 스틸하네?"

"네? 스틸이요?"

"그런 게 있어. 하여간 저것들 때문에 일이 안 되는 거 아냐?"

여기서 트롤이 쓰러지면 죽도 밥도 안 되는 것이다. 이번에 몬스터들의 통제를 담당한 마족이 적절하게 오크들을 통제해서 막아보려고 했지만 애석하게도 그들의 실력은 상상을 초월했다. 그렇다고 직접 나서면 나중에 천천히 성장하는 그의 모습을 세상에 알릴 수가 없게 된다. 아니면 엉뚱한 놈이 알려질 수도 있고 말이다.

"할 수 없다. 하인즈 돌격! 무조건 트롤부터 노려!"

“네? 하지만 아직 오크가…….”

“저 녀석들이 스틸하는 거 안 보여? 스틸은 범죄야, 범죄!”

과거에도 고렙들을 데리고 와서는 몹을 싹 몰아서 잡아버리고는 뻔뻔하게 덤비던 놈들이 있었다. 주로 거대 길드에서 하는 경우가 많았는데 작은 길드였던 그는 뻑하면 그런 자들에게 방해된다고 죽고는 했기 때문에 필요 이상으로 열을 받고 있었다.

“하지만 이대로 두면 저들이 알아서 할 거 같은데요?”

“너 용사거든? 용사라는 놈이 나서지는 못할망정 뒤로 빼다니, 할 수 없다. 우선은 트롤한테 달려나가. 나머지는 알아서 해주마.”

“네? 몬스터가 저렇게 많은데?”

“유격할까?”

“달려야죠. 하하, 달립니다. 달려요!”

마지못해서 달려나가는 하인즈, 그리고 던젤은 차분하게 달려오는 갑옷을 입은 기사들을 바라보았다. 번쩍거리는 갑옷과 좋아 보이는 칼, 그리고 훌륭한 준마까지, 용사라면 자고로 이런 것이다!를 온몸으로 표현하면서 오크들을 척살하고 있고 몇몇은 오크의 밭을 돌파해서 트롤을 제거하려고 하고 있었다. 하지만 그걸 그렇게 놔둘 그가 아니었다. 스틸은 죄악이니까.

“내 스틸은 용서하지 않으리라!”

그는 오크 잡는 것을 포기하고 바닥에서 작은 돌 몇 개를 쥐어 들었다. 경험치가 있는 곳은 아니지만 지명도가 경험치라면 경험치였다. 그런데 난데없이 나타난 놈이 몽땅 잡아간다면 얼마나 화가 나겠는가?

"맞아라!"

휘익!

딱!

"크악!"

돌 날아가는 소리, 그리고 맞는 소리, 마지막으로 화려한 비명 소리가 어우러지면서 말을 타고 있던 기사가 그대로 나가떨어졌다. 나름대로 가장 잘 차려입은 기사를 노린 것인데 다행히도 대장쯤 되는 것인지 주변에서 몬스터를 정리하던 기사들이 기겁을 하면서 후퇴를 시작했다. 물론 도망가는 것이 아닌 그 남자를 보호하기 위해서 말이다. 그리고 공세에서 수세로 전환되고 나자 한결 저들이 잡는 몬스터의 양이 줄었고 당연하게도 그 덕에 몬스터 한가운데서 분전하는 하인즈의 실력이 훨씬 돋보이기 시작했다. 더군다나 기사단으로 몰려가는 오크들 덕분에 하인즈가 뛰어들어도 그렇게 이상해 보이지 않았다.

'좋아, 이렇게 가는 거야.'

타이밍 좋고 실력 좋고. 그리고 그에 맞춰서 보조라도 하듯이 트롤이 하인즈에게 다가오기 시작했다. 아마도 하인즈를 노리도록 그 마족이 조종한 모양이었다. 드디어 하인즈 앞에 선 트롤, 그리고 침을 꿀꺽 삼키면서 바라보는 하인즈.

'체급만 보면 초등학교 복싱부랑 마이크 타이슨이랑 시합하는 거 같군 그래.'

확실히 멀리서는 몰랐지만 가까이에서 크기를 보니 체급의 차이가 엄청나고 있었다. 하지만 어쩌겠는가. 이것이 용사의 길인 것을.

군중이 원한다면 드래곤에게 이쑤시개 들고 돌격해야 하는 것이 용사의 길, 그리고 이럴 때 명대사 날리는 것이야말로 용사의 센스.

"이 사악한 트롤, 감히 인간의 영역을 침범하다니! 인간과 몬스터는 각자 영역이 있는 법, 내 너를 용서하지 않으리라!"

사람들은 당당하게 맞서서 그렇게 외치는 하인즈를 보면서 환호하고 있었지만 던젤은 광분하고 있었다.

'저 새끼, 용사를 위한 명대사 999개 다 못 봤잖아! 돌아오기만 해봐라! 유격이다!'

그렇게 던젤이 이를 갈자 하인즈는 생명의 위협을 느꼈다. 앞에서 나오는 살기보다 뒤에서 느껴지는 살기가 더 강하다는 사실을 온몸으로 느낄 수 있었다.

'미치겠네. 명대사 999개를 화장지로 쓰는 게 아니었는데. 가장 필요없는 책 같아서 쓴 건데… 난 죽었다.'

이럴 때 살아남는 법은 단 한 가지 방법뿐. 가능하면 화려하고 멋지고 기억에 남게 저 트롤을 쓰러뜨리는 것이 마지막 방법이었다.

"각오해라, 트롤! 지금 보는 빛이 네가 이 세상에서 보는 마지막 빛이 될 것이다!"

그 말에 광포하게가 아니라 초롱초롱한 눈망울로 하인즈를 바라보는 트롤.

꾸어?

그리고는 손을 들어 자신을 가리키기까지 한다.

"크윽!"

나름대로 귀여운 행동이지만 하인즈로서는 상당히 정신적인 데미지가 강한 모습이었다.

귀여운 소녀라면 모르지만 트롤이 순진한 얼굴로 그런 행동을 한다는 것은 상당히 보기 좋지 않았다.

"이익, 용서하지 않겠다!"

하인즈는 엉뚱한 데 화를 내면서 달려들었고 사람들은 그런 그를 향해서 환호를 하면서 응원을 시작했다. 오크들은 뒤에서 몰려 있던 기사들과 성벽을 공격하고 있었고 그 앞에서는 하인즈와 트롤의 1:1 맞짱이 시작된 것이다.

퍽!

칼은 제대로 들어갔다. 하지만 트롤이 휘두르는 거대한 나무 몽둥이를 피해서 다시 자세를 잡았을 때는 벌써 상처가 아물기 시작할 때였다. 과연 트롤! 이러니저러니해도 그 엄청난 재생력은 무시할 만한 것이 아니었다. 기사단도 트롤을 잡는 것이 쉽지가 않다.

가죽이 두꺼워서 칼도 잘 들어가지 않는 데다가 조금 들어 갔다가도 그 상처가 순식간에 나아버리니 말이다.

"야, 하인즈! 시간 없다. 빨리 안 처리해?"

"네? 하지만……."

그제야 던젤은 아차 했다. 트롤에 관한 맨 처음 계획은 하 인즈가 공격하고 메릴이 상처 악화 마법을 써서 상처를 벌리 면서 싸우는 것이었다. 트롤의 재생력은 장난이 아니기에 익 스퍼트 중급 아니면 다구리로 때려잡아야 한다. 이렇게 두 명 이서 잡기 위해서는 한 명은 턴 힐링을 해줘야 하는 것이다. 그런데 마음이 급한 나머지 메릴을 저 뒤에 두고 온 것이다.

"버텨! 메릴 데리고 올 테니까."

"네? 무슨 수로요?"

"까라면 까! 말 거참 많네."

그렇게 암담한 표정의 하인즈를 버려두고 메릴에게 다가 간 그는 재촉하기 시작했다.

"빨리 가자. 안 그럼 니 남자친구 골로 가게 생겼다."

"하지만 저 혼자서 저길 어떻게 가요?"

그랬다. 그리 먼 거리는 아니지만 오크들이 있는 그곳을 돌 파하는 것은 전투 기술이라고는 전혀 없는 그녀의 힘으로는 불가능한 일이었다. 오크들이 무슨 바다 갈라지듯이 갈라질

것도 아니니 말이다. 가장 쉽게 하는 방법은 던젤이 길을 만
드는 것인데 자신은 여기서 참관자에 가깝지 주체자가 아니
다. 모든 시선은 하인즈와 메릴에게 집중되어야 한다.

"할 수 없지."

던젤은 이를 악물었다. 자신의 지금 신체라면 충분히 가능
한 짓을 하기 위해서 말이다. 무슨 일이 있어도 이번에 눈에
들어야 한다.

"하인즈, 받아!"

하인즈가 정확하게 신호를 받았는지 확인한 그는 다짜고
짜 메릴을 들었다.

"꺄악! 무슨 짓이에요!"

조건 반사로 날아오는 싸대기. 아무리 소드 마스터의 육체
를 가지고 있다고 하지만 상당히 아픈 느낌이었다. 하지만 방
법은 그것뿐이라 나중을 기약하면서 그대로 집어 던졌다.

"끼아~~~악!"

난생처음으로 허공을 나는 그녀의 기다란 비명이 울리고
그 비명 때문에 사람들의 시선뿐 아니라 몬스터들의 시선까
지 몽땅 하늘로 향했다. 하얀 날개처럼 사제복을 휘날리면서
날아가는 그 모습에 사람들은 훗날 천사가 강림하는 모습이
라고 평했다고 한다. 하지만 드러나지 않는 역사에 의하면 그
천사는 곰돌이를 좋아했다는 이상한 소문도 있었다고 한다.

어쨌든 받아 든 하인즈는 윽 소리를 내면서 주저앉았다. 무

슨 일이 있어도 받아 들겠다는 다짐은 했지만 막상 받아보니 그게 장난이 아니었던 것이다.

"윽."

"꺅꺅!"

"내려왔으니 그만 좀 해. 그나저나 너 살 좀 빼라. 애가 뭐가 그렇게 무겁… 악!"

그 상황에도 처절한 응징을 받는 하인즈. 트롤마저도 황당하다는 표정으로 그 둘을 바라보고 있었다.

"이럴 때가 아니지. 트롤, 덤벼라! 내 너를 회를 떠주마!"

나름대로 멋진 대사지만 그걸 보는 던젤은 고개를 절레절레 흔들었다.

'아이고, 멋진 이미지는 완전히 글러먹었군 그래.'

어쨌든 계획대로 트롤과 이 두 명의 대결은 계속되었다.

쿠워~!

트롤은 힘차게 몽둥이를 휘둘렀다. 사실 인간으로서 트롤의 힘에 맞선다는 것은 거의 불가능하다. 오로지 치고 빠지는 것이 최선이었다.

촤악!

작은 상처를 남기고 난 하인즈가 물러서 자세를 잡기가 무섭게 메릴은 턴 힐링을 시전했다.

"턴 힐링!"

쿠억!

작은 생채기가 강제로 벌어지는 듯한 느낌에 트롤은 고통에
겨워하면서 물러났다. 턴 힐링이라는 것이 초반에는 그저 상
처가 치료되지 않도록 하는 정도지만 강해지면 강해질수록 상
처가 악화된다. 그리고 메릴의 경우에는 몇 가지 책을 동원해
서 속성으로 훈련을 받은 효과가 나타났다. 따라서 그녀는 상
당히 강한 능력을 가지고 있어서 악화 정도가 아니라 누가 보
면 거의 상처를 누가 강제로 벌리는 듯한 흔적까지 남고 있었
다. 그걸 본 마을 사람들은 환호성을 지르고 난리도 아니었다.

"잘한다, 잘해!"

"죽여라!"

"만세!"

트롤은 이를 악물고 일어나려고 했지만 쉽지가 않았다. 아
무리 몬스터라고 해도 근육이 있어야 움직일 수 있는데 이번
공격으로 인해서 안쪽 근육까지 벌어진 것이다. 사실상 허벅
지 근육이 잘라진 것이나 마찬가지인 상태에서 공격은 쉽지
않았고 그가 다가오지 못하도록 몽둥이를 휘두르는 것이 다
였다. 비록 조종당하고 있다고 하지만 트롤의 눈에서는 공포
가 떠오르고 있었다. 무슨 일이 있는지 알 수는 없지만 확실
히 자신의 재생 능력은 저들에게 별 소용이 없다는 사실을 그
트롤은 확실하게 느끼고 있던 것이다.

"좋아! 할 만한데!"

그동안 제대로 자신의 실력을 측정할 수 없던 하인즈는 몬

스터를 보며 신나서 외쳤다.

자신이 할 수 있다는 자신감이 새록새록 나오는 기분이었다. 그동안 대련을 빙자한 구타로 인해서 자신이 없던 그에게 트롤을 마음대로 이렇게 요리할 수 있다는 사실은 상당히 벅찬 기분이었다.

쿠악~

사람들의 환호와 응원에 취해서 얼마나 싸웠을까. 이제 트롤은 여기저기 상처 입은 맹수마냥 포효를 하고 있을 뿐 싸울 수도 없는 상태였고 결국 그 지친 몸을 거대한 소리와 함께 바닥에 누이고 말았다. 아무리 트롤이라고 해도 치명상이 없다고는 하지만 과도한 출혈로 인해서 결국은 쓰러진 것이다. 세포의 재생력이 아무리 뛰어나도 피가 없으면 소용이 없는 법이니까.

"얼래?"

멋진 최후의 일격을 노리고 있던 하인즈는 제풀에 쓰러지는 트롤을 보면서 얼굴이 사색이 되었다. 분명 기억에 남는 가장 좋은 방법은 화려한 뒷마무리라고 했는데 뒷마무리는커녕 일격도 제대로 못 날렸는데 제풀에 쓰러질 줄은 생각도 못했던 것이다.

"……."

그가 공포에 질려서 돌아봤을 때 던젤은 눈살을 찌푸리며 그를 내려다보고 있었다. 물론 주변에서는 사람들이 환호하고 난리도 아니었지만 말이다.

"만세! 트롤을 잡았다. 대단한데."

"만세! 만세!"

예정대로 트롤을 잡고 나자 오크들은 공포에 질려서 도망을 가기 시작했고 그렇게 용사 데뷔전은 끝나고 있었다. 그날 저녁은 처절한 기합 소리만을 남긴 채로.

"자랑스럽군. 우리나라에 이런 훌륭한 전사가 있다는 것이."

"과찬의 말씀입니다."

던젤과 하인즈, 그리고 메릴은 눈앞에 있는 남자에게서 치하를 받으면서 그렇게 긴장된 모습을 하고 있었다. 용사 되는 법 두 번째, 든든한 빽을 만들어라. 물론 이것도 천천히 하면 될 줄 알았다. 하지만 그렇게 쉽게 되지는 않았다. 기마를 이끌고 온 남자, 그리고 던젤의 돌에 맞아서 스틸이라는 죄목으로 쓰러진 이 남자가 이 나라의 왕자란다. 몰래 국민을 살핀답시고 나왔다 돌에 맞아서 쓰러진 왕세자 때문에 간이 졸아붙었던 기사들은 그나마 안도의 한숨을 내쉬었다. 만일 여기서 왕자가 잘못되었다면 자신들 역시 마찬가지라는 소리니 말이다.

"내 비록 전투 중 사고로 인해서 그대의 활약을 보지는 못했으나 주변의 환호와 칭송만으로도 그대의 활약은 알 수 있

었다. 혼자서 그 강대한 트롤을 잡았다니 심히 놀라울 따름이
다.”

“아니옵니다. 저 혼자 한 것이 아니라 제 동료인 메릴과 함
께 했습니다.”

“그래도 대단한 일이다. 둘 다 젊은 나이 같은데 그 정도
실력을 가지고 있다니. 내 친히 상을 내리고 싶구나. 비록 작
은 마을이라고 하나 이곳 역시 자국의 국민들이 사는 곳, 국
민들의 생명과 안전을 지켜준 그대에게 보상을 하지 않는다
면 호사가들의 입에서 어떻게 퍼질지는 짐도 잘 알고 있으니
말이다. 하하.”

“감사하옵니다.”

“내 비록 정탐을 나와 아무것도 없지만 내 친히 왕궁에 그
대를 초대하겠다. 이 시대의 새로운 영웅을 위해서 말이지.”

별의별 찬사를 듣는 와중에도 3명은 고개를 들지 못했다.
물론 신분 차이가 나서 고개를 들지 못하는 경우도 있지만 이
번에는 근엄하게 말하는 왕세자의 이마에 있는 뽈록하고 거
대한 혹 때문이었다. 잘못해서 고개를 들어 그걸 본다면 장담
하건대 그 누구든지 웃느라 넘어질 것이 확실했다. 그런데도
흔들리지 않고 그 근엄한 대사를 중얼거리는 왕세자를 보면
참 대단하다는 생각이 든다.

어쨌든 왕세자의 초대를 받기는 했다. 하지만 던젤은 숙소

로 돌아와서 눈을 찌푸렸다.

"이게 계획이 아닌데?"

"네? 뭐가요? 잘된 것 아닙니까? 왕세자면 대단한 빽이라구요. 지난번에는 용사는 든든한 빽이 뒷받침이 돼야 한다면서요?"

"너무 빠르잖아. 나는 한 3년 정도 생각했는데 이건 3년은 아니라 3개월도 안 지나서 빽이라니. 뭔가 일이 꼬이는 기분이야."

"별일있겠습니까? 그냥 일이 좀 더 빨리 진행되느라 그런 거 아니겠습니까? 헤헤헤."

하인즈는 그렇게 말하면서 그 왕세자가 준다는 보상에 대해서 생각하기 시작했다. 보석일까? 돈일까? 아니면 마법무기? 무엇이던 간에 촌구석에서 자란 그에게는 상당한 기대를 일으키는 데 아무런 문제가 없었다. 하지만 던젤은 무언가 일이 꼬이기 시작했다는 것을 느끼고 있었다.

"이게 아닌데……."

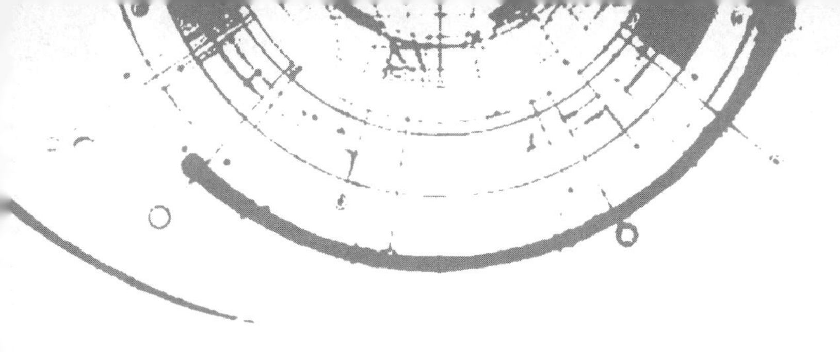

Part 3

요상한 구출 작전

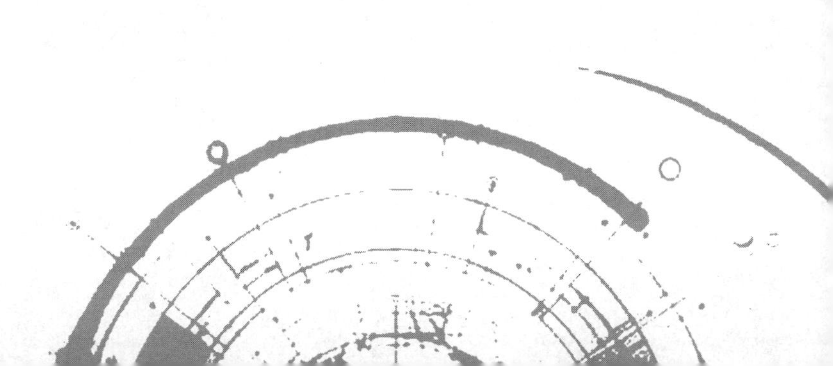

SERVER

"우와~"

"헤~"

"이그, 촌놈들."

보상을 받기 위해서 왕성으로 오는 것은 어렵지 않았다. 던젤은 나름대로 야영도 하면서 올까 했지만 빠르게 이동하는 왕세자의 뒤를 따르기 위해서는 어쩔 수 없이 마차를 타고 이동해야 했다. 물론 마차는 그곳의 영주가 제공한 것이다. 왕세자의 손님이라는데 개길 수도 없는 노릇이고 말이다. 어쨌든 난생처음으로 수도에 도착한 이 촌놈 남녀는 입이 딱 벌어지고 있었다.

"멋지다. 여기가 수도구나."

"저기 봐봐. 드레스야, 드레스. 이야, 난 드레스는 한번도 입어본 적 없는데 부럽다."

지나가는 아가씨가 화려한 드레스를 입고 있는 것을 본 메릴은 시무룩하게 말했다. 촌에서 태어나서 하인즈와 소꿉친구처럼 지내다 보니 이런 관계가 되기는 했지만 드레스는커녕 신전에 들어가고 난 후에는 사제복만 입고 다녔으니 말이다. 사실 사제복은 실용적인 복장이긴 해도 화려한 복장은 아니며 메릴은 아직 한창때의 아가씨였다.

"걱정 마. 아무리 옷이 화려해도, 아무리 여자들이 꾸며도 나에게는 오직 너 하나뿐이야. 이 세상에 너만 있으면 난 두려울 것이 없어. 생각해 봐, 우리가 무얼 믿고 마왕성에 갔는지. 우리의 사랑으로 이곳을 평화롭게 만들 수 있다고 생각해서잖아. 지금도 난 그 생각에는 변함이 없어."

아주 손까지 맞잡으면서 진중하게 말하는 하인즈와 그 말에 얼굴이 빨간색으로 변하는 메릴. 그 순간 갑자기 마차가 휘청거리더니만 그대로 멈추었다. 옆에서 그들의 작업 멘트를 들으며 속으로 대패를 외치고 있던 던젤은 깜짝 놀라서 고개를 내밀었다.

"무슨 일입니까?"

"모르겠습니다. 갑자기 말들이 경기를 일으켜서요. 워어워어~ 이 말들 왜 이래? 날씨도 따듯한데 벌벌 떠네. 이상한 일이네요."

결국 말들을 한참 진정시키고 난 후에야 마차는 출발했고, 던젤은 진실을 알고 있기에 경악스러운 눈으로 두 사람을 바라보았다.

'말들에게 경기를 일으키다니. 어쩌면 저 녀석들, 진짜로 용사가 될지도 모르겠다. 아마 그때 들어와서 저런 닭살 멘트를 날렸다면 마족들은 전멸했을지도 몰라.'

왕성은 화려했다. 물론 도착하자마자 선물을 받은 것은 아니었다. 왕세자가 자신이 하는 정도가 아니라 국왕께 건의해서 선물을 주기로 한 것이었다. 사실 조금 있으면 이곳 공주의 생일인데 이때 훌륭한 영웅이 나타나는 것도 아주 볼만한 흥밋거리 아니겠는가?

당연히 선물의 증정식은 그때로 미뤄지고 그 대신에 세 사람은 손님 자격으로 왕성에 머무르는 영광을 얻을 수 있었다.

"그거 건들지 마라. 깨지면 니 집 팔아도 못 살 거다."

심심한지 꽃병을 가지고 장난을 치던 하인즈는 던젤의 말에 하마터면 진짜로 가지고 놀던 꽃병을 깨먹을 뻔했다. 워낙 비싼 물건이 돌아다니다 보니 움직이는 것까지 조심스러웠다.

"조심해서 다녀. 양탄자 올 나가면 너 평생 노예 생활 할지도 몰라."

그 말에 울상으로 조심스럽게 걸어다니는 하인즈를 보며

던젤은 속으로 얼마나 낄낄거렸는지 몰랐다. 꼭 말년에 이등 병 한 명 들어와서 데리고 노는 기분이었다. 총은 PX에서 사 야 한다고 장난도 치고 겁도 좀 주면서 말이다. 다른 사람들 이 보기에는 용사 후보인지는 모르지만 자신이 봐서는 영 어 리버리한 이등병이었던 것이다.

"아~ 심심해. 할 거 없네."

"저기 던젤님, 그런데 뭐 하나만 물어봐도 될까요?"

"뭘?"

"던젤님은 소드 마스터지 않습니까? 마족들을 대하시는 것 보면 상당히 강하신데 어째서 직접 하지 않으시고 이렇게 우 리에게 훈련을 시키는 것인지 모르겠습니다. 사실 던젤님이 하는 것이 더 빠르지 않습니까? 실력 조금만 보여줘도 최소한 백작의 자리는 따실 테고 그 후에 공주를 구한다면 크게 성공 할 텐데요? 차기 국왕이 될지도 모르고……."

"아, 귀찮아. 그리고 내 신분이 좀 그리 대놓고 드러내기 좀 그래서 말이지."

자신이 한다면 편하기는 하다. 하지만 그런 게 있지 않은 가? 어떤 게임이든지 간에 치트키를 가지고 논다면 쉽게 질 린다는 거 말이다. 자신 역시 처음에는 그럴까 했지만 아직 도 100개가 넘는 차원이 있고 거기서 어떤 일을 겪을지 알 수 없는 판국에 그런 행동을 하면 나중에 제대로 일을 할 수도 없을 것 같았다. 그래서 귀찮아도 이렇게 정공법을 선택한 것이다.

"어쨌든 너에게는 일생일대의 기회다. 넌 용사가 되면 뭐 할 거야?"

"글쎄요? 장가가서 마을에서 조용하게 살까요? 돈 좀 있을 테니 큰 집 좀 만들어서."

"메릴이랑?"

"그거야 당연하죠."

"참 소박해서 좋다. 그런데 그런 거 있잖아, 소설에서 보면 공주가 자신을 구해준 용사에게 반한다거나 하잖아. 그럼 어떻게 할래?"

"그거야……."

갈등 때리는 표정의 하인즈.

"그래도 전 메릴이 좋은데, 얼굴도 모르는 공주보다는. 그렇다고 차버리면 나중에 무슨 일이 일어날지도 모르고. 끙!"

"크크."

벌써부터 일어날 일인 것처럼 고민하는 그를 보면서 던젤은 또 신나게 웃기 시작했다. 당장 내일이 공주의 생일 파티인데 벌써부터 이렇게 고민하는 것을 보니 좀 순진하긴 한 모양이다. 아마 조금만 정치적이었다면 메릴이 아니라 공주를 택했을지도 모른다.

"어, 그리고 보니 메릴은 어디 갔어?"

"아, 어제부터 드레스 고르고 있어요. 내일 입고 가야 한다고.”

“어제부터?”

“네, 어제부터. 너무 많아서 못 고른다나? 같이 하고 갈 보
석도 골라야 한다고 하고.”

“여자들이란 거기나 여기나 마찬가지군.”

“네?”

“아냐, 그런 게 있어.”

도대체 옷이 얼마나 많기에 어제부터 고른다는 것일까. 심
각하게 고민하는 던젤, 그런데 그때 누군가가 발코니 창을 두
드리는 소리가 났다. 지금은 야밤이라 여기로 올 사람이 없기
때문에 누군가 하고 고개를 들었을 때 그곳에는 한 남자가 흥
분한 상태로 서 있었다.

“누구? 아니, 마왕님. 이 시간에 여기는 어쩐 일입니까?”

깜짝 놀라서 문을 여니 마왕은 흥분한 상태로 들어와서는
방 안을 마구 왔다 갔다 하기 시작했다. 무언가 일이 꼬여도
단단하게 꼬인 모양이었다.

“던젤님, 죄송합니다만 이번 계획 그대로 하실 생각입니
까?”

“네? 무슨 말씀이신지? 이번 계획에 찬성하지 않으셨습니
까? 그리고 하루 빨리 은퇴해서 조용하게 살고 싶으시다면서
요?”

“네, 네. 조용하게 살고 싶죠. 하지만 저도 남자고 조용하

게 살고 싶다고 했지, 바보로 기억되는 삶을 살고 싶지는 않단 말입니다."

"네? 무슨 말씀이신지?"

"공주 말입니다, 공주. 제 나이 4천 살, 마족으로의 삶은 2천 년 이상 남아 있습니다. 비록 많은 나이는 아니지만 그래도 인생을 볼 줄은 아는 나이입니다. 하지만 공주는 좀……."

"네? 공주가 어때서요? 너무 어려서 그렇습니까? 하지만 매번 이런 식으로 했는데, 그리고 공주 생일이 내일이라고 들었는데. 내일이면 18살이라고 들었습니다. 별문제가……."

"별문제라니요? 전 보편타당한 눈을 가진 남자란 말입니다. 성격 이상한 남자가 아니고 말입니다."

엄청나게 광분하는 마왕의 말을 정리하자면 무언가 문제가 생기긴 했는데 그 중심에는 공주가 있다는 말이었다.

"도대체 무슨 일이신데 이렇게 밤중에 흥분하시는 겁니까?"

"제 부하 녀석이 구해온 공주의 초상화입니다."

"허걱!"

다음날부터 시작된 공주의 파티는 아주 성대하게 이루어지고 있었다. 꽃 치장을 한 수많은 남녀들이 파티장에 찾아와서 이런저런 대화를 나누고 고급 음식과 술이 즐비하고 연주에 맞춰서 서로 쌍쌍이 춤을 추고 말이다. 그리고 그 와중에 가장 인기가 있던 사람은 당연 하인즈와 메릴이었다.

하인즈는 혼자서 트롤을 상대할 정도로 실력이 있는 전사라는 소문이 파다하고 왕자가 크게 키우고 싶어한다는 말이 돌고 있어서 그런지 인기가 많았고 메릴은 사제복 안에 숨겨진 미모가 드레스와 화장, 그리고 보석 등으로 치장해서 드러냄으로써 뭇 남성들의 가슴에 불을 지피고 있었다. 물론 용사의 연인이라는 사실이 알려지면서 몇몇 남자들은 광분을 토하면서 뛰어나가고 말이다.

그런데 웃기게도 가장 인기가 없는 사람은 바로 오늘의 주인공인 공주였다. 공주 생일인데 공주가 인기가 없다는 것이 이해가 안 갈 테지만 진실을 알고 나면 그렇지도 않았다.

떡 벌어진 어깨, 81미리 포를 능가하는 팔 근육, 터질 듯한 드레스, 조선무를 가뿐하게 무시하는 허벅지, 솥뚜껑을 박살 낼 수 있을 듯한 손까지. 말이 공주지, 어디 허름한 옷 입히고 산 위에 두면 산적 보스라고 해도 믿을 것이 확실했다. 그것도 터프한 남자.

"공주님, 생일을 축하드립니다."

한 귀족이 얼른 선물만 주고는 뒤로 빠져나왔다. 역시 엮이고 싶은 생각이 없던 모양이었다. 그 덕에 자신의 생일에 가장 초라하게 구석에 있는 것이 공주였다.

"어찌 보면 불쌍하기는 한데 말이지."

찬밥 신세가 된 그녀를 보면서 던젤은 혀를 차고 있었다.

사실 아무리 선천적인 영향이 있다고 해도 저 정도로 나오기가 상당히 힘든데 말이다. 일설에서는 저주설이 떠돌고 있었지만 마왕이 그건 아니라고 딱 잘라 말했으니 저주로 인해서가 아니라면 선천적인 거라는 건데 던젤은 그의 조상이 누구인지 한번 보고 싶었다.

"저기, 던젤님. 진짜로 공주님 구하는 것 맞습니까?"

사람들이 없는 틈을 타서 다가온 하인즈는 조심스럽게 그에게 물었다. 아무리 그라고 해도 이번 것은 영 아니었다. 생긴 걸로 봐서는 마왕한테 잡히기는커녕 마왕이 한 방에 나가떨어질 것처럼 생겼으니 말이다.

"할 수 없지, 여기까지 왔으니. 차라리 쟤 말고 동생이 나으려나? 좀 어려 보이기는 하는데?"

국왕 옆에 서 있는 16살 정도 되어 보이는 소녀를 보면서 던젤은 중얼거렸다. 좀 어려 보이기는 하지만 최소한 언니보다는 나아 보였다. 아니, 훨씬 나았다. 아마 둘을 세워두면 한쪽은 공주, 한쪽은 호위기사쯤 되어 보일 것이다. 아니, 공주를 납치한 마왕으로 보일지도.

"무슨 말씀들이십니까?"

"아, 아닙니다. 그냥 동생 되시는 분이 계시기에. 그런데 동생 분이랑 공주님이랑 별로 안 친해 보이는군요."

그렇게 대충 얼버무리는 던젤, 하지만 그다음 말에 그는 충격을 받았다.

"공주님은 동생이 없습니다. 막내이신걸요? 위로 왕자님이 두 분 계십니다만, 둘째 왕자님은 수련을 하신다고 나가 계신 상황입니다."

"네? 하지만 저기 국왕님 옆에 있는……."

"아, 저분이요?"

그녀가 누군지 확인한 그 귀족은 갑자기 목소리를 낮추어서 중얼거렸다. 주변의 사람들이 들을세라 말이다.

"아는 사람은 다 아는 이야기인데, 사실 저분은 공주도 아니고 정확하게 말하면 국왕의 숨겨둔 애인입니다."

"애인이요?"

"네, 정부라고도 하죠. 저렇게 보여도 사실 나이가 20살입니다. 엄청 동안이지요? 당연히 공주랑 비교가 되니 친해질 수가 없죠. 국왕이 시찰 나갔다가 평민의 딸을 데리고 온 거라 쉬쉬하지만 아는 사람은 다 알거든요."

"그… 그럼 공주님의 어머님은?"

"옆 나라와 전쟁 중에 전사하셨죠. 그분도 공주님 이상이었는걸요. 저는 그때 하위귀족으로 참가했는데 대단했습니다. 그분이 투핸드소드를 휘두르면서 전진하실 때는 아무것도 막을 게 없었는데 말이죠. 애석하게도 함정에 빠져서……."

그 말을 들으면서 던젤은 그 두 사람을 바라보았다. 20살이면서도 많아야 16살로 보이는 여자와 옷만 바꾸면 산적이 될 수 있는 여자. 세상은 역시 공평했다.

그 순간 천장의 글라스가 와장창 깨지더니만 한 남자가 뛰어들었다.

"이거이거, 미안하군. 초대장이 없어서 말이야."

그 남자는 신기하게도 하늘에 떠서 보라색 머리칼을 날리면서 여유롭게 외쳤다.

"이런 좋은 일에 나를 초대하지 않다니 실망이야. 이럴 수는 없지, 안 그래?"

"넌 누구냐!"

호위기사들은 재빨리 왕가를 보호하면서 허공에 떠 있는 사내를 향해서 소리를 질렀다. 그리고 그 사내는 느긋하게 말을 이었다.

"이런 이런. 나를 너무 무시하는 것 아냐? 초대장도 안 보내주더니만 이제는 하는 말이 너는 누구냐? 하여간 인간들이란 역사에서 배우는 법이 없다니까. 나로 말하자면 바로 현마왕인 다크에룬이다. 감히 나를 무시하고도 너희들이 무사할 줄 아느냐!"

그 말에 파티장은 대혼란의 상태로 빠져들기 시작했다. 마왕 다크에룬이라면 우는 애도 뚝 그치게 만든다는 공포의 마왕이 아니던가? 그런데 갑자기 나타나서는 파티장을 깽판을 만들다니. 여자들은 비명을 지르면서 기절하거나 도망쳤고, 남자들은 장식용 검이라도 꺼내서 무기를 들었다. 물론 모든 여자가 그런 것은 아니었다. 공주는 어디서 꺼낸 건지 모르게 배틀 액스를 꺼내 들고는 그를 노려보고 있었다.

"초대장도 안 보내고 너무하는 거 아닌가?"

"이놈! 신의 벌이 두렵지도 않더냐? 감히 여기가 어디라고 들어와서 풍파를 일으키는 것이냐!"

공주의 호기로운 말에 던젤은 입이 쩍 벌어졌다. 원래는 저런 대사를 하는 것은 하인즈가 해야 하는 것인데 공주가 낼름 채간 것이다. 보통 공주라 하면 이런 상황에서 이마를 잡으면서 가녀린 모습을 자랑하며 쓰러지는 것을 용사가 잡아주거나 또는 기사들의 뒤에서 오들오들 떠는 것이 정상. 하지만 이번 공주는 떨기는커녕 마왕과 서로 노려보고 있다.

"왕성이지, 여기는 신전이 아니거든. 그나저나 여자가 입이 참 거칠군."

이제 저 여자를 납치해야 하는 입장에서 마왕은 걸걸하게 나오는 그녀가 마음에 들 리가 없었다. 당연히 말은 날카로워졌고, 어느 순간 주변의 사람들은 완전히 무시된 채로 두 사람만 죽어라 말싸움을 하고 있었다.

"저기, 던젤님. 우리가 용사 맞죠?"

"맞을걸? 그런데 아무리 봐도 저 공주가 용사 같은데?"

얼마나 황당한지 던젤조차 사태를 어떻게 수습하지 못하고 있는데 그때 뭔가 거친 바람 소리를 내면서 날아갔고, 마왕은 그걸 보면서 얼굴이 사색이 되었다. 공주가 던진 도끼는 만유인력의 법칙을 무시하고는 마왕이 방금 들어온 창문을 넘어서 바깥으로 날아가 버렸다. 그걸 본 마왕이 열을 받은 것인지, 아니면 이제는 짜증이 나서 끝내려는 것인지 드디어 계획대로 움직이기 시작했다.

"꺄아~악!"

마왕은 엄청난 속도로 날아와서 여자의 허리를 잡고는 그대로 날아올랐고, 납치당한 여자는 길게 비명을 지르면서 하늘로 마왕과 함께 날아올랐다. 그 후 마왕은 마지막 말을 남기고는 들어올 때 난 구멍으로 날아가 버렸다.

"이 여자는 내가 데리고 간다. 찾고자 하면 내 성으로 찾아와라. 하하. 그리고 거기 싸가지없는 너! 너에게는 내 친히 저주를 내려주마. 재주껏 풀어봐라. 크하하!"

하지만 그걸 보고 있던 던젤은 황당해서 입이 쩍 벌어지고 있었다.

'뭐야, 이게~~~~~~~~~~~~~~~~!'

마왕에게 납치당한 사람은 다름 아닌 국왕의 정부였고, 공주는 마왕이 내린 저주에 고통스럽게 가슴을 부여잡으면서 쓰러지고 있었다.

'이게 아니잖아? 공주를 납치해야지!'

그리고 그날 대혼란의 와중에 털레털레 숙소에 돌아온 그는 작은 쪽지 하나를 발견할 수 있었다.

미안하네. 차마 내 눈은 못 속이겠어. 거기다 성격까지 저 지랄이고 무슨 힘이 마족보다 세단 말인가? 차라리 왕자를 납치하고 말지. 대충 수습 좀 해주게나.

"……."

할 말 없는 던젤이었다.

다음날부터 왕성은 난리가 아니라 조용했다. 몇 명은 지금의 사태를 반기기까지 했다. 마왕이 데리고 간 여자는 국왕의 정부였고 평민 출신인 그녀를 좋게 보지 않았으니 말이다.

평민 하나 사라졌다고 나라가 뒤집어지는 것은 아니니까. 다만 국왕이 뒤집어졌다는 것이 문제지만 말이다. 도리어 공주의 경우에는 도대체 신체가 어떤 특성을 가지고 태어난 것인지 마법사들의 관심이 집중되었다. 마왕의 저주가 내려졌다고 했다. 그것도 마왕의 입에서. 그런데 죽기는커녕, 아니, 개구리나 돼지로 변하기는커녕 그녀가 있던 자리에는 샤방한 꽃미녀 한 명만 남아 있던 것이다. 모든 테스트, 그녀의 기억이나 몇 가지 신체적 특징 등을 확인한 후 그녀가 공주가 맞는다는 결론이 내려졌고, 이제 공주는 좋아서 방방 뜨는 중이었다. 저주를 풀기는커녕 이제 저주가 풀릴까 봐 걱정을 하고 있는 판국이니 말이다.

"라나를 구해와라, 어서!"

"아니 되옵니다, 폐하! 그 여자는 평민입니다! 평민을 구하기 위해서 마왕군과 일전을 결할 수는 없습니다!"

"하라면 해! 난 국왕이란 말이다."

"아버님, 진정하십시오. 주변에 여자는 많습니다. 이런다고 해결될 문제가 아니지 않습니까? 그리고 우리가 마왕군과 일전을 겨뤄서 이긴다고 해도 주변의 적국들이 약해진 우리나라를 그냥 둘 리가 없지 않습니까!"

"시끄럽다. 라나를 데리고 오란 말이다."

광분하는 국왕과 절대불가를 외치는 신하들 때문에 시끄럽기는 했지만 결국 승리자는 결정되어 있었다. 아무리 국왕이라고 해도, 그녀를 사랑한다고 해도, 결국 그녀는 평민이고 자신의 국왕이다. 결국 이번 일은 없었던 일로 처리가 되고 말았다.

"어어."

황당한 지금의 사태를 보면서 던젤을 비롯한 하인즈는 난감함을 감추지 못했다. 나름대로 용사 계획을 짜고 구성을 하고 그랬는데 포기라니.

"던젤님, 이런 상황을 어찌해야 합니까?"

"내가 아니?"

역시 소설은 소설이라고 생각하면서 그는 입맛을 다셨다. 소설에서 용사의 멋진 행동, 그리고 공주 구출 로맨스… 그런데 이놈의 일은 처음부터 꼬였던 것이다. 용사는 어리버리, 거기다 벌써 여자 친구는 있고, 이놈의 마왕은 공주를 납치하라고 하니 국왕의 정부를 납치하고 말이다.

"하… 다른 나라 가서 다시 하자……."

결국 결론은 이거였다. 하지만 아직 그들의 고난은 끝난 것이 아니었다.

떠나기 전에 갑자기 국왕이 그들을 부른 것이다. 물론 아주 비밀리에 말이다.

"자네들에게 명령이 있네."

"말씀하십시오, 폐하."

부탁도 아니고 명령이라는 것은 결국 거부할 여지가 없다는 것을 말한다. 아무리 실력이 좋아졌다고 해도 국왕의 명령에 거부할 수 없는 하인즈는 머리를 조아린 채로 명령을 기다렸고, 드디어 떨어진 명령은 그들을 황당하게 만드는 데에 아무런 문제가 없었다.

"가서 라나를 구출해 오게나."

"네?"

깜짝 놀라서 반문하는 메릴, 하지만 순간 자신의 실수를 알고는 서둘러 고개를 푹 숙였다. 하지만 국왕은 화를 내지 않았다. 그럴 수가 없었다. 믿을 수 있는 곳이라고는 이들뿐이었기 때문이다.

"내 부하들은 모두 라나를 구출하는 데 반대를 하고 있단 말일세! 내가 얼마나 그녀를 사랑하는지 그들은 알지 못해. 물론 나는 국왕이고 그녀는 평민이지만, 난 그녀를 잊을 수가 없네. 내 사재를 털어서 자네들을 지원하도록 하지. 그러니 가서 마왕의 손에 있는 라나를 구출해 오도록 하게나."

"하지만 저희들의 힘으로는……."

"신은 열쇠를 의외로 가까이 준비하는 법일세. 자네들이 와서 그런 일이 벌어진 것이니 말이야, 자네들이 책임지게 나. 비록 힘없는 국왕이라고 하나 이 명령을 거절하지는 않겠지?"

최후까지 명령이라는 말을 강하게 강조하는 국왕. 명령이 떨어진 이상 국민 된 입장에서 그걸 거부한다는 것은 반역이다. 결국 그렇게 해서 최초 공주 구출 팀은 사라지고 국왕의 정부 구출 팀이 구성되었다.

게임에서같이 사냥할 멤버를 구하는 방법은 간단하다. 외치기 창으로 구하거나 아니면 개별적으로 귓속말을 날리거나. 하지만 이것은 현실. 당연히 일일이 구할 수밖에 없었다.

그리고 보통의 사냥 파티라면 영웅을 꿈꾸는 곳들이 많은 곳에 가기 마련이다. 하지만 이건 보통 사냥 파티도 아니고 그렇다고 대놓고 다닐 수 있는 그런 파티도 아니다.

"저기……."

던젤의 귀찮다는 이유 하나만으로 인해서, 또한 파티 멤버를 모으는 것은 용사의 기본 자질이라는 명목상의 이유로 인해서 하인즈는 자신과 함께 모험을 할 동료를 모으기 위해 나설 수밖에 없었다. 하지만 그렇다고 대대적으로 홍보할 수도 없는 게 대상이 공주였다면 공주의 생김새야 어떻든지 간에 위명을 노리고 달라붙을 수많은 사람들이 있겠지만 이번 대상은 공주도 아니고 국왕의 정부. 그것도 공식적인 것도 아니고 비공식적으로 가서 구출해야 한다. 즉, 구해준다고 해도 돈이나 몇 푼 받을까 위명은 개뿔도 없다는 것이다.

"무슨 일이신가요?"

"같이 모험을 할 동료를 구하러 왔습니다만."

제일 먼저 찾아간 곳은 역시나 어느 소설에서나 빠지지 않는 용병 길드. 용병이라 함은 돈에 목숨을 걸면서도 나름대로 신의가 있는 동료들로 나온다. 당연히 사냥할 때 가장 중요한 멤버 중 한 사람이 전사이고 그가 아무리 날고 기어도 혼자서 그 많은 몬스터들을 상대할 수는 없으니 동료가 필요한 것은 당연지사.

"동료? 아, 계약하시려구요?"

"네."

하지만 그들이 꿈꾸던 모험가들이 모이던 용병 길드는 존재하지 않을 수밖에 없었다.

"저기, 계약 조건을 쓰셔서 주세요. 선불금은 1골드이고 구하지 못하더라도 돌려 드리지는 않습니다."

사무 보는 아가씨의 친절이라고는 눈곱만치도 나오지 않는 응답을 들은 하인즈는 난감한 표정으로 던젤을 바라보았다. 그러나 바로 저 멀리 창문으로 보이는 산에 있는 나무의 숫자를 세기 시작하는 던젤, 결국 다시 한 번 대상을 이동하는 하인즈의 시선, 그리고 그 대상이 된 메릴은 개미의 생태에 지대한 관심을 표명하기 시작했다.

"후~ 사실은 사정이 있어서 말씀드릴 수가 없는 일이어서요. 그런데 다만 아주 중요한 일이라는 것만 알아주셨으면 합니다."

그 말에 얼굴을 찌푸리는 종업원. 용병이라는 직업이 모두 천하무적도 아니고 당연히 수준에 맞게 일을 배분해야 하는데 목적을 말해줄 수 없다면 배정도 불가능하고 대부분 그런 목적의 일들은 그리 좋지 않은 일들이 많아서 내부 규정상으로도 거부하게 되어 있었다.

"죄송합니다만, 그 목적을 확실하게 이야기해 주지 않으신다면 거부할 수밖에 없습니다."

결국 목적을 말해야 한다. 사실 목적도 이야기하지 않고 동료를 구한다는 것 자체가 말도 안 되니까 말이다.

"저기, 마왕성에 쳐들어갈 겁니다."

"네?"

"마왕성이요."

“마왕성?”

나름 작게 이야기한다고 했지만 주변에 있던 사람들은 그 이야기를 듣고는 고개를 번쩍 들었다. 마왕성이 어디던가? 모든 용사들의 최종 퀘스트 장소이자, 모든 영광의 장소, 그리고 최종보스 마왕이 떡하니 버티고 있는 장소다. 당연히 용사를 꿈꾸는 사람이라면 한번은 가봐야 하는 그런 장소, 하지만 애석하게도 여기에는 용사를 꿈꾸는 사람이 없었다.

“혹시…….”

긴장한 얼굴로 하인즈를 바라보는 여직원. 그의 얼굴에는 혹시나 하는 마음이 드러나 있었다.

“이번에 납치된 그분을 구하러?”

“네!”

나름대로 자부심을 가지고 대답하는 하인즈. 하지만 던젤은 그걸 보면서 쓴웃음을 지었다.

“풋!”

“크크, 아이고 배야!”

“아이고, 배야. 나 죽네! 데굴데굴.”

“정부를 구하러 돌격하는 용사래. 크크, 아이고, 나 죽어. 어머니!”

사람들은 잠시 생각하는 듯하더니만 한 사람 두 사람 웃기 시작하는 것도 모자라 이제는 다들 바닥에 데굴데굴 구르면서 웃고 있었다. 공주도 아니고 정부를 구해야 하는 비운의 용사, 그것도 마왕을 상대로 말이다. 그나마 귀족쯤 되면 이해하겠다만 상대는 마왕이다.

"풋풋. 농담도 그 정도면 수준급이시네요. 덕분에 잘 웃었습니다. 그런데 진짜 목적을 말해주시오."

간신히 웃음을 참으면서 여직원은 그를 바라보았다. 그녀의 얼굴에는 이번 말이 농담이었다는 확실한 의지가 있었다. 당연하다. 어떤 사람이 그런 말도 안 되는 짓을 벌이겠는가?

공주를 구해준다면 이런저런 수많은 이득이 있고 위명을 얻을 테지만, 이번 대상은 공주도 아니고 후궁도 아니고 그냥 평민 출신의 정부다. 그것도 지지자가 많은 것도 아니고 귀족가에서는 만세를 외치고 있는 그런 상황.

"저기, 농담이 아닌데요."

"……."

"……."

그 말에 또다시 흐르는 침묵, 그리고 터지는 웃음보.

"쿠헬헬. 농담이 아니래."

"아이고, 할머니!"

"크, 헥헥헥."

이제는 웃다가 한 명이 숨이 넘어가기 시작했고 용병 길드 안에서는 졸지에 그를 살리기 위한 처절한 구급 조치가 행해졌다. 그리고 그 덕에 죽다 살아난 그 용병은 자신의 첫 키스를 남자에게 빼앗긴 충격으로 인해서 얼굴이 사색이 되었고,

사람들은 또다시 그걸 보면서 웃어 젖히기 시작했다. 완전히 용병 길드가 아니라 코메디 클럽이었다.

얼마나 웃었을까, 용병 하나가 헥헥거리면서 일어나 하인즈의 어깨에 손을 올렸다.

"이봐, 젊은 친구. 척 보니 용사를 꿈꾸는 청년 같은데, 좋아, 꿈이 있다는 것은 좋은 거지. 하지만. 크크. 이번 것 진짜 아니라고. 상대는 마왕이고 대상은 공주가 아니라 정부야. 거기다 구출한다고 해도 공식적인 기록에 남아 있을 리도 없고, 결정적으로 아마 구해오면 귀족들이 너를 잡아먹으려고 들걸? 쿠헬헬, 그리고 용병이 아무리 칼밥을 먹고산다고 해도 그런 바보 같은 짓은 하지 않는다고."

그 말에 울상이 되는 하인즈였다. 귀족들에게 비밀로 하라는 국왕의 명령 덕에 귀족들 중에서 실력있는 사람들에게 이야기할 수도 없는 노릇이니 결국 이 정도 수준에서 맞춰야 하는데, 갈 사람이 없다면 그건 상당한 문제였다. 그렇게 한참 웃음보가 터지고 있을 때 누군가가 문을 열고 들어오는 사람이 있었다.

"무슨 일인가?"

"하산님."

그렇게 넘치던 웃음은 그가 들어오자마자 뚝 그치고 사람들은 그의 눈치를 보기 시작했다.

검은 머리에 근육질의 몸, 그리고 등 뒤에 멘 투핸드소드.

누구나 알고 있으면 누구나 존경하는 인물. 수차례나 국가에서 귀족의 작위를 주려고 했지만 자신은 자유가 좋다며 거절하는 인물. 어떤 전쟁에서도 살아 돌아온 인물이며 가장 많은 전쟁에 참가한 인물인 하산. 그는 보통 용병왕이라고 불린다. 상당한 불경이지만 국왕조차 그를 인정해서 연회를 베풀었을 정도로 대단한 인물이어서 암묵적으로 그 부분에 대해서는 뭐라고 하는 사람도 없었다. 국왕조차 용병왕이라고 칭한 인물이니 말이다.

"아니, 저, 그게… 이 청년이 사람들을 구하는데…….."

"그게 뭐?"

"사람을 구하는데 이번에 마왕성에 같이 쳐들어갈 동료들을 구한다고 합니다."

그 말에 하산은 지그시 그를 바라보았다. 그의 눈은 활활 불타고 있었고 그의 다부진 입술은 강건한 의지를 표현하고 있었다.

"자네가 마왕성을?"

"그, 그렇습니다."

"음… 아마도 그분의 애인을 구하려는 생각인가 보군."

그걸 보면서 하인즈는 혹시나 이 사람이 자신과 함께 가주지 않을까 하는 생각을 했다. 실력도 있고 개인적으로도 국왕과 독대를 했을 정도로 어느 정도 국왕과 친분도 있고 말이다. 더군다나 그는 이제 용병으로서 다른 사람들이 넘보지 못할 정도로 최고의 자리에 올라선 상태, 더 이상 도전할 곳이 없다고 투덜거리고는 했다. 사람들은 혹시나 그가 하인즈와 함께 도전하지 않을까 하는 생각에 긴장을 하고는 그를 바라보았다. 용병왕이 마왕의 성에 도전한다는 것, 그것은 성공 여부를 떠나서 그 자체만으로도 엄청난 뉴스였다.

"……."

"……."

하인즈는 당당하게 하산을 바라보고, 하산은 흥미롭다는 듯 하인즈를 바라보았다. 얼마나 지났을까? 용병왕의 얼굴에 미소가 떠올랐다. 그리고 사람들은 그가 이렇게 이야기하는 듯 느꼈다.

'그 패기가 마음에 드는군. 좋아, 내가 도와주도록 하지' 라고 말이다. 하지만 그때 절대로 일어나지 않을 것 같은 일이 터지고 말았다.

"큭큭."

"응?"

근엄의 대명사이며 전쟁터에서 단 한 번도 웃은 적이 없는 아이언 마스크가 큭큭거린 것이다. 그런데 문제는 그뿐만이 아니었다.

"크헥헥! 아이고! 윽윽! 꼬로록."

이미지 관리를 위해서 웃지 않으려고 노력을 했지만 애석하게도 하산은 그 한계를 넘어버린 것이다. 그리고 급하게 웃음을 터뜨리다가 숨이 거꾸로 넘어가 버린 것이다.

"하산님, 하산님! 신관, 어서 신관을 불러!"

그렇게 용병계의 별이자 용병왕 하산은 단 한 번도 쓰러진 적이 없다는 그 거대한 몸을 바닥에 누이고 말았다.

결국 용병을 포기하고 다음에 간 곳은 마법사 길드. 하지만 그들은 마법사 길드에 들어가기는커녕 입구에서 포기할 수밖에 없었다. 입구에 써 있는 있는 푯말에는 이렇게 써 있었다.

잡상인 출입금지.

그리고 그 아래 분명 잉크로 쓴 것이 확실한, 서둘러서 쓴 필체로 써 있는 한 줄.

용사 지망생 역시 출입금지.

"저기요. 이건 왜 붙어 있는 겁니까?"

도대체 어째서 용사 지망생 출입금지라고 써 있는지 알 수 가 없으니 하인즈는 경비를 붙잡고 물어볼 수밖에 없었다. 사 실 그전에 동료들은 대부분 길에서 만나서 구성이 되어서 진 짜로 마음먹고 구하려고 했더니만 영 구할 수가 없었다. 더군 다나 구하기는커녕 문전박대라니.

"아, 얼마 전에 왕궁에서 누가 납치되었다고 하던데요? 뭐, 저야 매일 경비나 서는 처지니 누군지 잘 모르지만 그 다음날부터 용사 한답시고 별 놈들이 다 와서 말이죠. 그 덕에 마법사 분들이 방해된다고 들여보내지 말랍니다."

"그럼 용사들?"

"그거야 뭐 그 사람들 나름의 사정이 있는 거고, 뭐 들어보니 이번 건은 이겨도 좋을 거 하나도 없어서 차분하게 공부나 한다는 것이 지금 분위기라고 하던데, 그런데 무슨 일로 오셨습니까?"

"아, 아니요. 그냥."

할 말이 없어서 터덜터덜 마법사 길드에서 나오는 하인즈. 그를 바라보면서 더욱 한숨을 쉬는 던젤, 그리고 질렸다는 표정의 메릴.

"뭐냐? 이 짠 듯한 포즈는? 죄다 거부하네?"

"역시… 공주를 했어야 했나 봐요."

"그렇기는 한데… 사실 남자 입장에서 그건 아니라고 봐."

지금이야 샤방한 꽃미녀가 되었다고는 하지만 그때 그녀가 드레스가 아니라 갑옷을 입고 있었다면 던젤은 100% 그녀가 국왕의 호위기사라고 생각했을 거라고 확신했다. 지금도 그 모습만 생각하면 등골이 서늘해질 지경인데 정작 그녀를 납치해야 하는 마왕의 마음이 오죽했을까?

"할 수 없지. 도적 길드나 가자. 이렇게 되면 압력을 넣어야지."

"압력이요?"

"그래, 압력. 이대로 가면 단 한 명도 못 구하게 생겼는데 어떻게 하겠냐? 국왕이 어떻게든 밀어준다고 했잖아. 그러니 도적 길드에 가서 국왕 명령이라 구라 쳐서라도 한 놈 끌어내 야지. 설마 아무리 도적 놈들이 간이 부었다고 해도 국왕의 명령을 거부하겠냐?"

던젤은 이왕 이렇게 된 것 하다못해서 도적이라도 한 명 구해서 갈 생각에 국왕의 이름을 사칭하는 아주 무시무시한 짓을 생각하고 있었다. 그리고 그 작전은 나름대로 먹히는 듯했다.

"그러니까, 국왕 폐하가 비밀 명령으로 나를 마왕성에 데리고 가라고 했다?"

"그렇습니다."

"왜 하필……."

"도니님이야말로 이곳 수도의 도적 길드장이면서 최고의 도적이시지 않습니까? 그리고 무엇보다도 가장 많은 능력을 가지고 있는 도둑이라는 이야기가 자자하고요. 해제 못하는 함정이 없다는 소문은 저도 알고 있습니다."

소매치기부터 시작해서 이 자리에 올라온 도니는 난감한 상황이었다. 이 앞에 나타난 이 인간들은 어떻게 알았는지 자신의 접촉 암호를 알고 있어서 일단 만나기는 했는데 생각보다 일이 크게 벌어진 것이다. 도둑이다 보니 정보에 예민하고 당연히 왕성에서 정부 납치 사건이 일어난 것은 알고 있었다. 하지만 그 불똥이 자신에게 튈 것이라고는 생각하지 못했다.

귀족들이 구출 작전을 결사반대할 테니 말이다. 하지만 국왕이 개인적으로 용사를 구할 줄은 몰랐고 또 진짜로 누군가 정부를 구하는 용사를 한다고 나설 줄은 생각도 못했다. 더군다나 지명이라니, 사실 그런 지명 따위는 없었지만 사람이 없기 때문에 던젤은 마지막 방법을 짠 것이었다.

도니는 혹시나 거짓말이 아닐까 하고 생각도 했지만 국왕의 위임장을 보니 아무리 봐도 진짜였다.

"휴… 알았네. 내 잠시 생각할 기회를 주게나. 아무리 그래도 생각할 기회는 줘야 하지 않겠는가?"

"알겠습니다. 그럼 저희들은 여관에서 기다리도록 하겠습니다."

"그래 주면 고맙겠군."

자신을 찾아온 세 명이 나가고 난 뒤 도니는 한숨을 쉬었다. 그의 도둑 인생에 있어서 절체절명이었다. 자신이 체포당할 뻔한 적은 한두 번이 아니다. 하지만 언제나 간발의 차로 벗어나고는 했다. 하지만 이번에는 대상이 너무 힘들었다. 귀족도 아니고 국왕이라니, 아무리 자신이 날고 기어도 국왕의 명령을 거부할 수는 없다.

도둑 길드 자체가 다른 음성적 길드처럼 암묵적인 인정에

의해서 존재하는 상태. 만일 국왕이 작심하고 덤빈다면 완전
히 깨뜨리는 것은 일도 아니었다. 아무리 자신들이 크다고 해
도 그저 도둑들의 집합 단체이고 국왕이 군대를 동원한다면
당연히 죽을 수밖에 없었다.

자신이야 혼자 죽더라도 억울하지 않다. 그만큼 수많은 귀
족가에서 이를 박박 갈고 있으니까. 하지만 그들이 자신을 건
들지 못하는 이유는 자신이 가지고 있는 그들의 비밀 때문이
었다. 그렇기 때문에 암묵적인 인정을 받는데 만일 국왕이 자
신을 죽이려고 든다면 아마도 사력을 다해서 덤빌 것이 확실
하다. 자신과 함께 귀족들의 치부 역시 역사에서 지워 버리기
위해서 말이다.

"역시… 방법은 그것뿐인가?"

그는 담담하게 일어났다. 언젠가 이런 날이 올 줄 생각은
하고 있었다. 다만 그곳을 향해서 자신이 직접 걸어갈 줄은
생각 못했지만 말이다. 물론 그런 때를 대비해서 부길드장에
게 모든 비밀 문건이 있는 장소를 알려줬고 만일에 그런 사태
가 생긴다면 당연히 귀족들과 협상하도록 해놨다. 그러니 이
번에 들어간다고 해도 그리 심한 처벌을 받지는 않을 것이다.

"당분간 이곳은 끝이군."

자신의 사무실 노릇을 하던 펍을 그는 한참 바라보았다. 아
마도 몇 년은 이곳을 보기 힘들지도 몰랐다. 하지만 최소한
죽는 것보다는 좋으니까.

그날 저녁, 순찰을 돌고 복귀한 얀센 기사는 황당한 경험을 할 수밖에 없었다. 보통 순찰을 돌면 범죄자들은 다 도망가기 마련이었다. 그런데 이 뻔뻔한 놈은 아예 자신에게 들이대고 있었다.

"뭐 하는 짓이냐!"

"자수하러 왔는데요."

자신도 익히 알고 있던 범죄자, 그리고 현 도둑 길드의 길드장이 자수할 거라고는 생각도 못했다.

"진짜?"

"아, 진짜 빨리빨리 합시다. 종이 줘봐요. 조서 내가 쓸 테니."

그는 마음이 급했다. 그 이상한 삼인방이 자신을 찾아오기 전에 어서 감옥으로 들어가야 마음이 놓일 듯했다. 그렇게 도둑계의 큰별은 감옥 안으로 떨어지고 말았다.

"이거 해야 됩니까? 안 하면 안 될까요?"

"시꺼. 나라고 이런 일이 일어날 줄 생각이나 한 줄 알아?"

고난의 끝을 잡고 있는 이들은 다름 아닌 던젤을 비롯한 두 명의 용사 후보생이었다. 결국 다른 멤버는 전혀 모으지 못한 채로 이곳 마왕성 코앞까지 온 것이다. 물론 용사를 꿈꾸는 수많은 젊은이들이 없는 것은 아니다. 사실 이번 싸움 자체도 거의 없는 거나 마찬가지. 대충 경비 서던 고블린을 처치하고 들어가면 마족이 맞이해 줄 테고 적당히 싸우다 나머지 멤버는 그대로 기절, 그 후 구출하고 기억 조작하고, 그렇게 계획되어 있었다. 하지만 이번은 그게 안 됐다. 우선 상대가 마족도 아니고 마왕이라고 해서 대부분 포기, 그 후 구출해야 하는 사람이 공주도 아니고 국왕의 감추어진 정부라는 이야기에 남은 사람의 90% 포기, 마지막으로 극비리에 해야 한다는 이유 때문에 나머지 10%마저 포기한 것이다.

결국 구라까지 치면서 도적이라도 한 명 영입해 보려고 했지만 그 도적은 구라에 속아서 살기 위해서 자수. 사실 영웅을 꿈꾸는 사람들은 다 그런 것 아니겠는가? 인기와 명예 등등. 그런데 극비리에 하면 그런 게 생길 리가 없으니 말이다.

"하……."

그나마 지원이라고 준 것이 말 몇 마리라니. 아마도 하기 싫으면 멀리 도망이나 가라는 뜻인지도 모른다.

"그냥 대충 내가 할걸. 저런 얼빵한 녀석을 데리고 하려고 한 내가 미친놈이지."

그가 했다면 이 정도는 아니었을 것이다. 우선 그는 뭐라고 해도 소드 마스터이니 당연히 동료들도 훨씬 잘 모았을 테고 그가 자존심은 상하지만 국왕을 지지했다면 아마 전면적인 지원도 가능했을지도 몰랐다. 그렇게 던젤의 푸념 섞인 혼잣말이 울려 퍼지자 사방의 숲에서 고블린이 뛰쳐나왔다.

“칙칙, 인간이다. 죽인다.”

“고마 때려쳐라. 다 글렀다. 우리 가지고 뭐 할까?”

“칙?”

고블린들은 공격하려다 말고 그대로 멈추었고 그 뒤에서는 한 남자가 모습을 드러냈다.

“이게 답니까? 다른 일행은요? 증인이 있어야 하는데?”

“증인은 무슨 놈의 증인입니까? 공주도 아니고 정부 구출해야 한다는데 어떤 놈이 용사를 지원합니까? 그게 용사가 할 짓입니까. 심부름센터 직원도 아니고 이거 참.”

“그럼 이번 계획은 꽝?”

“맞습니다. 꽝. 에휴, 마왕님 어디 있어요? 내 이번에 확실하게 따지겠어요. 아니, 공주를 납치하라고 했더니만 정부를 납치하다니, 그나마 간신히 이루어지고 있던 계획이 거기서 몽땅 글렀단 말입니다. 아무리 공주가 부담스러워도 그렇지, 그리고 도대체 저주를 어떤 걸 걸었기에 샤방한 꽃미녀가 되냐구요. 도끼 들고 다니는 거 봐서는 힘은 그대로인 모양인데.”

“진짭니까? 마왕님 말로는 오크나 돼버리라고 저주 걸었다는데… 꽃미녀라니… 이상하군요. 어쨌든 궁으로 들어가시지요. 계획이 틀어졌으니 처음부터 다시 짜야겠습니다.”

궁 안은 조용했다. 우선 마지막 파티가 끝이 난 다음에는 마족들도 나름대로 자신의 할 일이 있었고, 또 이번 마왕은 번잡한 것을 싫어했기 때문에 조용한 것이 진짜 썰렁했다. 하지만 마왕은 전혀 상태가 달랐다.

"아니, 다크에룬 마왕님 상태가 왜 이럽니까?"

그가 정부를 납치한 것은 고작 한 달 전. 그런데 그사이 마왕의 얼굴은 눈에 띄게 수척해졌다. 하지만 어쩐지 알 수 없는 미소 또한 있었다.

"아, 미안하네… 차마 내 그 공주를 납치할 수는 없어서. 그 여자를 납치했다가는 마왕성이 부서질 것 같았거든."

"그건 그런데, 얼굴이 반쪽이 되었네요?"

"……."

그 말에 잠시 주저하던 마왕 갑자기 던젤을 꼭 잡더니만 작게 이야기한다.

"내 나이 먹어서 주책일지 모르지만 그런 일이 있다네. 내 나이 4천 살, 그리 젊은 나이는 아니지만 평생을 우리 마족의 발전을 위해서 노력해 왔지. 하지만 이 늙은이의 가슴에 봄꽃이 피는 날이 올 줄은 몰랐네. 사실은 사랑에 빠졌다네. 조만간 결혼을 하기로 결정도 했고 말이야."

"그거 축하할 일이군요."

"그래서 그런데, 사실은 은퇴를 번복하기로 했거든. 미안하지만 말이야. 아무래도 가족이 있으면 직장도 있어야 하고 나중에 태어날 아이들한테도 백수 아빠 소릴 듣기는 그러니까 말이야. 아시다시피 요즘 애들 키우는 데 들어가는 돈이 한두 푼이 아니라서."

그 말에 던젤은 입을 벌리고 그대로 굳어버렸다. 은퇴를 번복하다니, 지가 무슨 잘나가는 스타나 아니면 운동선수란 말인가?

은퇴 번복이라니, 그럼 자신이 영웅 만들어보겠다고 고생 고생한 것은 몽땅 날아가 버린 것이 아닌가? 그렇다고 뭐라고 할 수도 없었다. 사랑하는 사람이 생겨서 그 사람과 오손도손 잘살아보겠다고 노력하는 사람, 아니, 마족에게 뭐라고 하겠는가?

"휴… 축하할 일이기는 한데… 그럼 라나인가 하는 그 정부나 내놔요. 데려가게. 용사 한번 되어보겠다고 고생한 이 두 사람이 불쌍하지도 않습니까? 데려가서 어느 정도 보상은 받게 해야죠."

대충 끝내기로 마음먹은 그는 그 정부나 내놓으라고 다그쳤다. 시간이 아깝기는 하지만 어쩌겠는가. 그러자 다크에룬은 난감한 표정을 지으면서 무언가 주저하는 것이 뭔가 잘못된 듯했다. 그때였다. 문이 열리면서 한 여자가 나타난 것은 말이다.

"설마……."

"아… 저기, 그게… 소개하지, 내 약혼녀인 라나 양일세."

"쿨럭!"

던젤뿐 아니라 하인즈도 메릴도 충격받은 눈으로 그 두 사람을 볼 수밖에 없었다. 아니, 이게 말이 된단 말인가? 납치해 온 공주도 아니고 정부랑 눈이 맞아서 쎄쎄쎄를 하다니.

"그게 무슨?"

"일이 그렇게 되었다네. 사실 데리고 와서 이런저런 이야기를 하다 보니 라나도 불쌍한 인생이더군. 고작 나이 16살에 국왕에게 팔려와서는 지금까지 주변에서 그 많은 욕을 먹으면서 갑갑한 궁에서 생활했다고 하더군. 국왕이 사랑한다고 하지만 사실 그녀에게 옷 사주고 보석이나 사줄 뿐, 진짜로 대화할 수 있는 상대는 아니었다네. 그저 인형 같은 존재였을 뿐. 그런 이야기를 하다 보니 내 인생도 돌아보게 되더군. 평생을 마왕으로 살았지만 보게나, 이제 남은 거라고는 저 정원뿐이야. 물론 내 정원이 질린 것은 아닐세. 하지만 나무와 대화를 할 수 있는 것은 아니지 않은가? 그건 말 그대로 취미일 뿐인데 말이야. 그러다 보니 서로 마음이 맞아서……"

황당하다는 표정으로 그를 바라보는 던젤과 그 일행, 그리고 모른 척하며 천장을 바라보는 마왕과 부끄럽다는 듯이 고개를 숙이고 있는 라나. 결국 그 황당한 침묵은 던젤이 던진 한마디에 깨지고 말았다.

"로리대마왕!"

"로리라니, 무슨! 아무리 어려 보여도 라나는 20살이란 말일세!"

“따져 볼까요? 마왕님 나이 4천 살, 인간 나이로 치면 약 50세 정도 되겠네요. 그리고 라나 양은 20살… 로리 수준이 아니잖아요. 이건 범죄야, 범죄.”

“범죄라니, 이건 순수한 사랑의 결실을…….”

“결실이고 뭐고, 50세랑 20세랑 그게 범죄지. 딸 같은 애를 노려서 결혼하는 것이 그렇게 좋습니까?”

“자네, 말이 너무 심하군. 딸이라니, 물론 어려 보이기는 하지만 그녀도 인생에 대해서 충분히 생각할 수 있는 나이일 세!”

“그래도 이건 말이 안 된다구요. 하인즈 너도 뭐라고 해 봐.”

그러자 하인즈는 잠시 심각한 얼굴로 그들을 바라보았다. 그리고 드디어 입을 열었다. 그것도 아주 진중한 얼굴로 마왕 에게 가까이 가서 말이다.

“그냥 냅두세요. 노총각이라 히스테리 부리는 겁니다. 그 나저나 결혼식은 여기서 하시겠지요? 그것도 성대하게.”

“당연하지. 내 살아생전 가장 큰 파티가 될 걸세.”

“죄송합니다만, 그때 저도 합동결혼식을 좀…….”

그 말에 메릴의 얼굴이 벌건 색으로 변하면서 소리를 질렀 다.

“하인즈, 누가 너랑 결혼한다고 그랬다고 결혼식 이야기를 꺼내!”

“그럼 안 할 거야?”

“그건 아니지만…….”

결국 우물쭈물 넘어가는 메릴. 하인즈는 그런 메릴을 보면서 실실 웃었다.

“우리가 달리 소꿉친구가 아니잖아. 네가 생각하는 걸 나도 생각하고, 네가 보는 방향을 나도 보면서 왔는데 말이야. 사실 우리도 이제 결혼할 나이이기는 하잖아. 비록 약속대로 용사로서 마왕을 없애고 너에게 청혼하지는 못했지만 그래도 마왕성에서 결혼식 올리겠다는 약속은 지키잖아?”

“넌… 언제나 내 용사였는걸…….”

완전히 던젤을 안드로메다에 던져 버리는 대사를 주고받으면서 그의 가슴에 비수를 꽂는 하인즈와 메릴이었다. 역시 그들은 처음에 왔을 때 저런 대사를 날렸다면 아마 마족의 반은 쓰러뜨릴 수 있었을 것이다. 마왕이야 이제는 내성이 생겼으니 타격을 받는 것은 던젤뿐.

“그러니까, 자네 결혼식도 여기서 하자는 건가? 좋은 생각이군. 자네들을 용사로 만들어준다는 약속은 못 지켰지만 그 정도는 해줄 수 있지. 그러고 보니 그것도 좋은 생각이군. 설마 마왕과 같은 합동결혼식 하는데 마족들이 선물을 부실하게 준비하지는 않을 테니까. 좋아, 그럼 결혼식 이야기를 하러 갈까?”

그렇게 두 남자는 결혼식에 대한 자세한 이야기를 하러 들어가고, 두 여자는 상기된 얼굴로 그 둘을 따라 들어갔다. 그리고 거대하고 조용한 홀에는 혼자 남은 던젤만이 옆구리를 사정없이 후비는 찬바람을 만끽하고 있었다.

"젠장! 나도 생체난로가 있으면 좋겠다."

얼마 뒤 아예 결혼식까지 보고 온 상일은 기분이 좋지 않았다. 아니, 좋을 수가 없었다.

"상일 씨, 다크에룬 마왕이 결혼했다면서요? 은퇴도 안 한다고 하던데. 우리는 좋지요. 사실 그만큼 유능한 마족도 보기가 힘든데. 그런데 무슨 일 있습니까?"

태석은 무언가 불만에 찬 상일의 표정을 보면서 무슨 일이 있었는지 걱정스럽게 물었다.

"아닙니다. 그런 일 없었습니다. 그냥 그쪽 동네 바람이 좀 세서 옆구리가 좀 시린 게 문제라면 문제죠. 투덜투덜."

"그렇다면 다행이지만 어쨌든 그쪽 일은 좀 의외의 방향으로 해결이 되었네요. 그럼 이제 어떻게 하시겠습니까? 기분이 꿀꿀하시면 다른 곳에 휴가라도?"

"아뇨. 그냥 내일부터 학교나 갈랍니다. 레포트 좀… 뜨악~!"

그제야 그는 레포트 생각을 했다. 학교에서 내준 레포트는 상상을 초월하는 양이었고 그중 가장 많은 양을 내야 하는 것이 바로 내일, 즉 월요일이었다. 물론 그만큼 시간을 주기는 했었지만 벼락치기 공부법의 신봉자인 상일이 그걸 미리 한다는 것은 별 가능성이 없는 이야기였다. 그리고 내일까지 레포트를 해야 한다는 생각이 이제야 난 것이었다.

"악! 난 죽었다."

그가 황급하게 뛰어나가자 태석은 그를 잡으려고 했다. 하지만 상일은 지금의 신체가 진짜로 소드 마스터가 되는 것마냥 번개처럼 뛰어나간 후였다.

"상일 씨!"

"나중에 봐요, 태석이 아저씨. 아, 그리고 전화하지 말아요. 레포트하는 동안에는 전화 꺼둘 겁니다!"

벌써 사라진 상일. 그리고 그가 사라진 빈 공간을 보면서 태석은 허망하게 중얼거렸다.

"그러니까, 다른 차원 가서 하면 될 텐데… 그럼 거기서 며칠간 하고 나면 여기서 몇 시간 만에 돌아올 수 있는데……."

다음날 아침.

"상일아, 죽었냐?"

"……."

누군가 쿡쿡 찌른다. 상일은 힘겹게 고개를 들었다.

"하지 말아요, 선배. 나 어제 레포트하느라고 밤샜단 말이에요."

"난 또 죽었다고. 그런데 여기서 뭐 해?"

“뭐 하긴요. 밤새도록 한 레포트 넘기려고 여기서 기다리
지.”

“내 이럴 줄 알았지. 어제 전화했더니만 전화 꺼놨더만. 오
늘 휴강이야. 수요일까지 내라고 하던데?”

그 말에 상일은 진짜로 기절하고 말았다.

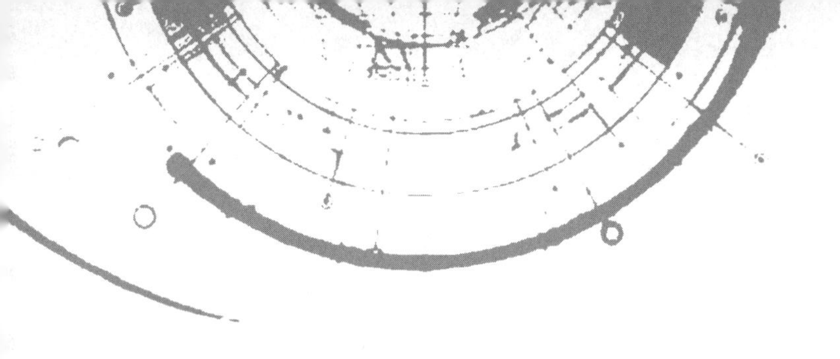

Part 4

노출증

SERVER

"고작 이딴 걸로 부르고 난리야. 투덜투덜."

일은 금방 끝났다. 물론 그의 상식으로는 금방 끝날 수 있는 일이었지만 그들 입장에서는 상당히 어려웠던 모양이다. 원래는 열심히 일해서 지난 사건의 심란함을 잊어버릴까 했는데 열심히는커녕 도착한 지 단 3시간 만에 문제가 해결되었다. 그 문제라는 것이 고작 이종족 파티를 하는 곳을 어디로 하느냐였다. 즉, 주기적으로 타 종족 간의 친목을 위해서 각 종족의 고위급들이 파티를 하고는 했는데 인간 쪽에서 선임한 사람이 기존의 규칙을 무시하고 절대로 인간의 도시에서 해야 한다고 주장한 것이다. 기존에는 1년에 한 번씩 3개

종족이 각자 자신의 도시에서 번갈아가면서 했는데 말이다. 결국 던젤이 나서서 그걸 해결하고는 투덜거리면서 돌아올 수밖에 없었다. 방법이야 간단했다. 도시에서 하고 싶으면 도시에서 하라고 한 것이다. 우리는 예정대로 엘프 마을에서 할 테니까라고 하면서. 그 말에 바로 꼬리를 내리는 인간, 아마도 뭔가 이득을 노리고 하는 모양이었는데 사실 다른 종족에서는 인간의 도시로 가는 것을 좋아하지 않는다. 아무래도 구경거리가 되는 느낌이라나? 어쨌든 단박에 해결되고 난 후에 던젤은 그냥 갈 수 없어서 국왕 앞으로 '저 새끼 짤러' 라는 형식의 편지를 보내고 길거리를 어슬렁거리고 있었다.

"그래서요. 호호."

"그 아이가 있잖아요, 깔깔."

주변에서는 주부들의 대화가 끊임없이 이어지고 있는데 던젤은 그런 것을 보면서 온몸에 소름이 돋았다.

'여기 있다가는 구경하기 전에 소름 증후군으로 죽겠다.'

주부가 시장에서 떠드는 것은 어디서나 있는 흔한 일이다. 하지만 문제는 그 주부의 존재가 아니라 주부의 성별에 있었다. 한국에서는 보통 주부하면 여자를 떠올린다. 하지만 이쪽은 그런 부분이 자신이 살던 지구와는 반대, 즉 주부는 남자라는 것이다. 그에 반해서 여자들이 좀 더 기가 센, 그런 자신의 일반 상식과는 좀 다른 세상이다 보니 영 어색했다.

"젠장할, 언제까지 여기 있어야 하지?"

각 차원마다 통하는 상식이 다르기 때문에 그곳을 돌아다녀야 하는 그로서는 익숙해지기 위해 여기서 어느 정도 경험을 쌓으려고 했지만 너무나 상식과 반대되는 것이다 보니 다 때려치고 돌아갈 생각만 하고 있었다. 어떤 사건이 나기 전까지는 말이다.

'오~ 미인이다.'

던젤은 저 멀리에서 다가오는 검은 머리의 아가씨를 발견하고는 눈을 반짝했다. 간혹 보이는 이런 미인들을 보면서 그나마 쌓이던 스트레스를 풀던 던젤, 아마 그런 것마저도 없다면 돌아가도 벌써 돌아갔을 것이다. 그런데 그가 얼마나 뚫어지게 쳐다본 것인지 그 여자도 그 시선을 느낀 것인지 던젤을 발견하고는 웃으면서 다가오기 시작했다.

'음? 이쪽으로 오네? 아, 그러고 보니 여기는 여자가 남자에게 먼저 대쉬하는 게 상식이지? 으흐흐, 잘하면 이곳에서 썸씽을…….'

말도 안 되는 상상을 하면서 기대하고 있는 사이, 여자는 던젤의 바로 코앞으로 다가왔고 던젤은 그런 그녀에게 인사를 건넸다.

"안녕하세요. 날씨가 좋네요."

"……."

그러나 말이 없는 그녀.

"저기, 이렇게 날씨가 더운데 그런 코트를 입고 다니시면 좀 덥지 않을까요? 하하하.”

　아무런 말도 없이 그를 바라보자 던젤은 머쓱하게 머리를 긁었다. 그러고 보니 자신의 행동은 이쪽 세계의 남자들과는 좀 달랐던 모양이었다.

　“코트가 덥기는 하군요.”

　‘이야, 목소리도 이쁘다. 좋아, 이대로 가는 거야. 군 생활 포함 솔로인생 3년, 여기서 종지부를 찍어보는 거닷.’

　“네, 덥네요.”

　나름대로 기대에 차서 대답하는 던젤, 그러자 그 여자는 던젤을 보면서 살포시 웃었다. 그걸 보면서 던젤은 혼이 나가는 느낌이었다. 뭔가 매혹적이고 순수하면서도 안으로는 열정적이고 퇴폐적인 미소, 그런 미소였다. 하지만 그걸 보면서 잠깐 혼이 나가던 던젤은 퍼뜩 정신이 들었다.

　‘저런 미소가 가능한가?’

　하지만 그런 생각은 그대로 끝나고 말았다. 그 여자가 난데없이 코트를 펄럭 소리와 함께 열어젖힌 것이다. 그리고 잠시간의 침묵이 흐르고.

　“……”

　“……”

　“……”

　터지는 비명 소리.

　“끼야～악!”

정작 그 여자 바로 앞에 있는 던젤은 멀쩡하니 행복해 보이는데 주변의 남자들은 비명을 지르며 몇 명은 눈을 가리고, 그러면서도 살짝 쳐다보면서 소리를 질러대고 있었다.

"꺅! 바바리걸이다!"

주변의 남자들은 기겁을 하면서 대공황에 빠져 있을 때 던젤은 이쪽으로써는 상식적이지 못한 행동을 하고 있었다. 이 세상 남자가 아니니 당연한 거지만 어쨌든 슥 하고는 위아래로 몇 번 시선이 움직이는 던젤, 그리고 그 시선을 즐기는 듯한 그 여자.

"몸매 좋으시네요."

"좀 더 봐도 괜찮은데."

"저야 뭐 감사히."

그렇게 쳐다보는 남자와 느끼는 여자, 그리고 대공황에 빠진 주변. 뭔가 언밸런스한 상황은 경비대가 출동하면서 끝나고 말았다.

"서라, 이 변태 마족!"

"호호호. 너희들이 나를 잡을 수 있겠느냐!"

경비대는 나름대로 열심히 뛰어왔지만 그 여자는 점점 흐릿해지더니만 사라지고 있었다. 그리고 완전히 사라지고 나서야 경비대는 던젤의 옆에 도착할 수 있었다.

"빌어먹을, 변태 마족! 또 놓쳤어!"

경비대장으로 보이는 여자는 이를 박박 갈면서 칼을 거칠게 그녀가 있던 자리에 내팽개쳤다. 매번 이런 식으로 대혼란을 만들어놓고 도망가는 저 마족을 잡을 방법이 없었다.

그리고 저 멀리서 울리는 그 여자의 목소리.

"거기 내 취미를 이해해 주는 오빠, 나중에 보자고요. 호호호!"

"흑흑흑."

주변은 아수라장이었다. 놀라서 우는 남자와 얼굴이 발그레해진 남자, 그리고 정면에서 당해서 혼이 나간 남자까지 말이다.

"괜찮습니다. 바바리걸은 갔으니까 안심하세요."

경비들은 돌아다니면서 놀란 사람들을 진정시키고 있었고 던젤은 그 자리에서 그대로 얼어 있었다.

'생각보다 좋은 동네네. 좀 더 있어도 좋을 것 같은데?

던젤은 그렇게 생각하면서 코에서 나는 코피를 닦아내었다. 그래서 당분간 잔류 결정!

여관으로 돌아온 던젤은 그 여자에 대해서 알아보기 시작했다. 미모도 한미모 하고 몸매도 완벽한 그런 여자가 어째서 그런 짓을 한 것인지 말이다. 그리고 그 정보에 따르면 그 여자는 마족으로, 통칭 바바리걸로 통한다.

얼마 전부터 좀 떨어진 산맥에 나타났다고 하는데 문제는 그 여자가 도시에 자꾸 혼란을 가지고 온다는 것이다. 납치, 살인, 그런 것은 하지 않지만 간혹 내려와서 코트 비슷한 옷을 입고 와서는 순진한 남자들에게 이상한 행위를 함으로써 대혼란을 야기시키고 순진한(?) 남자들은 충격으로 며칠간 앓아눕기도 한다는 것이다.

"뭔가 바뀌었지만 나름대로 좋은데. 흐흐흐."

던젤이야 이쪽 관념으로는 순진은커녕 타락의 극치를 달리고 있는 인간이니 당연히 그딴 거에 신경을 쓰지 않았다.

"그나저나 바바리걸이라니 생각지도 못했단 말이야."

한국에서도 통칭 바바리맨이라고 불리는 남자들이 있다. 아니, 한국뿐 아니라 전 세계적으로 있다. 그들은 바바리 하나 걸치고 여성들이 나타나는 지역에 출몰, 대혼란을 야기시키고 사라진다. 물론 내공이 쌓인 여성 분은 거시기를 보면서 살며시 비웃어주시는 분들도 게시다. 어쨌든 이쪽은 남자와 여자가 많이 바뀌었고, 그런 식으로 비웃기에는 남자 분들의 내공이 상당히 부족하기 때문에 한번 나타났다 사라지면 남자들이 쓰러지는 것이다.

"진짜 36 24 36인데. 흐흐."

마족답게 얼굴도 예술, 몸매도 예술이다. 물론 성격이야 알 수 없지만 여자가 강한 이쪽에다가 마족이니 그리 좋지만은 않을 거라 생각한다.

"그나저나 이쪽도 노출증 환자가 있기는 하군 그래. 아까 표정을 보니 제대로 환자던데. 마족 노출증 환자라니. 풋! 역시 세상은 넓어. 그런데 좀 불쌍하군.”

보통 바바리맨이라고 하면 노출을 하면서 쾌락을 느낀다고 생각한다. 하지만 문제는 그런 짓을 하는 사람들 역시 원하는 것은 아니라는 것이다. 물론 좀 말이 되지 않는 듯하지만 통칭 바바리맨이라고 하는 사람들은 쾌락을 느끼면서도 결국 자기를 제어하지 못하는 정신질환자인 것이다. 처음에는 노출을 하면 놀라는 모습에 만족을 하지만 나중에는 점점 그 강도가 강해진다는 것이 문제이며 심각할 경우 성범죄가 될 수도 있다.

“노출증이라…….”

던젤은 그 말을 하면서 뭔가 씁쓸하게 웃었다. 자신이 사는 세계 자체가 노출증에 걸린 것은 아닐까 하는 생각이 든 것이다. 방송에는 언제나 섹시 컨셉의 가수들이 나오고, 좀 더 야하게를 외치며 연예인들은 너나 할 것 없이 누드니 세미 누드니 하면서 예술이란 이름으로 자신을 노출시킨다. 심지어 일반인 중에서도 그런 사람이 있는 것이다.

범죄심리학을 들은 기억에 의하면 노출증 환자는 잡혀도 경범죄로 처벌받는다. 물론 더 증세가 심해져서 자위 등의 행동을 하면 공연음란죄가 적용이 되기는 하지만 강한 처벌은 아니다. 그들도 하지 말아야 한다는 것을 알지만 쾌감을 느끼기 위해서 계속하게 되는 것이다.

사람이 마약에 빠지면 해서는 안 되는 것을 알면서도 하는 것처럼. 그렇다고 그들이 남과 다르게 사악한 것은 아니다. 그저 정신적으로 미숙할 뿐.

"그나저나 마족은 정신적으로 강하다고 알고 있었는데 여기의 상식은 아닌가 보군. 하여간 그런 여자가 노출증이라니."

던젤은 아쉽다는 듯이 중얼거리면서 잠자리에 들었다. 어찌 되었건 덕분에 좋은 구경을 했다고 생각하면서. 하지만 그에게 아직 고난이 남아 있었다. 어렴풋이 잠들어가던 새벽, 던젤은 슬며시 눈이 떠지는 것을 느꼈다.

'뭐야? 가위인가?

가끔 정신이 들어도 몸을 움직이지 못하는 경우가 있다. 이런 경우를 보통 가위에 눌린다고 한다. 어쨌든 잠이 깨서 눈은 떠지는데 몸이 움직이지 않으니 짜증이 날 수밖에 없었다.

'뭐야, 여기서도 가위에 눌리나? 짜증나네. 가위는 한번 눌리면 잠도 안 오는데. 손가락부터 움직여 볼까?

가위에서 벗어나기 위해서 한참을 꼼지락거렸지만 어째서인지 이번 가위는 쉽게 풀리지도 않았다. 물론 가위에 눌린 기억이 없는 것은 아니지만 지금처럼 안 풀리는 것은 처음이었다. 어찌나 안 풀리는지 속으로 열불이 날 때쯤 누군가 창문으로 들어오는 것이 보였다.

'헉, 설마. 이럴 때 강도? 젠장, 로그아웃해 버려?

별의별 생각을 다 하는 판국에 의외로 그 강도가 눈에 익었
다는 것이 느껴졌다. 아니, 정확하게는 그 강도가 입고 있던
평퍼짐한 코트가 익숙하다고 해야 하지만 말이다.

"안녕, 오빠. 나중에 보자고 약속했으니 와야지."

'뜨억, 마족!'

그는 설마 이 마족이 자신을 잡아먹거나 또는 데리고 가서
노예로 쓴다거나 하는 끔찍스러운 상황을 생각했다. 물론 그
정도 사건이야 해결하지 못할 리가 없지만 당장 움직일 수 없
는 상황이 닥치다 보니 이성보다는 감성이 먼저 반응하고 있
었다. 그런데 그런 생각과는 다르게 마족은 그의 몸을 움직여
서 의자에 앉게 하고는 슬며시 웃으면서 그를 바라보고 있었
다.

"이제 말은 나올 텐데."

"설마……."

그제야 말이 나오는 것을 알게 된 던젤은 경악을 했다. 가
위에 눌린 것이 아니라 마족의 마법이었을 줄은 생각도 못한
것이다.

"무슨 짓입니까? 놔주시죠."

나름대로 정중하게 부탁하는 던젤. 쉬운 일이라고 해서 능
력을 대충 설정한 것이 문제였다. 현재 그의 능력은 제빵사.
즉 빵 하나는 기똥차게 만들 수 있다는 것이다. 하지만 문제
는 그게 끝이라는 거.

“하악하악, 역시 다른 남자와는 다른 그 당당함, 그 짐승 같
은 시선. 너무 행복해! 하악!”

그런데 좀 이상한 반응의 마족. 뭔가 안 좋은 일이 생길 것
을 알아챈 던젤은 저항하려고 했지만 애석하게도 그런 것은
불가능했다.

“무슨 짓을 하려는…….”

채 말이 끝나기도 전에 벌써 그 마족은 작업에 착수하고 있
었다. 그녀는 던젤을 보면서 살포시 웃었다.

“호호. 오빠, 내가 오빠를 오늘 밤 한 마리 짐승으로 만들
어줄게.”

그리고 던젤의 비명은 그 마족이 만든 마법진 때문에 그 누
구에게도 들리지 않고 있었다.

다음날 아침, 던젤은 피곤한 눈을 부릅뜨고 있었다. 그 망
할 놈의 마족이 가고 난 후에 몸은 제대로 움직일 수 있었지
만 심적으로 상당히 지친 상태였다.

“그런 여자를 불쌍하다고 생각하다니, 내가 미쳤지.”

어젯밤 자신에게 마법을 걸고 들어와서는 남자에게 할 수
있는 가장 악몽 같은 고문을 가했다. 도대체 자신을 어떻게
봤기에 그런 고문을 가했는지 모르지만 어쨌든 상당한 정신
적 고문이었다. 마법에 걸린 자신을 의자에 앉혀놓고는 자신
의 그 증세, 즉 노출증을 그대로 내보인 것이다. 그 덕에 밤새

도록 생쑈를 했다. 그 마족이 뭘 하든지 간에 던젤은 그저 의자에 앉아서 그 여자를 봐야 했는데 나름대로 챙겨준다고 해준 것은 고마운데 그것은 참을 수 없는 수치감으로 남아 있었다.

"빠드득!"

그런 미녀가 옷 벗고 돌아다니는 것은 좋다. 사실 남자 입장에서 행복할 수도 있다. 하지만 문제는 그게 끝이라는 거다. 앞에서 춤도 추고 어디서 준비한 건지 요리 준비까지 하고 와서는 요리해서 먹여주고는 나름대로 자신이 할 건 다 하면서 자신은 끝까지 손끝 하나 꼼짝하지 못하게 하고 말았던 것이다. 이쯤 되면 상당한 고문이다. 그것도 모자라서 도대체 시선을 느끼면서 학학대고 있으니 도저히 용서할 수 없었다.

"끙! 차라리 날 덮치던가……."

밤새도록 마족의 장난감 아닌 장난감이 된 그는 결국 욕구 불만으로 가득 차 있었고 그 욕구 불만은 당연히 자신을 가지고 논 그 마족에 대한 분노로 바뀌었다.

"크오~! 날 짐승으로 만들어준다매!!"

차마 짐승으로 변하지 못한 남자의 애절한 절규는 그렇게 도시의 새벽을 깨우고 있었다.

이틀 뒤 던젤은 상당히 다른 모습으로 도시에 들어왔다. 빵집 아저씨 버전은 저 멀리 버리고 소드 마스터 급의 능력으로

도배를 한 것이다.

"으흐흐, 죽었다."

잔뜩 준비를 하고 왔으니 이제는 지난번처럼 허무하게 당할 일은 없을 것이다. 소드 마스터쯤 되면 하급마족인 그녀의 능력으로 어쩔 수 있는 상대가 아닌 것이다. 그것도 모자라서 나름대로 고문할 준비까지 하고 왔으니 잡히기만 하면 끝나는 일이었다. 그리고 그날도 여지없이 사건이 터지고 있었다.

"끼아~악!"

'아무리 여자 같은 남자라고 해도 이 비명 소리는 너무하잖아.'

저 멀리 시장에서 들리는 비명 소리에 던젤은 번개같이 뛰어서 갔지만 벌써 그 마족은 사라지고 경비들만이 사태를 수습하고 있을 뿐이었다.

"저기, 그 마족은 어디 있습니까?"

"응? 남자가 무슨 일인가?"

"아니, 그 마족을 잡으려고 왔습니다만."

"아, 소문 듣고 왔는가? 대단하군. 남자의 몸으로 그런 사악한 마족과 맞서려 하다니, 안 그래도 오늘 밤에 간다고 하니 광장으로 가보게나."

"소문이요?"

"마족을 처리하려고 사람들을 모으고 있다네. 몰랐나?"

"아, 그렇습니까? 감사합니다."

던젤은 이 기회를 잘 잡았다는 생각에 몸을 돌려서 광장으로 갔다. 그리고 거기에는 상당히 많은 사람들이 모여서 전투 준비를 하고 있었고 시장으로 보이는 여자는 돌아다니면서 일일이 인사를 하는 중이었다. 대부분 여자로 이루어진 그 마족 사냥 팀은 다들 무장하고서는 비장미 넘치는 준비를 하고 있었다.

"응, 무슨 일인가?"

"여기 마족을 사냥하는 파티가 있다고 해서 왔습니다. 그 마족에게 개인적으로 원한이 있어서 말입니다."

"그래? 남자의 몸으로 어떤 꼴을 당했는지… 아, 안 좋은 추억이었다면 미안하네."

'안 좋은 추억? 안 좋다 뿐인가. 응? 나름대로 좋은 건가? 어쨌든 복수는 해줘야지.'

"언제 출발합니까?"

"안 그래도 지금 출발할 생각일세. 자네가 늦었군 그래. 하지만 개인적으로 원한이 있다고 하니 이번에는 데리고 가주 겠네. 생긴 것을 보니 상당히 복수를 위해서 노력한 모양인데 걱정 말게나. 아무리 마족이라고 해도 이런 대단한 사람들이 있다면 복수를 이룰 수 있을 걸세."

시장은 남자의 몸으로 이런 위험한 작전에 지원하는 던젤의 손을 잡고는 굳은 결심을 하듯이 중얼거렸다. 그리고 그 시장이 자신한 이번 공격 멤버는 화려했다. 국가에서 지원해

준 기사단과 신성기사단, 그리고 소문난 파티들, 용병여왕까지 진짜 마족을 잡기 위해서 상당한 노력을 했다는 것이 드러나는 파티였다. 그리고 대부분의 기사들은 연약한 남자를 가지고 노는 그 노출증 마족에게 엄청난 분노를 느끼고 있었다.

"여러분, 우리는 이제 마족과 싸우러 갑니다. 우리에게 실패란 없습니다. 우리는 이 세상을 지키기 위해서 싸울 것이고 우리의 사랑하는 남편과 아이들을 위해서 싸울 것입니다. 저 사악한 마족은 자신의 외모로 우리의 남편들을 유혹하고 타락시켰습니다. 이제 그 응징을 할 시간입니다. 비록 우리가 실패한다고 해도 이 세상의 많은 용사들이 그 사악한 마족을 무찌르는 그 순간까지 끊임없이 싸울 것이며 언젠가는 그 마족을 없앨 수 있을 겁니다."

짧은 인사가 끝나고 난 후에 수많은 여자들은 남편들의 눈물 어린 배웅을 받으면서 산을 향해서 올라가기 시작했다. 눈물로 보내는 남편과 꽃을 걸어주는 청년, 그리고 마지막 키스를 나누는 연인들을 보면서 던젤은 심각하게 고민을 할 수밖에 없었다. '도대체 지난번의 상황이 더 고통스러운가, 아니면 지금의 상황이 더 고통스러운가? 라는 문제로 말이다. 몇몇 여자들은 수많은 여전사들 사이에 끼어 있는 청일점인 그를 놀랍다는 눈으로 바라보았지만 던젤은 애써 무시했다. 보통 자신의 상식 안에서 이루어지는 상황보다 워낙 다른 점이 많다 보니 일일이 반응하기도 피곤할 정도였다.

산까지 거리는 얼마 되지 않았다. 하지만 산 자체가 상당히 험하기 때문에 올라가기도 쉽지 않았고, 거기다 무장까지 한 무리다 보니 올라가는 시간은 상당히 오래 걸렸다. 물론 던젤에게는 해당 사항이 없다.

"헉헉, 남자가 대단하군 그래."

"별거 아닙니다. 원한을 풀기 위해서 상당히 노력했거든요."

"그래? 도대체 얼마나 원한이 깊기에. 설마 그 마족에게 순결을… 헉! 미안하네. 내가 망발을 했군."

"아닙니다."

차라리 그렇게 되었다면 얼마나 좋았을까 하는 던젤. 어찌 보면 원한 같지도 않은 원한이었다. 그때였다, 머리 꼭대기에서 무언가 날아온 것은. 던젤은 잽싸게 피하고는 산꼭대기를 바라보았다. 그런데 황당하게도 날아온 것은 화살이었고 그걸 쏜 사람들은 선두에 서서 가던 레인저들이었다.

"호호, 어서 오시게나."

"크흑, 헬젠트. 헬젠트가 어떻게?"

헬젠트는 여자를 홀리는 능력이 있는 마족이었다. 물론 보기 상당히 힘들고 더군다나 그에게 홀리면 이성을 잃어버리고 그의 명령에 따라 움직일 수밖에 없었다.

"아무리 그래도 여기는 내 동생 영역이거든. 간만에 놀러

왔더니만 이렇게 먹잇감이 많이 올 줄은 몰랐는걸?"

"크흑, 빌어먹을! 모두 눈을 감아! 눈을 마주치면 안 돼!"

"과연 이런 지형에서 눈을 감고 싸울 수 있을까?"

그랬다. 선두에 앞서 가던 레인저들이 지배당한 상황에서 눈을 감고 돌격할 수는 없었다.

서둘러 몇 명 없는 성기사들이 신성력을 끌어올려 달려들었지만 헬젠트의 능력은 현혹만이 아니었다.

"크억!"

단 한 방에 나가떨어지는 성기사. 여자 마족이기에 헬젠트를 생각하지 않고 왔던 것이 실책이었다. 그를 상대하기 위해서는 그 귀하다는 남자 전사가 그것도 상당히 많이 필요하다. 아니면 성기사라도 말이다. 하지만 둘 다 부족한 상황에서 최악의 상대를 만난 것이었다.

"크윽."

"도망가라고. 후후, 나에게 지배당한 이 맛난 먹잇감은 내가 알아서 할 테니까."

이럴 수도 저럴 수도 없는 상황. 도망을 가자니 잡혀 있는 동료들이 위험하고, 그렇다고 싸우자니 그를 상대로 제대로 싸울 수 있는 사람이 없었다. 아니, 딱 한 명 있었다. 그의 영향을 받지 않는 딱 한 사람 말이다.

던젤은 주저하지 않고 뛰어올라 갔다. 그 헬젠트는 그런 던젤을 보고도 시큰둥했다. 어쩌다 보니 남자 전사가 한 명 있

는 듯하지만 자신을 남자 한 명이 막을 수 있는 수준이 아니
라는 것은 잘 알고 있었다.

"남자가 대단하군, 여기까지 오다니. 하지만 혼자서 어쩔
생각이지? 후후, 네가 아무리 발악을 해봤자 넌 나를 못 이…
꾸엑!"

채 말이 끝나기도 전에 달려온 던젤의 날라까기 작렬. 아래
에서 위로 올라가면서 날라까기하는 것은 사실상 힘들지만
던젤의 지금 상태에서는 가능했다. 던젤은 쓰러진 그 헬젠트
인지 아니면 쓰레기 헬스클럽인지를 사정없이 밟기 시작했
다.

"그 여자가 네 동생이란 말이지! 오빠 되는 놈이 가정교육
제대로 안 시켜! 너 때문에 내가 이런 꼴이잖아!"

"그게 무슨… 끄악! 잠깐… 켁! 내 말 좀… 크억!"

"웁스."

어떻게든 말을 하려고 했던 헬젠트. 하지만 던젤에게 맞고
나가떨어지고 나서는 사정없이 밟혔고, 그 와중에 던젤이 힘
조절을 하지 못한 상태에서 그대로 중심 부위를 밟고 말았던
것이었다. 그리고 거품을 물고 쓰러지는 그. 그걸 보면서 던
젤은 쪼금, 아주 쪼금 미안한 마음이 들 수밖에 없었다. 차원
이 다르다고 해도 결국 남자의 약점은 같을 수밖에 없었고 거
길 직격으로 맞았으니 말이다.

"흠흠, 니 잘못이다. 그때 네가 몸을 안 돌렸으면 거기는

안 맞는다고.”

되도 않는 변명을 하면서 슬머시 떨어지는 던젤, 그리고 뭔가 비참한 표정으로 쓰러진 마족. 그 마족이 쓰러지자 지배당하고 있던 레인저들 역시 한꺼번에 쓰러졌다.

“아, 미안.”

“이… 이색… 이게 미안으로 될 일이냐… 너… 동생한테 이를 거야! 후엥~”

그 말과 함께 어정쩡한 자세로 날아오르는 불쌍한 마족. 그 마족을 보면서 던젤은 웃어야 할지 울어야 할지 갈피를 잡지 못했다.

오죽 황당했으면 함께 간 사람들조차 아무런 말도 못하고 그냥 보내줬을까. 등장할 때는 별의별 폼이란 폼은 다 잡고 나타나더니만 고작 한다는 말이 동생한테 이른다니… 형이나, 아니, 이쪽 세계 관점으로 누나도 아니고 동생한테라니, 던젤은 한숨을 쉬면서 주변 사람들을 둘러보았다.

“저거 잡아야 할까요?”

“그럴 필요 없을 것 같은데요? 그리고 저런 꾸부정한 자세를 봐서는 당분간 못 움직일 것 같은데.”

“그렇기는 한데.”

멋지게 퇴장하는 것도 아니고 저런 꾸부정한 자세로 퇴장하는 단역에는 던젤은 별 관심도 없었다.

“자자, 경미한 부상자들은 남아서 기절한 레인저 분들을
보호해 주시기 바랍니다. 나머지는 빨리 올라갑시다. 그 마족
이 도망가기 전에 잡아야 합니다!”

마족이 사는 집까지는 그리 멀지 않았다. 그 마족 자체가
어느 순간 이사 온 족속이다 보니 마왕성 뭐 그 비스름한 것
은 있지도 않았고 당연히 그들이 도착한 장소는 마왕성이나
그런 화려한 곳이 아니라 허름한 동굴이었다. 그리고 안쪽에
서는 질질 짜는 듯한 목소리가 나오고 있었다.
“나와라, 이 요녀야! 오늘이 너의 마지막 날인 줄 알아라!”
기사대장은 드디어 그 요녀를 잡을 수 있다는 생각에 호기
롭게 외쳤고, 잠시 후에 그 마족은 머리를 긁으면서 동굴 안
에서 나왔다.
“휴, 내가 이럴 줄 알고 가지 말라고 한 건데, 하여간 오빠
라고 하나 있는 게 저렇게 한심해서야… 그나저나 이번 파티
도 여자뿐이잖아. 이럼 재미없는데. 알았어, 나갈게. 됐지?
내려가서 내가 애걸복걸해서 살려줬다고 해.”
만사가 귀찮다는 듯한 표정으로 나오는 그녀의 대사를 들
으면서 다들 황당해하고 있었다. 도대체 지금 이들이 뭐 하러
온 거라고 생각하는 것일까?
“이 사악한 요녀! 지금 우리랑 말장난하자는 거냐!”
“말장난이 아니라 난 여자한테는 관심이 없다니까. 같은

여자가 봐도 흥분이 안 되는걸. 어쨌든 이쪽 동네 떠나줄 테니 그만 하지. 나 마족이라고 해도 사람한테 손대는 거 별로 안 좋아하거든.”

귀찮다는 듯이 손까지 휘휘 저어가면서 대답하는 그녀. 어쩐지 평소와는 다르게 제대로 옷을 입고 있다고 했더니만 고작 이유가 이곳 파티가 여자라는 이유였단 말인가? 사실 남자들이 약한 이곳에서는 그게 정상이고 극히 일부 남자들이 있다고 해도 그 정도 제압하지 못할 그녀가 아니었으니 말이다.

“이이… 익! 오늘 너를 신의 품으로 돌려보내 주고 말겠다!”

성기사 한 명은 결국 자신의 화를 이기지 못하고 무작정 돌격을 했다. 아니, 하려고 했다.

하지만 갑자기 멈춘 그의 몸은 움직일 생각을 하지 않았다.

“뭐… 뭐야!”

“하여간 인간이란 12번째 똑같네. 지난번도 지지난번도 지지지난번도 비슷한 대사 날리면서 달려오다 걸리더니만. 거기에는 여자는 못 움직이게 하는 마법진이 있거든. 아, 걱정은 마. 하루면 풀리니까. 남자도 없는데 손대기도 귀찮고, 대충 그냥 있어. 난 이만 이 마을에서 물러날게.”

그랬다. 이 마을 저 마을 찝쩍거리면서 돌아다녔던 그녀로서는 한두 번 당하는 일도 아니니 그 정도 방벽을 하지 않을 리가 없었다. 물론 진짜 실력자가 온다면야 자신이 만든 저런 허접한 마법진이야 순식간에 무너질 테지만 사람을 죽이는 것도 아니고 그렇다고 납치하는 것도 아닌 그저 노출증 환자인 자신을 잡기 위해서 그런 고급 인력이 올 이유가 없었다. 물론 그건 그녀의 지금까지의 생각이었고 이번에는 던젤이라는 걸출한 실력자가 있었다.

"그렇게 쉽게는 안 되지."

"응, 누구? 아, 그때 그 오빠네. 이야, 뭔가 달라진 분위기에, 뭔가… 그래, 이 느낌이야. 그 시선! 아, 짜릿해. 하악하악."

"……."

나름대로 자신은 살기를 담아서 째려본 건데 어째서 저 마족은 거기서 느끼는 것일까 하는 순간적인 고뇌의 순간도 한순간, 던젤은 미리 준비한 도구를 꺼내 들었다.

"마나 봉인!"

던젤이 비록 마법적 힘은 가지고 오지 못했다고 한들 그렇다고 마법 아티팩트까지 쓰지 못한다는 규칙은 없고 당연히 던젤은 미리 가지고 온 마법 두루마리를 이용해서 주변의 마나를 봉인시켰다. 그 정도 구하는 것은 일도 아니기 때문이다. 그리고 그제야 그 마족은 긴장하는 기색이 역력했다. 다만 이걸 쓰면 마법진에 걸려 있는 여자들의 구속 시간이 좀 더 길어진다는 문제가 있지만 지금 와서 그게 문제가 아니었다.

"그, 그걸 어떻게……."

"지난번처럼 날아서 도망가면 곤란하거든. 그리고 마족이 어떻게 생활하는지 나름대로 공부 좀 했다. 아, 경고하는데 난 지난번하고는 좀 많이 다를 거야."

던젤은 중얼거리며 칼을 빼 들었다. 마족은 마법의 종족. 기본적으로 강인한 육체를 가지고 태어나기는 하지만 주요 공격 방법은 마법을 이용한다. 하지만 이 주변의 마법이 몽땅 봉인이 되었으니 마법을 쓰지는 못할 것이다. 물론 지금 걸려 있는 마법진은 벌써 가동된 상태이기 때문에 어쩔 수 없지만 다른 마법은 쓸 수 없으니 이제는 순수하게 물리적인 힘으로 싸워야 하는 상태, 그리고 소드 마스터 상태인 던젤이 물리적 인 면에서 밀릴 이유는 없었다.

"이봐, 마족 아가씨. 준비하시지."

던젤의 칼에서 나오는 빛을 보면서 그 마족은 신음성을 흘렸다. 마법까지 못 쓰게 된 상태에서 상대가 소드 마스터라면 자신 같은 하급마족은 대항조차 할 수 없다는 사실을 그녀는 알고 있었다.

"이렇게 허무하게 끝날 줄이야… 호호, 이럴 줄 알았으면 시집이나 갈걸."

"걱정 마. 그렇게 허무하게 끝내주지는 않을 테니까. 그날 내가 당한 고통을 1/10이라도 맛보게 해주마!"

던젤은 그렇게 외치며 그녀에게 칼을 날렸다. 물론 그녀도

나름대로 몸을 돌려서 피하며 반격을 했지만 던젤의 눈에는
그녀가 피하는 것이 다 보였고, 반격을 노리던 그녀는 던젤의
돌려차기 한 방에 나가떨어지고 말았다. 아무리 그녀가 강하
다고 해도 지금 같은 상황에서 상대방을 이긴다는 것은 무리
였다.

"남자 잘한다!"

"죽여 버려!"

"끝내!"

마법진 안에 갇혀 버린 여자들이 광분을 했지만 던젤은 고
개를 흔들면서 쓰러진 그녀에게 다가갔다.

"말했지, 곱게는 안 끝낸다고. 너도 나만큼 고통을 느껴야
해."

"크윽!"

그 마족은 일어나서 저항하려고 했지만 던젤은 재빨리 족
쇄를 채웠다.

"쓸데없는 저항은 그만두지. 이 족쇄는 마족을 봉인하는
특수마법진이 새겨진 거거든."

그 말에 잠시 힘을 써보던 그녀 역시 체념의 얼굴로 고개를
수그릴 수밖에 없었다. 이쯤 되면 소드 마스터가 아니라 시골
의 촌로가 와도 자신은 이길 수 없는 상태인 것이다. 그리고
는 분노에 찬 얼굴로 던젤을 바라보았다.

"후후, 내가 이 정도로 준비를 해야 할 정도로 증오스러웠

던 거야? 난 나름대로 같이 즐겼다고 생각했는데 말이야. 너무하네."

"헛소리, 그게 즐긴 거냐? 고문이지."

"물론 남자들이 애써 눈을 피하기는 하지만 그렇다고 그렇게 큰 피해도 아니었잖아. 물론 심적으로는 상당히 부담이 되었다고 해도 덮친 적도 없는데 그게 잘못이냐고."

"어, 잘못이야."

던젤은 차라리 덮쳤으면 하고 원했는데 말이다. 나름대로 그래도 이쪽 세계 관념에 맞게 동정(?)을 지켜준다고 해준 것이 도리어 던젤에게는 고문이나 마찬가지였다.

던젤은 꼼짝 못하는 그녀를 둘러메고는 동굴 안으로 몸을 돌렸다. 이제부터 해야 하는 일은 이쪽 세계 사람들이 보면 상당히 골치 아픈 문제니까.

"자네 뭐 하려는 건가?"

"제 복수는 아직 끝나지 않았습니다. 죄송하지만 마법진을 푸는 건 준비를 안 해와서… 잠시만 여기에 계시길."

그렇게 마족을 둘러메고 동굴 안으로 들어간 지 30분쯤 지났을까. 여자들은 움직일 수만 있다면 당장이라도 귀를 막고 싶었다. 동굴 안에서는 한 여자의 고통스러운 비명이 울려 퍼지고 있었기 때문이다.

30분 전 던젤은 헛되이 저항하는 남자 마족을 한 방에 날려

버리고는 그녀를 자신에게 했던 그대로 의자에 묶었다.

"좀 사악해져야겠어."

"어쩌려고? 나처럼 옷이라도 벗고 춤추려고? 나야 고맙지."

이제는 막 나가는 마족. 하지만 던젤은 그런 건 복수에 들어가지도 못한다는 것을 잘 알고 있었다.

"한껏 달아오르게 해주지."

"이야, 남자치고는 대담한 발언인데. 기대하지. 결국 즐기고 싶었던 거야?"

하지만 던젤은 그 말에 대답하지 않았다. 이제부터 시작할 일은 길고 힘든 고문의 시간이 될 테니까 말이다. 어찌 보면 던젤은 점점 사악해지고 있었는지도 몰랐다.

"호호호."

그가 웃으면서 무한의 주머니에서 꺼낸 것은 약간은 검붉은 색의 주머니였고, 그 위에는 선명하게 경고 문구가 써져 있었다.

주의:먹지 마시오. 핫팩 12시간 지속 효과. 낚시, 군 훈련 야영 산속에서 똥 쌀 때 최고.

그걸 본 마족은 슬슬 공포에 질리기 시작했다. 희미한 빛 아래에서 이상한 처음 보는 물체를 들고 음침하게 웃는 남자와 의자에 묶여 있는 여자. 아무리 봐도 던젤이 사악해 보인다.

"뭐… 뭘 하려는 것이냐!"

"기대하시라. 내가 그 노출증을 고쳐 주도록 하지. 옷이라는 것이 얼마나 소중한 것인지 뼈저리게 느껴봐라."

던젤은 핫팩을 쪼물락거리면서 데우기 시작했고, 가방에서는 계속해서 핫팩이 나오고 있었다. 그리고는 그 데워진 핫팩을 특별히 비닐로 만들어진 옷에 정성스럽게 이어 붙였다. 그걸 보면서 그 여자 마족은 한숨을 쉬었다.

'결국 이렇게 마법 실험물로 죽고 마는구나. 어째서 그런 이상한 짓을 해가지고. 이럴 줄 알았으면 처녀딱지라도 떼고 있을걸.'

정작 노출증 때문에 접근하는 남자가 없어서 처녀로 죽게 된다고 투덜거리는 사이에 던젤은 완성된 핫팩 옷을 그녀에게 입혔다.

"뭘 하려는 거야! 차라리 죽이려면 곱게 죽여! 덮치려면 덮치던가!"

"……."

그리고 시간이 흐르기 시작했다. 당연히 핫팩은 나름대로 열심히 열기를 내뿜기 시작했고 마족의 얼굴은 발그스레해지기 시작했다. 온몸에 핫팩을 칭칭 감고 있는데 안 더워지면 그게 이상한 것이다.

"학학. 도대체 무슨 짓을 한 거냐? 설마 날 천천히 익혀 죽이러는 거냐!"

"미안하지만 그건 아니야."

그러면서 던젤은 마지막으로 가지고 온 물건을 꺼내 들었다. 시장에 가서 구입한 아이스박스. 거기에는 그의 복수를 완성시킬 물건이 들어 있었다.

"그… 그건 뭐야!"

"아, 이거? 얼음이라고 쓰고 어름이라고 읽는 물건이지. 시장에서 30년간 얼음 판매를 해온 일명 얼음땡 옹에게서 무려 2만원 주고 구입한 얼음이다."

"얼음?"

하지만 던젤은 더 이상 대꾸하지 않았다. 그저 그걸 한 조각 들었을 뿐이다.

"혹한의 추위를 맛보도록."

쏙!

"끼아~악!"

"훌쩍."

"울어도 소용없어. 손 똑바로 들어."

결국 장장 12시간에 걸친 고문 아닌 고문을 받은 마족은 훌쩍거리면서 손을 들고 있었다. 그리고 던젤은 그런 그녀를 앞에 두고 제대로 분위기 잡고 있었다. 탁자에 피의자를 향하고 있는 전등 하나, 그리고 탁자, 그 위에 타자기, 컴컴한 동굴은 그대로 하나의 공포스러운 밀실이 되고 있었다.

"이름."

"……."

"이름!"

아무런 말도 못하는 그 마족에게 소리를 지르면서 던젤은 탁자를 부술 것처럼 소리 질렀다. 당연히 그가 안내인이라는 것을 안 마족 입장에서는 쩔쩔맬 수밖에 없었다. 자신이 잘못한 것도 있으니 당연하다. 거기다 이런 고압적인 그의 자세는 더욱 주눅이 들게 하고 있었다.

"두 번 묻게 하지 말아라. 이름!"

"아드리나."

"직업."

"마족입니다."

"나이."

"230살."

"사는 곳."

"여기인데요?"

"흠흠, 범죄 사실."

"아니요. 전 그냥… 사실은 저도 그러고 싶지 않았다고요. 하지만 성격이 그런 걸 어떻게 해요. 저도 그냥 평범하게 애인도 만들고 결혼도 하고 그러고 싶었는데."

"여기가 너 변명하는 덴 줄 알아! 사실만 말해! 니 죄는 니가 알잖아! 공연음란죄 몰라? 다시 말해주마. 공연음란죄, 그리고 방화죄!"

"방화는 한 적이……."

"시끄러! 방화 맞아!"

탁탁.

거칠게 두드리는 타자기 소리에 아드리나는 아무런 말도 하지 못하고 그저 고개를 푹 숙이고 있었다. 물론 방화를 한 기억은 없다. 하지만 나름대로 방화라면 방화였다. 남자의 가슴에 불을 질렀으니… 어쨌든 졸지에 방화죄까지 뒤집어쓴 아드리나. 그녀는 이 암담한 사태를 어찌 해결할지 참으로 난감했다. 자신이 가지고 논 사람이 안내자라니. 아마도 그게 외부로 유출이 된다면, 아니, 마족들 중에서 강한 자들에게 알려진다면 최소한 어디 한군데 부러질 테고 최악의 경우에는 자신은 소멸이었다.

지난번 안내자는 공식적으로 와서 얼굴도 익혔고 또 주변에서 소중하게 대해줬기 때문에 알아서 조심했다. 그런데 그녀는 안내자가 바뀌었다는 소식은 전혀 알지도 못했다. 하지만 이 세상에 존재할 수 없는 수많은 물건들을 꺼내는 것을 보면서 그녀는 인정할 수밖에 없었다. 자신이 대형사고를 쳤다는 것을. 그렇게 조서의 작성을 얼마나 했을까. 던젤은 그녀를 보면서 한숨을 쉬었다.

"니 인생도 불쌍하다. 어쩌다가 그런 몹쓸 증세를 가져서.

너 부모님은 뭐라고 하시디?"

"흑……."

부모님 이야기가 나오자 눈물을 흘리는 아드리나. 그녀의 부모님은 그녀와 거의 단절하고 지낸다. 물론 마족이 인간의 마이너스적 기운을 더 좋아하는 것은 사실이다. 하지만 이건 마이너스적인 기운을 떠나서 마족의 수치 아닌가? 몸을 다 드러내고 그 시선을 즐기다니. 그나마 오빠만이 여전히 그녀를 가족으로 대해주고 있었다. 부모님을 마지막으로 본 것은 100년 전. 아직 어린(?) 그녀로서는 간혹 부모님의 사랑이 그립지만 어쩌겠는가. 해서는 안 될 짓인 것을 알면서도 사람들의 시선이 느껴지면 자연스럽게 반응하는 자신을 말이다.

"흑흑, 부모님은… 훌쩍, 절… 흑흑, 제 마음도 몰라주시고."

"그럼그럼, 내가 그 마음 잘 알지. 휴… 나도 있잖아, 한때는 F를 줄줄이 맞아서 부모님한테 버림받다시피 한 적도 있거든. 그런데 부모 마음이 자식을 완전히 버리지는 못해. 넌 아직 결혼을 못했다고 하니 아직 모르겠지만, 네가 돌아갈 수는 있단 말이야. 쯧쯧, 그만 좀 울고 하루 종일 그 고생을 했으니 배고프지? 밥이나 먹자. 이것도 다 먹고살자고 하는 짓인데 네가 아무리 잘못을 해도 굶길 수는 없지. 뚝. 그만 울어. 이쁜 얼굴 다 망가지네."

"흑흑."

아까와는 다르게 이제는 어르고 달래고 하는 던젤. 과연 그의 전생은 뭐였기에 이렇게 능숙한 것일까? 그리고 마법 가방에서 나오는 뚝배기 한 그릇… 진짜 전생이 의심스럽다.

"설렁탕이랑 깍두기다. 같이 먹자고. 휴, 이렇게 안 만났으면 혹시 아냐, 진짜로 좋은 관계로 될 수 있었을는지. 그런 의미에서 내가 쏘는 거니 먹어라."

김이 모락모락 나는 설렁탕에 깍두기를 함께 먹으면서도 아드리나는 훌쩍거리기를 멈추지 못했고 던젤은 보다 못해서 소주에 소주잔까지 꺼내서 따라줬다. 본격적이다, 진짜. 아무리 봐도 수사물을 너무 많이 본 것이 아닐까?

"자, 한잔해라. 캬… 역시 소주는… 첫 잔이 짱이야."

그 말에 훌쩍이면서도 던젤을 따라서 한잔에 원샷하는 아드리나. 하지만 소주라는 술이 처음 먹는 사람에게는 그 쓴맛이 상당히 강하게 어필하는 술이다. 당연히 처음 마시는 아드리나도 그 쓴맛에 놀랄 수밖에 없었다.

"켁켁!"

"이런, 조심해서 먹지. 자, 안주."

안주까지 먹여주는 던젤. 그렇게 한끼 식사가 끝나고 난 후에 던젤은 치고 있던 타자기에서 종이를 꺼내서 미리 준비한 종이들과 정리를 하더니만 아드리나에게 내밀었다.

"휴~ 이 정도에서 끝내자. 서로 쉽게 쉽게 가는 게 좋잖아? 내가 적당히 선처해 달라고 해볼 테니까. 사인해."

그러면서 이제는 90도 각도로 몸을 비틀고 담배까지 꺼내

문다. 자세가 상당히 제대로다.

"이건······."

"보면 알 거 아냐. 조서잖아. 사인해, 넘겨야 하니까."

그 말에 아드리나는 정신이 확 깨는 기분이었다. 조서. 자신이 한 짓에 대한 소상한 보고서. 그것도 인간을 상대로 한 것도 아니고 안내자를 상대로 한 보고서다. 그리고 이게 갈 곳은 당연히 한곳이다. 바로 마족들에게 간다. 그리고 던젤이 선처를 해달라고 부탁을 한다고 한들 자신은 멀쩡할 수가 없다. 영원히 봉인될 수도 있다. 신을 제외한 가장 강력한 권력을 가진 그들을 가지고 놀았으니 말이다.

"잘못했어요. 살려주세요. 다시는 안 그럴게요. 엉엉."

이제는 대성통곡 모드로 들어가서 울어대는 그녀. 하지만 던젤은 한숨을 쉬면서 고개를 흔들었다.

"벌써 엎질러진 물이야. 그런 후회는 사고를 치기 전에 했어야지. 너로 인해서 고통받은 수많은 피해자들을 생각해 봐. 나도 봐주고 싶은데 그게 안 된다고."

"아니에요. 다시는 안 그럴게요. 저 이대로 가면 죽어요. 엉엉."

이제는 자존심까지 다 버리고 애원하는 마족을 보면서 던젤은 씁쓸하게 웃었다. 하는 짓을 보아하니 노출증 말고는 그리 나쁜 성격은 아닌 듯했다. 진짜로 이런 여자를 현실에서 만났다면 얼마나 좋았을까. 물론 노출증은 사절이지만 그래도 얼굴도 이쁘고 몸매도 착하다.

"휴… 이거 이럼 안 되는데."

"시키는 대로 다 할게요. 뭐든 시키는 대로 할 테니 이대로 넘기지만 말아주세요. 엉엉."

이제는 옷을 잡고 놔줄 생각을 하지 않는 그녀를 보면서 던젤은 결국 한숨을 쉬었다. 차마 저렇게 서럽게 우는 여자에게 몹쓸 짓을 하고 싶지는 않았다.

"좋아, 그럼 나랑 협상하자. 이거 말고 다른 거 줄 테니 거기 사인해. 물론 이 조서는 나중에 니가 약속을 어길 시에는 넘어갈 거라는 사실을 잊지 말아라. 하지만 내가 시키는 대로만 하면 그럴 일은 없을 거야. 어때? 할래? 내가 약속하는데, 너한테 나쁜 것은 없을 거다. 아니, 어찌 보면 너한테 좋을 수도 있어. 싫다면 조서를 넘기는 수뿐이지만."

"할게요. 시키는 대로 할게요. 원하시는 대로 다 할 테니 넘기지만 말아 주세요. 엉엉."

"좋아, 그럼 여기에 사인해. 아, 물론 조서에도 사인해. 단, 이 계약서를 지키는 동안에는 조서는 넘기지 않도록 하지."

그 말에 아드리나는 잽싸게 두 개의 서류에 서명을 했다. 지금 그녀의 상황은 자세하게 계약서를 살피고 자시고 할 정신이 없는 상태였다. 던젤은 그 계약서와 조서를 받아 들고는 꼼꼼하게 체크하고 난 후에 슬며시 웃었다.

'호호호. 한 건 했네.'

그렇게 불쌍한 마족의 인생은 던젤의 손으로 떨어지고 말았다.

얼마 뒤 상일은 친구의 집에서 쪽지시험 대비 열공 모드로 달리고 있었다. 우리의 자랑스러운 민법 교수님은 쪽지시험을 자주 보기 때문에 할 수 없이 대학생이 되어서도 이렇게 시험의 공포에 떨어야만 했다.

삐삐빅~

"어?"

한참 공부에 열을 올리고 있을 때 갑자기 울리는 알람시계를 보니 지금 시간은 새벽 2시 20분. 절대로 알람이 울릴 만한 시간은 아니었다. 그런데 울리는 것을 보니 미리 맞춰둔 모양이었다.

"뭐야? 밤참이라도 먹으려고?"

"아니. 아차, 시간이 벌써 이렇게 되었군 그래."

친구 녀석은 상일의 질문에 대답을 하는 둥 마는 둥 하면서 공부하던 책은 내팽개치고는 텔레비전 앞으로 가서 앉아 있었다. 그것도 일반 방송도 아니고 하다못해 성인 방송도 아니고 쇼핑 채널을 돌리고 말이다.

"뭐 하는겨? 공부 안 해?"

"잠깐만 30분만 쉬자고. 중요한 거란 말이야."

그렇게 외치면서 무언가 방송을 기다리는 그 녀석을 보던 상일은 할 수 없이 옆에 앉아서 같이 보기 시작했다. 하지만 그 방송을 보고 나서는 경악을 했다.

"너 이런 쪽에 취미 있냐?"

"아니, 난 별로 이런 거는 싫어."

"근데 왜 봐?"

"여기 나오는 모델한테 반했어. 그 청순하면서도 도발적이고 과감하고 대담한 하… 뭐라고 할까? 하여간 표현할 수 없을 정도의 매력을 가진 여자란 말이야."

나름대로 변명을 하는 친구 녀석과 그 녀석이 변명을 하든 말든 텔레비전에서는 계속 방송이 나오고 있었다.

"이번 구성 화려한데요. 레이스 달린 여성용 팬티 브라 구성이 3개 셋트가 무려 69,900원입니다. 이 탄탄한 소재와 깔끔한 재봉질을 보세요. 신소재를 이용해서 엉덩이를 받쳐 주고 어쩌고……."

그리고 나오는 모델들의 늘씬한 모습들. 그리고 그중 한 모델은 한껏 자신의 몸매를 뽐내면서 주요 상품을 홍보하고 있었고, 그중에 한 모델은 말 그대로 마력에 가까운 매력을 뽐내고 있었다. 그리고 친구 녀석은 몽롱한 눈으로 그녀를 바라보고 있었다.

"봐봐, 너무… 뭐랄까. 형용할 수 없는 매력이야. 순진한 듯한 저 얼굴을 가지고 있으면서도 저 도발적인 눈빛, 그리고 저 착한 몸매, 그런데도 풍겨 나오는 매력은 뭔가 절제된 미가 느껴진다니까."

그 말이 농담이 아닌 듯 30분 방송이라고 하는데 고작 20분 만에 전 물량 매진이라는 안내표가 나왔다.

"역시 대단해. 다른 회사에도 몇 번 나왔는데 매번 매진이 더라구. 아, 아드리나 양… 한 번만 만나봤으면."

"요즘 잘나가나 보군 그래?"

"잘나가? 잘나가는 정도가 아니야. 지금 헐리우드 영화계 쪽에서도 접근하고 있다고 하는데 속옷 모델을 하면서도 신비주의 컨셉이라 접촉이 쉽지 않다고 하더라고. 아, 저 배우 가 나오면 무조건 보러 갈겨. 저런 여자가 고작 속옷 모델을 하고 있다니 매니저가 무능한 걸까?"

"아니야. 저 직업을 즐기거든."

"엉? 그걸 어떻게 알아?"

"아는 수가 있지. 후후, 개인적으로 아는 사이야."

"뭐야! 전화번호, 아니, 사인이라도."

달라붙는 친구를 보면서 상일은 자신의 비밀 금고 안에 있 는 계약서를 생각했다. 모델 에이전시 계약서, 즉 지금 그녀의 에이전시는 자신이고, 자신이 원하면 그녀는 어디든 출연해야 한다. 사실 속옷 모델은 그녀에게 있어서 천직이나 마찬가지, 그녀도 불만은커녕 하루하루 행복한 날을 보내고 있었다.

그곳에서는 노출증 환자일지 모르지만 이곳은 노출이 어 느 정도 인정이 되고, 더군다나 이렇게 노출로 먹고사는 직업도 있을 정도이다. 상일은 그런 그녀를 이곳으로 데리고 와 속옷 모델로 취직시킨 것이다. 물론 몸매도 좋고 얼굴도 예쁘고 더군다나 상일, 정확하게는 세계그룹의 이사라는 빽이 있는데 취직 안 될 리가 없었고 그 덕에 그녀는 자신이 원하는 대로 하면서도 돈을 벌 수 있었다. 물론 상일도 그녀가 좋으라고 그런 짓을 한 것은 아니었다.

'흐흐, 진짜로 헐리우드 쪽에 보내볼까? 수입이 짭짤한데?'

하는 것도 없이 50%가 넘는 출연료를 강탈하는 이 악덕 매니저는 다른 돈을 벌 구석을 생각하고 있었다.

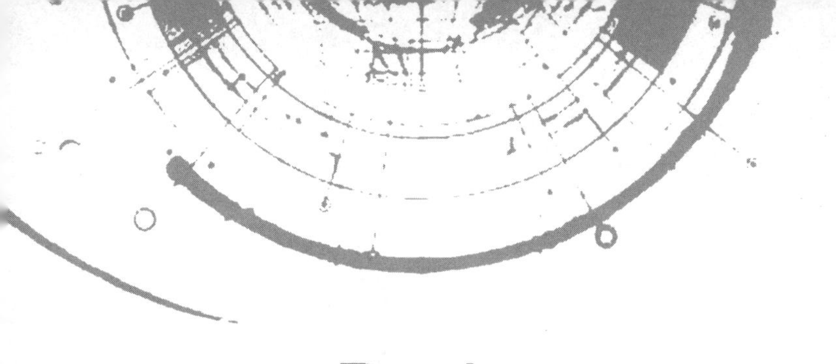

Part 5

프린세스 메이커

SERVER

"이야, 이쪽 동네 물 좋네."

던젤은 서빙을 하는 여자 종업원들을 보면서 중얼거렸다.

환영 파티를 열어준다는 곳은 의외로 동굴이나 그런 곳이 아니라 도시, 그것도 아주 호화로운 도시였다. 보통 드래곤은 동굴에 산다고 하는데 아무래도 이번 파티의 주인공이 인간 인 던젤이다 보니 좀 더 편한 곳에서 하자는 의미에서였다.

드래곤의 파티라는 게 동굴에서 별의별 종류의 고기를 가 져다 놓고 먹는 것을 뜻한다. 당연히 그 종류야 엄청 많다. 하 지만 던젤이 그런 파티에 끼어봤자 뭘 먹을 수 있는 것도 아 니니 드래곤들은 나름대로 그를 배려해서 최고급 식당을 예

약해서 파티를 열어준 것이다.

그가 이곳에 온 이유는 한 가지, 일종의 인사라고나 할까? 안내자가 바뀌니 여기저기서 초대장이 많이 날아왔고 당연히 이 세계에서도 초대장이 날아왔다. 물론 다 갈 수 있을 정도로 한가하지는 않기 때문에 할 수 없이 하나씩 천천히 가야 한다.

그리고 이곳에서 초대장을 발송한 것은 드래곤들, 즉 소위 말하는 용가리들이었다. 그들이 보낸 초대장에 시큰둥했던 그였지만 태석의 말 한마디에 그는 마음이 바뀌어서 여기까지 날아온 것이다.

그것은 바로 '드래곤들은 알다시피 엄청난 부자죠. 그리고 쓸 때는 팍팍 쓰는 기분파이기도 하답니다' 하는 말이었다. 당연히 공짜라면 양잿물도 마신다는 한국인, 그가 공짜를 싫어할 리가 없다. 그리고 그런 이유로 가장 먼저 달려온 곳이기도 했다.

"살살 녹는군요."

던젤은 입 안에서 녹는 고기를 먹으면서 흐뭇하게 웃었다. 한국에서 이런 음식을 먹어본 적이 있을 리가 없었다. 돈이 많다고 해도 몸에 배인 짠돌이 기질은 한끼 5,000원 이상의 지출이 나가면 그의 가슴을 후벼 팠기 때문이었다.

"하하, 새로 온 안내인 분은 잘 드시는군요. 그나저나 잘 부탁드립니다. 드래곤들이 요즘 들어 이것저것 힘든 게 많아요. 특히나 말도 안 되는 실력 가지고 드래곤 잡는다고 하는 녀석들 보면 한숨만 나와요. 저도 얼마 전에 간만에 늘어지게 한 300년쯤 잘까 했는데 미친놈들이 와서는 200년 만에 깼지 뭡니까?"

"네? 하하, 고생이 많으시네요."

역시 드래곤 수명이 길다 보니 200년쯤 잔단다. 물론 자도 그만 안 자도 그만이다. 하지만 잠을 자는 동안에는 완벽한 자신만의 세상에서 살아갈 수 있기 때문에 많은 드래곤이 잠을 선호한다. 물론 휴면기라는 말도 안 되는 주장을 하는 학자도 있지만 말이다.

정확하게는 신체는 자고 있지만 뇌는 활동한다고 해야 할까? 사람이 꿈을 꾸면서 자신만의 세상이 꿈속에서 만들어지듯이 드래곤들 역시 그렇게 만든 세상에서 지내는 것이다.

다만 인간의 꿈은 현실의 반영이기 때문에 그저 흐리멍덩할 뿐이지만 드래곤은 그 내면의 세계에서는 절대적이라는 것이 다르다면 다르다.

"그럼, 그 인간은 어떻게 됐습니까?"

나름대로 그래도 같은 인간이랍시고 물어봐 주는 던젤, 그러자 그 드래곤은 웃으면서 대답했다.

"지금 드시고 계시잖아요. 인간 고기가 야들야들해서 보관하면 좋지요."

“쿨럭!”

“하하, 농담입니다. 설마 아무리 그래도 그렇게 하겠습니까. 그냥 적당히 세뇌시켜서 돌려보냈습니다. 어차피 죽여봤자 바퀴들은 계속 꼬이거든요. 차라리 주변에 무서운 소문을 내는 것이 편하답니다.”

드래곤들의 정신세계는 확실히 인간과는 달랐다. 그런 무서운 농담을 아무런 사심 없는 얼굴로 저렇게 쉽게 할 수 있다니 말이다.

‘설마 진짜로 드래곤 파티에는 인간이 후식으로 올라간다거나 하는 것은 아니겠지?’

문득 그런 생각에 오한이 드는 그였다. 자신이 아무리 다른 세계의 인간이라고 해도 거기에 끼어들 수는 없는 법. 인간으로서 미안하기는 하지만 인간이기를 떠나서 그런 사소한 문제까지 끼어들 수는 없었다. 그런 것을 아는지 모르는지 드래곤들은 한참 즐겁게 놀다가 갑자기 한곳으로 모여들기 시작했다.

“아, 그러고 보니 선물을 증정할 시간이군요.”

“선물이요?”

그 말에 입이 벌어지는 던젤이었다. 공짜 좋아하면 대머리가 된다고 하지만 그건 나중 문제, 선물이면 당연히 입이 벌어질 수밖에 없다. 더군다나 상대방이 엄청난 부자다 보니 어떤 선물이 나올지는 엄청 기대하고 있었다. 물론 지구로 가지고 가려면 몇 가지 조건에 부합되어야 한다. 즉, 마법무구 같은 그쪽의 기술이 아닌 것이 들어가 있지 않을 것과 그쪽에 가지고 간다고 해도 그 파동이 크지 않을 것이라는 정도이다. 그리고 그 정도는 알고 있는 드래곤이다 보니 선물은 알아서 준비했다.

"이거 어떠십니까? 마음에 드세요?"

"아, 네……."

다이아몬드가 주렁주렁 달린 목걸이 세트에다가 화려한 장신구 또는 엄청난 세공을 자랑하는 보석에서부터 진짜로 찬란했다. 그중에서 최고의 압권은 작은 소녀상이었다. 고작 5센티 정도의 소녀상이었는데 기가 막힌 것은 그것이 보석이라는 사실이었다.

그것도 세트로 만들어졌으며 5개가 한 세트다. 물론 이걸 만들기 위해서 드워프들이 무려 20년이라는 시간을 공들였지만 그건 던젤이 알 리가 없었다. 한 개는 기도하는 소녀상으로 아쿠아마린으로 만들었으며 하나는 천사상으로 다이아몬드이다.

또 하나는 서 있는 소녀상인데 토파즈이고 말이다. 나머지는 소녀라기보다는 미녀상에 가까웠는데 루비의 빨간색이 눈이 아플 정도로 현란했다. 마지막은 에메랄드로 만든 명상하는 소녀상이었다. 보석으로써의 값어치를 떠나서 엄청난 세공성에 던젤은 눈을 뗄 수가 없었다. 이 정도로 큰 보석이 존

재할 줄은 생각도 못했고, 그걸 이 정도로 세공할 수 있을는
지 알지도 못했기 때문이다.

고향에서의 보석 세공이라는 기술은 각 면을 커트하는 것
을 말하는데 그 비율을 얼마나 완벽하게 맞추느냐에 따라서,
또 얼마나 작은 면으로 나눌 수 있느냐에 따라서 가격이 팍
올라간다. 그에 반해서 진짜로 이렇게 조각을 만들 정도라는
것은 비교도 할 수 없는 실력이었다.

'여기서 일하면 금전 감각 제로가 된다고 하더니만, 그 말
이 맞는군 그래.'

처음에는 월급을 엄청 줘서 그런 줄 알았다. 그런데 여기서
선물받은 물건 하나만 팔아도 1년 연봉을 획 넘어버린다. 그
러니 금전 감각이 제로가 될 수밖에 없었다.

'대박일세, 대박!'

100개가 넘는 선물을 받아 든 던젤은 오지 않았다면 후회
했을 거라 생각하면서 말 그대로 입이 귀에 걸린 상태였다.
하지만 그런 좋은 분위기를 망치는 사건이 있었다.

"이것이 안 꺼져!"

"제발, 이번 한 번만 부탁드립니다."

"여기 계신 분들이 누군지나 알고 너 따위가 감히!"

입구에서 들려오는 고함 소리는 드래곤들과 던젤의 신경
을 끌기에 충분했고, 그러자 한 명이 나서서 알아보기 시작했
다. 잠시 후 들어온 그 드래곤은 별일이 아니라면서 웃었다.

"별거 아닙니다. 그냥 거지네요."

"거지요? 거지가 여기는 무슨 일로?"

이곳은 일반 음식점도 아니고 최고급 음식점이다. 밥 얻어먹으러 왔다가는 맞아 죽기 딱 좋다. 거지도 수준이 있다. 한국에서도 5성급 호텔에 구걸하러 가는 거지는 없다. 그런데 지금 이곳에 왔다는 것은 5성급 호텔에 구걸하러 왔다는 소리였다.

"으악!"

바깥에서 들려오는 처절한 비명 소리에 던젤은 얼굴을 찌푸렸다. 물론 거지가 이런 곳에 왔다는 것 자체가 말이 안 되기는 하다. 하지만 그렇다고 여기까지 들려올 정도로 팬다는 것은 아무래도 좀 그랬다. 자신이 그런 것을 당연하게 생각하는 선민사상이 있는 것도 아니고 말이다. 자신이 주인이라면 돈 몇 푼 쥐어서 돌려보내는 것이 이렇게 비명 소리를 울리게 하는 것보다는 나을 듯싶었다.

"제가 나가서 좀 봐야겠군요."

"아닙니다. 안내자 분이 끼어들 정도로 큰일도 아닌데 말입니다."

"아니요. 이렇게 비명 소리가 들려서야 어디 파티 분위기가 나겠습니까?"

그러면서 던젤은 입구로 나갔다. 하지만 곧 그는 생각보다 심각한 상황에 나서지 않을 수 없었다. 아무리 봐도 큰일 날 상황이었던 것이다. 맞고 있는 사람이 여자, 그것도 상당히 어려 보이는 나이 어린 여자였던 것이다. 아니, 여자라기보다는 고작해야 13살이나 먹었을 만한 소녀라고 할까?

"그만둬요."

던젤은 황급하게 그들을 말리면서 소녀의 상태를 살폈다. 여기저기 멍이 들고 기절한 상태였지만 그럭저럭 어디 부러지거나 다치지는 않은 모양이었다.

"무슨 짓입니까. 고작 13살이나 되었을 법한 애를?"

아무리 그래도 그렇지, 이 정도로 애를 패는 것에 대해서 던젤은 마음에 들 리가 없었다. 비록 이 세계가 거지에게 아주 잔인한 세계라고 해도 말이다.

"저… 그게 아무리 밀어내도 자꾸 구걸을 해서 말입니다."

"그럼 적당히 줘서 돌려보낼 것이지 이런 애를 어디 때릴 곳이 있다고 그렇게 팹니까!"

던젤이 심각하게 화를 내자 사장은 안절부절못하면서 그에게 사과했다. 지금 이곳을 대절한 사람들 중에는 알 만한 사람은 다 아는 고관대작들이 즐비한데 그런 사람들이 존댓말을 쓸 정도면 상당히, 아니, 상상도 할 수 없을 만큼 높은 지위라는 소리이기 때문이었다.

"죄송합니다. 저희 직원들이 너무 심했습니다. 죄송합니다."

"이곳에 방 있지요? 우선은 그 방으로 갑시다. 이러다 애

하나 잡으면 어쩌려고 그러십니까.”

던젤은 쓰러진 아이를 데리고 방 안으로 향했다. 직원들은 뭔가 안절부절못했지만 신경 쓰지 않았다. 어차피 자신에게 필요한 사람이 아니니. 그의 마음을 안 건지 한 드래곤이 따라와서는 그 소녀에게 힐링을 걸어주었다. 던젤은 기절한 아이를 보면서 한숨을 쉬었다.

물론 어린이는 나라의 보배니 어쩌니 하는 소리는 온라인 게임을 하면서 그 유명한 초딩의 습격 사건을 겪고 난 후에 버렸다. 하지만 그렇다고 이렇게 애를 팰 정도로 사악해지지는 못했다. 그런 소녀를 보면서 따라 들어온 드래곤이 입을 열었다.

“맛있어 보이는 소녀로군요. 야들야들해 보이네요.”

“네, 맛있어 보이는 소녀… 가 아니잖아요! 지금 그게 무슨 소리입니까!”

“농담입니다.”

하지만 던젤은 알 수 있었다. 이 인간, 아니, 드래곤은 절대 농담이 아니라는 사실을 말이다. 그리고 최우선적 선결 조건이 새로 부여되었다. 드래곤의 간식을 구출하라.

“헛소리하지 말고 나가요, 나가!”

어쩐지 아쉬워하는 드래곤을 내보내고 난 던젤은 한숨을 쉬었다. 어쩐지 뭔가 귀찮은 일을 자신이 나서서 받은 듯한 기분이었다.

“그나저나 이 일을 어쩐다.”

소녀는 기절한 채 정신이 없었다. 물론 신체적으로 다 나은 상황이니 더 이상 아프지는 않을 테지만 쉽사리 일어나지 않았다. 그리고 문이 열리면서 아까 처음으로 그 아이에게 힐을 걸어준 드래곤이 들어왔다.

“아이는 어떻습니까?”

“아직 안 일어나는군요.”

“그렇습니까? 그런데 상당히 의외군요. 이 소녀를 여기서 만나다니.”

그 말에 의아스럽게 그를 바라보는 던젤이었다. 드래곤인 그가 이런 꼬마 아이를 알 줄은 생각도 못했던 것이었다. 혹시나 소설에서 보면 인간과 사랑으로 낳은 드래고니언이 아닐까 하는 생각이 얼핏 들었지만 애석하게도 그렇게 로맨틱한 관계는 아니었다. 아니, 어찌 보면 로맨틱한 관계일 뻔도 했다. 사실 로맨틱보다는 범죄에 가까운 관계라는 게 정설이지만 말이다.

“이 소녀를 보는 게 딱 10년 만이군요. 어릴 적 모습이 그대로 있어서 한번에 알아봤습니다.”

“아는 사이십니까?”

“네, 10년 전 유희 중에 이 소녀에게 청혼한 적이 있었지요. 어느 백작가의 딸이었는데 아, 지금 컨셉이 로리거든요. 어쨌든 거절하기에 그 집안을 반역으로 몰아버렸죠. 그때도 지금처럼 공작이었거든요. 오늘 파티가 있어서 모습을 좀 바꿨습니다만."

그 말에 갑자기 불안해지는 던젤이었다. 그는 슬며시 일어나서 소녀를 몸으로 가렸다.

'도대체 이쪽 동네 드래곤들은 다 맛이 간 거야?

"걱정 마세요. 전 10살 넘으면 표적 반경에서 벗어납니다."

'그게 문제가 아니잖아.'

불쌍해도 너무나 불쌍한 소녀였다. 로리 드래곤에게 걸려서 온 집안이 풍비박산이 나다니. 하지만 전혀 뉘우침이라고는 없는 드래곤. 역시 이쪽에서는 드래곤이 인간보다 훨씬 상위 종족이라는 점은 어쩔 수가 없었다. 지구에서도 고기를 먹으면서 소나 돼지가 불쌍하다고 생각하는 사람들이 얼마나 되겠는가? 그저 소화 잘되는 고기나 찾을 뿐……

"그래서 가족은요?"

"글쎄요… 남자들은 사형되었고 여자들은 노예로 팔렸… 꾸엑!"

던젤은 그 말과 동시에 날라 까기를 시작으로 엄청난 구타를 시작했다. 물론 이쪽 세계의 일에 끼어드는 것은 좀 그랬지만 그래도 저런 인간, 아니, 저런 악당을 그냥 둘 수는 없었다. 그 엄청난 소리에 드래곤들이 달려왔지만 던젤의 말에 끼어드는 사람은 없었다.

"오늘부터 컨셉을 마조히스트(피학성 변태성욕자)로 바꾼다고 하니까 그냥 냅두세요."

그 말에 고개를 끄덕이는 드래곤들의 말은 한결같았다.

"저 녀석, 또 이상한 컨셉으로 놀고 자빠졌네."

그렇게 그들이 나가고 나자 던젤은 때리다 때리다 지치고 말았다.

"하악, 하악……."

결국 지친 던젤은 의자에 주저앉고 말았다. 그리고는 힐링을 시전하려는 드래곤에게 한마디 함으로써 움찔하게 했다.

"10분만 쉬었다가 합시다. 치료하면 다른 드래곤들도 부를 겁니다."

그 말에 움찔하는 드래곤. 물론 드래곤이라고는 하지만 아프지 않은 것은 아니었다. 더군다나 그도 많은 컨셉으로 유희를 했지만 마조히스트는 해본 적도, 아니, 꿈을 꾼 적도 없었기에 충격은 더했고, 더군다나 던젤은 안전을 위해서 기본적으로 상당한 능력을 설정하는 편이었기에 통증은 더했다.

"그, 그만 해도 될 거 같은데요……."

"휴… 그럼 컨셉이 틀려지는데요? 아니면 강도가 약한가요? 좀 더 올려도 상관이 없다면야 올려 드려야지요."

"아니요. 그런 컨셉은 별로인데."

어물쩍거리면서 힐을 하는 그에게 던젤은 한숨을 쉬면서

말을 꺼냈다.

"컨셉도 좋지만 적당히 해야지요. 아니, 로리가 컨셉이라고 고작 3살짜리한테 청혼합니까? 그리고 그걸 거부한다고 반역으로 몰아요? 내참, 이건 제가 나서고 안 나서고 문제를 떠나서 드래곤 자존심이 걸린 문제 아닙니까?"

그 말에 그는 아무런 말도 못했다. 물론 그도 과거에는 평범한 컨셉으로 즐겼다. 하지만 영웅이 되고 국왕이 되고 한 나라의 대신이 되고 그딴 것은 이제 질려서 다른 뭔가 자극적인 것만 찾다 보니 이제는 그런 기괴한 쪽에 마음이 쏠린 것이었다. 자극적인 것에 익숙해지면 더 자극적인 것을 찾게 되니 말이다.

"이봐요, 이름이나 압시다. 그러고 보니 이름도 까먹었네."

아까 인사는 했지만 워낙 한꺼번에 하다 보니 제대로 기억도 못한 것이다. 약간은 섭섭한 듯한 표정의 드래곤이었지만 그래도 어쩌겠는가, 던젤은 인간인 것을. 드래곤처럼 한 번 들으면 절대로 잊어버리지 않는 가공할 기억의 소유자가 아니었다.

"하루인입니다."

"아, 하루인 씨는 어떨지 모르는데 자극은 많이 받으면 받을수록 무디어집니다. 설령 다른 향기나 통증 등도 그런데 정신적인 감각이야 더하지요. 아마 그런 식으로 더 강한 자극을 찾다 보면 결국에는 만족이라는 것을 모르는 겁니다. 아시겠습니까?"

그 말에 아무런 말도 하지 못하는 하루인이었다. 그가 맨 처음 시작한 유희는 귀족으로 영지를 잘 먹여 살리는 것으로 언제나 귀족 아니면 영웅, 또는 장군이나 뛰어난 검사나 길드의 마스터 등 돈과 명예가 따르는 일을 하다 보니 뭘 해도 재미가 없었다.

마음만 먹으면 얼마든지 손에 넣을 수 있는 것이 인간의 권력이었으니까.

그저 소드 마스터 정도의 실력만 보이면 떨어지는 귀족 자리 아니면 적당히 마법만 보여주면 쥐어지는 영광들은 드래곤 입장에서 너무나도 쉽게 얻을 수 있는 것이다 보니 결국은 더 강한 자극을 찾기 위해서 노력한 것이다. 아니, 몸부림친 것이었다.

"하지만 드래곤의 인생은 길지요. 물론 잠만 자면서 지낼 수도 있지만 재미가 없다 보니… 뭔가 재미있는 놀이라도 있습니까?"

"방법은 많습니다만, 우선은 이 아이 문제부터 해결합시다. 한국에는 이런 속담이 있지요. 장난 삼아 던진 돌에 개구리는 맞아 죽는다."

던젤은 그렇게 말하면서 소녀를 바라보았다. 여기저기 상처난 몸에 지칠 대로 지친 아이의 얼굴은 아무리 봐도 13살짜리라고 볼 수 없을 만큼 거칠었다. 뽀송뽀송한 13살 소녀의 피부가 아닌 거친 피부를 가진 거지 모습이었으니.

그렇게 얼마나 지났을까. 그 소녀는 작은 신음 소리와 함께 일어나 눈을 뜨고는 깜짝 놀랐다.

"여긴?"

"놀랄 것 없다. 입구에서 사소한 문제로 다쳐서 데리고 온 것이니까. 그래, 몸은 좀 어떠니?"

"죄송합니다, 죄송합니다."

소녀는 일어나자마자 정신없이 사과를 하기 시작했다. 거지가 이런 고급식당에 구걸하러 온다는 것 자체가 미친 짓이었는데 방까지 잡고는 이렇게 나자빠져 있었다니, 당장 죽어도 할 말이 없었다. 하지만 던젤은 그런 그 소녀를 말렸다.

"아니다. 경비들이 너한테 잘못한 거니 네가 사과할 것은 없지. 그런데 이름이 어떻게 되니? 여기는 어떻게 온 거고? 아, 미안. 너를 책망하는 것은 아니다. 그냥 여기는 너희 같은 사람들이 거의 오지 않는 곳이니 그러는 거지."

하지만 소녀는 눈치를 보면서 말을 꺼내지 못했다. 그럴 수밖에 없었다. 거지들에게 이런저런 일이 많이 일어나기 때문이다.

간혹 잘해준다고 하는 사람들도 있지만 도리어 더 믿을 수 없는 게 그런 사람들이었다.

그런 사람에게 혹해서 갔다가 소리 소문 없이 사라지거나 차마 입에 담지 못할 꼴을 당하는 사람도 있으니까.

"잘못했어요, 살려주세요."

이제는 눈물이 그렁그렁한 눈으로 바라보는 소녀를 보면서 던젤은 가슴이 찡해지는 듯한 아픔을 느꼈다. 도대체 이 아이가 무슨 잘못이 있어서 이렇게 빌어야 한단 말인가. 그 분노는 결국 하루인에게 향했고, 하루인은 자신도 모르게 움찔하고는 눈을 돌려 버렸다.

"아니다. 니가 잘못한 것은 없다. 그저 너희 아버지와 알던 사이여서 그러는 거야. 많이 크기는 했지만 옛날 모습이 남아 있어서 알아봤다. 비록 안 좋은 일이 있었지만 너라도 무사하니 다행이다."

그 말에 놀란 듯이 바라보는 소녀. 물론 그녀도 자신의 아버지가 귀족이라는 말은 들었다. 하지만 억울한 누명을 쓰고 처형당하고, 그나마 어머니와 자신은 친분이 있던 가문들이 손을 써 노예 꼴은 면했지만 무일푼으로 쫓겨나야 했다.

"그래. 안 그래도 그 일을 바로잡을 생각이었는데 마침 잘됐구나."

그 말에 조금씩 눈물을 흘리던 아이는 급기야 던젤을 잡고 대성통곡하기 시작했다. 그리고 어느 정도 진정이 되고 나서야 이야기를 시작했는데 거지가 되고 난 후에 그녀의 어머니는 돈 한 푼 없이 그녀를 키우기 위해서 노력했다는 것이다. 물론 그게 쉽지는 않았다.

그녀도 귀족가의 아가씨이고 언제 그런 거친 삶을 살아본 적도 없으니까 결국 그들은 점점 몰락해 갈 수밖에 없었다.

지금은 그녀의 어머니조차 병으로 인해서 언제 죽을지 모르는 상태인 데다가 그녀의 어머니는 비몽사몽간에 이곳의 음식을 한번 먹고 싶다고 했다는 것이다.

과거에 행복했던 시절에는 자주 오던 모양인데 불가능하다는 사실을 알면서도 그 아이는 혹시나 하는 마음에 구걸이라도 할 생각에 온 것이었다.

던젤은 그 말을 들으면서 눈물이 앞을 가리는 기분이었다. 이건 한국에서 보던 3류 멜로와는 전혀 다른 이야기였다.

"좋아, 그 문제는 이 아저씨가 해결하마. 내 너를 꼭 있어야 하는 자리에 돌려보내 주겠다고 약속하마."

굳은 결심을 하는 던젤, 그리고 그때마다 자신의 잘못을 알고는 흠칫거리는 하루인. 던젤은 소녀를 진정시키고는 하루인을 데리고 방을 나왔다.

"좋습니다. 하루인 씨, 그럼 이 사태를 어떻게 책임질 생각입니까?"

"에… 그 재산을 돌려주고 작위를 복귀시키도록 하겠습니다."

"그것만 가지고는 부족한데요."

그러면서 사악하게 웃는 던젤. 그는 머릿속에 한 편의 드라마를 벌써 만들고 있었다. 주연 하루인과 그 소녀, 그리고 자신. 감독은 자신, 각본도 자신이, 음악도 배경도 자신이 다 짠

드라마 말이다.

"후후후… 하루인 씨, 그것만 가지고는 부족하지요. 지금부터 하는 일에 대한 모든 비용은 하루인 씨가 대주서겠습니다."

"히끅."

그의 말에 하루인은 딸꾹질을 할 수밖에 없었다.

다음날부터 던젤은 바쁘게 움직이기 시작했다. 이왕 하기로 한 것, 자신의 모든 머리를 쥐어짜서 만든 대규모 프로젝트를 그냥 보낼 수는 없기 때문이었다. 이름하여 프린세스 메이커, 최종 목적은 당연히 최고 엔딩인 이 나라 왕자님과의 결혼이다.

사람들의, 아니, 드래곤들의 호응은 장난이 아니었다. 언제나 유희라는 이름으로 여러 가지 인생을 살았지만 이런 참신한(?) 주제는 처음이었다. 대규모 연극이라니. 그것도 거국적이다. 한 명 두 명 속이는 것이 아니라 나라 전체를 속여야 하는 중요한 프로젝트였다.

"좋습니다. 아이는 재웠고 슬슬 확인 들어가겠습니다. 하루인 씨는 역할을 알죠?"

알다 뿐이겠는가? 가장 중요한 역할이니까. 설정을 밤새도록 외워야 했다. 그러나 별로 내키지 않는 그였다. 사악한 공작으로서 나중에 왕자의 연인을 노리다 맞아 죽는 역할이라니.

"이거 해야 합니까?"

"해야지! 암, 해야지. 으흐흐. 이거 재미있는데요. 어디 보자, 제 역할이 경비 맞나요?"

"맞습니다. 우선은 아는 사람이 성에 있어야 접근이 쉽지 않습니까. 원래 정석에도 그렇고."

"그런데 전 어째서 술집 주인인가요? 그것도 불법 술집이라니? 이건 아무리 봐도 왕자랑 결혼하기 위해서는 별 필요 없는 직업 같은데."

"여주인공이 착하기만 한 시대는 지났습니다. 이제야말로 경험이 세상을 지배하는 시대! 그저 온실의 꽃이 아닌 당당한 나라의 국모로서 경험이 필수적입니다."

이런 얼토당토않은 말로 표절을 대충 무마하는 그였다. 사냥꾼에 나무꾼, 퇴폐술집에 수녀원까지 완벽하게 배당된 역할들을 드래곤들은 각자 연습하면서 낄낄대고 웃었다.

조금 웃기지만 역사상 드래곤들이 처음으로 연합 작전을 펼치는 상황이 온 것이었다.

"우선 아이는 제가 입양하도록 하겠습니다."

그가 초등학교 시절 그렇게 재미있게 했던 프린세스 메이커가 그렇게 실사 버전으로 태어나고 있었다.

"휴……."

가장 먼저 할 일은 그녀의 가족을 찾는 일이었다. 물론 가족이라고 해봤자 그녀의 어머니뿐이다. 친가 쪽은 싹 어느 로리의 장난에 씨가 말랐고, 외가 쪽은 살기 위해서 의절할 수밖에 없었으니 말이다. 당연히 그녀의 어머니를 만나서 이야기를 들어보는 것이 시작이다. 아무리 그래도 애가 하늘에서 떨어질 리는 없지 않은가?

"제 부군과 아시는 사이라고 들었습니다."

"네, 제가 어렸을 때 은혜를 입은 적이 있습니다. 그 은혜를 갚기 위해서 여기까지 왔는데 그런 일이 있을 줄은 생각도 못했습니다."

"흑흑. 그 공작만 아니더라도 이렇게 되지는 않았을 것을……."

그때 생각에 다시 눈물짓는 그녀의 어머니 안젤라. 마리아는 그런 어머니 곁에서 걱정스럽게 그녀를 바라보고 있었다.

"걱정 말아라, 아가. 비록 내가 인생은 짧지만 사람 보는 눈은 있단다. 이분은 눈이 선한 것이 그리 나쁜 분 같지는 않구나. 그런데 죄송합니다. 은혜를 갚기 위해서 여기까지 오셨지만 가문 자체가 사라졌으니……."

자신의 잘못이 아닌 데도 불구하고 미안하다는 듯이 중얼거리는 그녀를 위해서라도 던젤은 이번 작전은 필히 성공시켜야 한다고 생각했다.

"제가 이제 와서 이런 말씀을 드리기는 뭐하지만 이제 고

생은 안 하셔도 됩니다. 영애님의 교육은 제가 알아서 하겠습니다. 그리고 집도 적당한 곳을 하나 구하도록 하겠습니다. 이제 걱정하지 않으셔도 됩니다.”

“하지만 저희가 어찌 감히…….”

“그런 걱정 마십시오. 백작님에게 받은 은혜에 비하면 아무것도 아니니까요.”

그녀의 어머니를 달래면서 던젤은 속으로 앞으로 있을 계획을 짜느라 정신이 없었다. 소녀는 똘망똘망한 눈으로 어머니와 던젤의 대화를 듣고 있었다. 비록 나이가 어리기는 하지만 그녀도 나름대로 꿈이 있고, 나이에 비해서 상당히 조숙하기 때문에 무슨 뜻인지 아는 것에는 문제가 없었다.

“저, 저, 그럼 저도 학교 가는 건가요?”

기대에 찬 눈빛으로 바라보는 소녀는 같은 또래의 아이들이 학교 가는 것을 얼마나 부러워했는지 모른다. 하지만 던젤은 그녀를 학교에 보낼 생각은 없었다. 원래는 벌써 사교계에 입문했을 나이이다. 하지만 이제 와서 시작이니 초고속으로 실행해야 하고 당연히 학교는 시간상으로 무지하게 늦을 수밖에 없었다.

“학교는 아니지만 더 많이 배울 수 있는 곳이 있단다. 걱정마렴.”

며칠 뒤 상당한 크기의 저택이 주인이 바뀌는 초유의 사태가 생겼다. 그것도 현 재상이며 귀족파의 수장인 하루인의 3번째 저택이 말이다. 물론 돈 한 푼 줄 리가 없었다. 그는 피눈물을 흘렸지만 무대를 제공하라는 주변 드래곤들의 살벌한 눈빛에 결국은 눈물을 머금으면서 내놓을 수밖에 없었다.

"자, 그럼… 시작을 해볼까? 마리아, 우선 첫 번째로 할 일은 아르바이트다!"

"네?"

마리아는 내심 황당하다는 듯이 바라보았다. 아르바이트라니? 자신의 교육을 책임진다고 그렇게 호언장담하더니만 가장 먼저 하는 것이 아르바이트라니? 옆에서 듣던 그녀의 어머니 역시 혹시 이 사람이 자신의 귀한 딸을 앵벌이를 시키려는 것이 아닌지 의심해야 했다.

"아, 오해는 마세요. 잘 들어보시면 알 겁니다. 백작부인도 이렇게 살아서 아실 테지만 귀족들이 하는 일에 대해서 어떻게 생각하십니까?"

"그거야……."

자신이 귀족일 때는 몰랐던 일들이 반역이라는 누명을 쓰고 쫓겨나서야 귀족에서 하는 일들이 얼마나 비효율적이며 평민들에게 원성의 대상이 되는 것인지 알 수 있었다. 물론 귀족으로서 그 정도 권리가 있을 수가 있다. 하지만 권리에는 의무와 책임이 따르는 법, 하지만 대부분의 귀족들은 그걸 받아들이지 않는다.

"맞습니다. 현재 귀족가들은 제대로 일도 하지 않고 있지요. 인성 교육이라는 것을 받은 적이 없으니까요. 그들은 귀족끼리 사는 법만 배울 뿐, 인간의 대부분을 차지하는 평민에 대해서는 배우지 못하고 있습니다. 인성 교육이라는 것은 그리 어려운 게 아닙니다. 사람들과 어울려 사는 법, 그게 인성입니다. 그리고 그런 것은 100년을 책을 보면서 해봤자 그리 효과적이지 않지요. 그러니 인성을 키우기 위해서는 사람들과 어울려 봐야 합니다!"

"그렇군요."

뭔 소리인지 정확하게 감을 잡을 수는 없지만 대충 알아들은 백작부인은 작게 고개를 끄덕거렸다. 확실히 인성이 제대로 된 일부 귀족들은 비록 정치판에서 그리 대우를 받지 못한다고 해도 영지민들에게는 상당히 인기가 있었다.

"마리아, 그러니 네가 가장 먼저 할 일은 신전 아르바이트다! 일당은 시간당 5코퍼. 얼마 안 되는 돈이지만 신심을 갈고닦는다고 생각하고 열심히 하도록!"

사실 던젤은 마음 같아서는 프메(프린세스 메이커)의 정석대로 어디 농장이나 노가다 현장 가서 체력부터 키우고 싶었지만 확실히 게임과 현실은 다르고, 과거 프메를 그렇게 하다 보니 나중에 가서는 사냥꾼이 되거나 또는 노가다 현장 보스, 심지어 용사가 되거나 하는 등 전혀 자신이 원하지 않는 쪽으로 갔던 아픈 기억이 있어서 차마 그럴 수는 없었다.

"화이팅이닷!"

"일을 제대로 못하는구나. 조금 더 노력하렴. 오늘 일당에 사고 친 부분 빼고 10코퍼다."

짤그랑.

"……."

마리아는 손안에 있는 10코퍼를 보면서 뭐라고 형용할 수 없는 기분에 휩싸였다.

꿀꿀하다고 해야 하나? 아니면 기분이 나쁘다고 해야 하나? 좋다고 해야 하나? 난생처음으로 직접 일해서 돈을 벌기는 했는데 그 돈이 아주아주 적은 돈이다. 아마 한국이었다면 노동력 착취 또는 아동학대로 끌려들어 갔을 것이리라. 하지만 이 신관 역할을 담당한 드래곤은 전혀 그런 생각도 없었다.

"저기요… 신관님."

"무슨 일이니?"

"제가 그렇게 일을 못했나요?"

"휴……."

그 말에 머리를 부여잡는 나인 신관. 사실 사람들에게 마법을 걸어서 이곳에 들어오는 것은 성공적이었다. 그 정도야 자신에게 일도 아니니까. 하지만 문제는 지금 그 덕에 자신은 진짜 이곳의 신관이고 이 아이를 일시키는 것 역시 그녀의 책임이라는 것이다.

'너 때문에 시말서를 한 10장은 써야 할 거다.'

그녀는 속으로 그렇게 외치고 있었다. 청소 중에 화분 깨기, 창문 닦던 중에 유리창 깨기, 설거지 중에 그릇 깨기 등등 여지없이 초짜의 실력을 화려하게 보여주는 우리의 마리아 양. 사실 저 10코퍼를 주기는커녕 금전적 배상을 받아야 할 처지.

"아니, 나름대로 열심히 하는구나. 다음주에도 또 오렴."

"네? 그럼 다음주에도 와도 되는 건가요?"

"그럼, 일이라는 것은 신이 인간에게 내린 은혜 중 하나란다. 인간은 일을 하면서 발전하는 법이야. 네가 비록 어린 나이라고 하지만 자신이 발전하기 위해서 노력하는데 어찌 막을 수 있겠니? 무슨 일이든지 간에 노력하면 안 되는 일은 없단다."

"고맙습니다!"

마리아는 상당히 벅찬 표정으로 그녀를 바라보았다. 그녀도 자신이 얼마나 많은 사고를 쳤는지 잘 알고 있었다. 어리다고 해도 그 많은 사건들을 일으켰으니 아마도 다시는 오지 말라고 할지도 몰랐다. 그녀에게 있어서 가장 두려운 것은 일을 실패하는 것보다 던젤을 실망시키는 것이었다. 하지만 저렇게까지 이야기하는 신관을 보니 나름대로 용기가 생기고 있었다.

“고맙습니다. 저 열심히 할게요. 열심히 해서 누구한테도 지지 않는 훌륭한 사제가 될게요.”

‘제발 그것만은 참아주라. 네가 사제 한다고 하면 안내자님이 날 죽이려고 들 거야.’

어린 마음에 사제를 하겠다고 하는 마리아를 보면서 나인은 한숨을 쉬었다. 최종 목표는 그녀를 왕자에게 시집보내기. 그런데 여기서 사제를 덜컥 해버리면 완전 쫑나는 거다.

“너에게는 아직 미래가 많이 있단다. 그러니 벌써부터 속단하지 말고 자신이 할 수 있는 일을 찾으렴. 그럼 잘 가거라.”

“네.”

힘차게 뛰어가는 마리아를 보면서 나인은 한숨을 쉬었다. 아까부터 뒤에서 느껴지는 저 기척이 그녀를 불편하게 만들고 있었던 것이다. 아마도 애가 있으니 나서지 않았던 모양인데 이제 그 애도 갔으니 슬슬 나올 것이다. 그리고 기둥 뒤에서 천천히 모습을 드러내는 규율사제.

“나인 신관!!”

“네.”

기어들어 가는 목소리로 대답을 하는 그녀. 이런 식으로 인간에게 혼나는 날이 올지는 생각도 못했는데 말이다. 하지만 결국 그런 날이 오고야 말았다.

"도대체 일을 어떻게 하는 겁니까? 저 유리가 얼마나 비싼 건지나 알고 있는 겁니까? 그런 걸 저 아무것도 모르는 애한테 시키다니… 쫑알쫑알… 내일 아침까지 시말서 10장 써서 제 책상 위에 올려두세요!"

"네……."

'오늘 밤에 잠자기는 글렀네.'

주말에 던젤은 책상 위에 그득하게 놓여 있는 청구서와 손해 배상 요구서를 보면서 머리가 지끈거리는 것을 느끼고 있었다.

'이게 아닌데.'

프린세스 메이커의 기본 개념은 그리 어렵지 않다. 딸에게 일을 시킨다. 돈을 벌어온다. 그 돈으로 공부를 시킨다. 용돈도 준다. 사실 부모로시의 책임을 완전히 내팽개처 버리는 게임이지만 어쨌든 모든 부양에 필요한 자금은 딸이 벌어오는 기본적인 시스템이다. 주인공도 월급을 받기는 하지만 개미 눈곱만큼이다. 게임상에서는 딸은 만능 엔터테이너면서도 억대 연봉의 능력자이지만 아버지는 말 그대로 연금 생활이나 하는 날백수.

어쨌든 그게 프린세스 메이커의 기본 시나리오다. 하지만 그가 지금 바라보는 현실은 그렇지 않았다.

던젤 아이즈 귀하.

저는 00농장을 운영하는 사람으로서 얼마 전 동료의 추천으로 귀하가 보살피고 있는 마리아라는… 어쩌고저쩌고… 그 결과 그날 손실이 닭 폐사 5마리, 깨진 달걀이 30개이며 현재 젖소가 놀라서 3일째 젖이 나오지 않고 있고, 그 외 우리 집 강아지의 늑골이 나갔으며…….

친애하는 던젤 아이즈님께 좋지 못한 소식을 알려 드려서 죄송합니다. 다름이 아니오라 얼마 전 귀댁의 아가씨인 마리아님께서 본 식당에 임시 아르바이트로 들어왔습니다만, 그날 사건으로 인해서 …(중략)… 그로 인해 식중독으로 5명이 쓰러지고 12명이 알레르기 반응이 왔으며 저희 식당은 2주간 영업 정지를 받아야 하는…….

안녕하십니까. 전 00에서 유통업에 종사하고 있는 00이라고 합니다. 얼마 전 귀댁의 소중한 아이인 마리아 양이 저희 가게에 아르바이트를 하러 왔습니다만, 아시다시피 유통업은 서류의 정리가 깔끔하게 필요한 바 그 업무를 그녀에게 맡겼습니다. 하지만 그 결과 저희 가게는 그날 총 8골드 20실버하고도 35코퍼의 손실을 남겼으며 조사 결과 잘못된 서류 정리 작업으로 인한…….

던젤은 그걸 보면서 한숨을 쉬었다. 아무리 어린 나이이고 할 줄 아는 것이 없다고 하지만 도대체 다른 사람이 1년 동안 해도 못 칠 사고를 단 1주일 만에 해낸 그 엽기적인 능력은 어디서 나오는 것일까?

"윽… 총 23골드 45실버 적자군."

그에 반해서 그녀가 받아온 돈은 1주일간 꼴랑 80코퍼. 결국 던젤은 투입되었던 드래곤들을 서둘러 불러들였다. 주말을 맞이해서 마리아와 그녀의 어머니는 적당한 핑계로 놀러나가게 만들었고 불러들인 드래곤들의 얼굴에서는 침중한 모습이 떠올랐다.

"재능이라고는 전혀 없어요."

"어찌 보면 재능없는 것도 재능일지도 모르지만."

"하지만 이래서는 어느 세월에 돈을 벌어서 교육을 받을지……."

"진 회사에시 질릴 뻔했습니다."

드래곤들도 난감했다. 나름대로 그곳에서 도와준다고 도와준 것인데 그녀의 능력은 자신들의 능력을 초월하는 수준이었다. 도대체 잠시 한눈만 팔면 여지없이 사고를 치는 그녀였다.

던젤은 더욱 난감했다. 역시나 딸이 벌어온 돈으로 교육을 받게 한다는 것은 말도 안 되는 설정이었다는 것을 그는 뼈저리게 느꼈다.

그녀의 나이 이제 13살, 하루빨리 사교계에 입문해야 하는 나이다. 다른 또래는 벌써 입문했을 나이인데 그녀는 전혀 아는 것이 없어서 입문은커녕 간단한 춤도 출 줄 몰랐다. 그런 상황에서 하염없이 일에 익숙해질 때까지 아르바이트를 시킬 수는 없는 노릇, 결국 던젤은 극단적인 방법을 사용하기로 했다.

"휴… 그럼 할 수 없군요."

"네?"

"그럼 지금부터 치트키를 사용하겠습니다."

"치트키?"

"그게 뭐드래요?"

다음날 아침 마리아는 상상도 못할 아르바이트를 맞았다.

"이걸 저보고 하라구요?"

"그래, 누차 말했지만 사회 경험은 많을수록 좋은 거니까."

"하, 하지만 전."

"괜찮아, 이 아저씨 동료들이 도와주기로 했으니 어렵지는 않을 거다. 그리고 이게 네가 사용할 도끼란다. 너의 체형에 맞게 작게 만들었으니 이걸 사용하렴. 그리고 이번 일은 수입이 상당히 많은 일이니까 열심히 하는 게 좋아. 위험하니 안전에 유의하고."

던젤의 자상한 말을 들으면서 마리아는 아무리 생각해도 그 수익으로 벌어들이는 돈보다 자신에게 준 이 도끼 만드는

데 돈이 더 많이 들었을 거 같다고 생각했다. 그리고 그건 사실이었다. 도끼는 그리 싼 가격이 아니니까 보통 나무꾼이라면 한 달은 죽어라 일해서 그 돈을 모아야 살 수 있는 돈이다. 그런데 나무꾼 일을 시키는 것도 모자라 도끼까지 따로 제작하다니. 그것도 고작 13살짜리 애한테… 아무리 힘이 좋아도 일반 평민의 그 나이면 도끼 들고 나무는커녕 잔가지나 주워다 파는 것이 다였다. 그런데 도끼까지 준비해 준 것을 보니 아주 작심하고 보내는 모양이었다. 어디서 만들었는지는 모르지만 허름한 모양의 도끼. 그것은 작다 뿐이지 다른 작업용 도끼들과 하등 다를 바 없었다. 하지만…

쩡! 쩡! 쩡!

깊은 숲 속 옹달샘은 토끼가 와서 먹을지 모르지만 깊은 숲 속의 나무는 나무꾼이 잘라간다.

그런 경험이 많은 나무꾼들은 경악스러운 표정으로 한 소녀를 바라보고 있었다.

"넘어간다!"

거대한 외침과 함께 넘어가는 나무.

콰콰쾅!

나무는 여지없이 거대한 굉음을 내면서 쓰러졌고 주변에 기다리고 있던 다른 나무꾼들은 잔가지를 처리해야 할 차례였다. 그런데 아무도 그걸 할 생각은 없어 보였다. 지금 그들은 얼이 빠진 얼굴로 방금 나무를 자른 나무꾼, 아니, 소녀를 바라보고 있었다.

"휴~ 힘들다."

새치름한 얼굴의 땀을 수건으로 닦아내면서 해맑게 웃고 있는 저 소녀. 아무리 봐도 잘해야 13살이나 되었을 법한 저 소녀. 길에서 보았다면 귀엽다고 머리를 쓰다듬어 주었을 법한 저 소녀가 방금 그 나무를 한 것이다. 그것도 혼자서. 물론 안전을 위해서 사람이 보고 있지만 그가 도와준 것은 전혀 없었다.

"이건 말도 안 돼."

"열 번 찍어서 안 넘어가는 나무 없다지만 그건 속담 아니었어?"

"그런 줄 알고 있었지."

저 소녀는 아침부터 지금까지 5그루의 나무를 했다. 수년간 나무를 한 장정이라도 그것은 힘든 일이다. 나무라는 것이 자르는 시간도 오래 걸리고 그리 빨리 넘어가는 것이 아니었다. 더군다나 나무를 한다고 해도 그걸 정리할 시간이 있어야 하는데 말이다. 그런데 저 소녀의 도끼질은 뭔가 특별한 것이 있었다.

"열 번이군……."

딱 열 번. 열 번이면 어떤 나무든지 간에 여지없이 넘어가고 있었고 그런 나무들을 다른 사람들이 정리하지도 못한 상태에서 또다시 다른 나무가 넘어가 다른 나무꾼들은 아예 나무 자르기를 포기하고 그녀가 자른 나무를 정리하는 일에만 매달리는 실정이다.

"오늘 우리 나무꾼 연합회가 생기고 나서 최고 기록 갱신하는 거 아닌지 몰라?"

"그럴지도 모르겠는걸?"

다들 놀라움에 말을 잇지 못하고 있을 때쯤 잠깐의 여유가 생겼다.

"새참 먹어요!"

육체적으로 너무나 힘든 일이다 보니 아무래도 먹는 것이 장난이 아니었다. 당연히 마리아도 먹을 것을 준다는데 혼자서 마냥 일을 할 수도 없는 노릇이고 아직 어린 나이다 보니 먹을 거에 약해질 수밖에 없었다. 물론 귀족으로서 그런 밥이 안 넘어갈 수도 있겠지만 그녀는 전직 거지 노릇까지 해본 험난하나먼 험난한 삶을 실아온 아이었으니 이 정도만 해도 감지덕지였다.

"꼬마야, 넌 뭘 먹고 그렇게 힘이 좋으냐?"

"꼬마 아니에요. 마리아예요."

"그래, 마리아."

아무리 봐도 13살짜리, 그것도 체구가 큰 것도 아니고 도리어 또래보다 덩치가 작았다. 거기다 남자 아이도 아니고 여자 아이고 말이다.

"전 그냥 우리 아저씨가 한번 해보라고 해서 하는 것뿐이에요. 이거 끝나면 아저씨가 저 공부시켜 준다고 했어요.”

  ‘공부에 대한 집념 하나로 그 정도 능력이 나온단 말이야?
말도 안 돼. 그리고 그 아저씨라는 인간은 도대체 어떤 놈이
기에 이렇게 어린애에게 이런 힘든 일을 시키는 거지?

  다들 그렇게 생각하고 있을 때 그 누구도 흔해 빠진, 그리
고 아이용으로 만들어진 작은 도끼에 신경을 쓰는 사람은 전
혀 없었다. 그 아이가 가지고 있는 도끼의 진실을 알고 있다
면 아마도 거품을 물고 쓰러졌을 것이 확실했다.

  아무리 프린세스 메이커 실사판이라고 해도 진짜로 치트
키가 있을 수는 없는 노릇. 당연히 다른 수단을 강구해야 하
는데 이 세상에는 마법이라는 아주아주 좋은 기술이 있다. 더
군다나 드래곤이 떼로 몰려 있는데 그 정도 마법을 구사하는
것은 일도 아니었다. 저 작은 도끼 하나에 들어간 마법은 스
트랭스를 비롯해서 상처가 남지 않도록 영구적 힐링과 체력
이 지치지 않게 해주는 리커버리, 도끼의 날을 세우기 위한
윈드커터, 그리고 주인을 인식하기 위한 인식 마법, 만일의
사태를 대비한 실드, 안전을 위한 간단한 에고 마법까지 마법
의 총아라고 할 만했다.

  아마도 그걸 판다면 성 하나 사는 것은 일도 아니었다. 그
수많은 마법이 고작 도끼질 하나를 위해서, 그리고 한 소녀의
경험을 올려주기 위해서 사용되었다는 사실을 안다면 아마
귀족들은 거품을 물 것이다.

"자, 이번 주는 수고했다. 수고비 4골드 50실버다. 그리고 열심히 해서 50% 더 넣었으니까 나중에 또 오렴."

마리아의 엄청난 도끼질로 인해서 나무꾼 연합은 최고 기록을 달성하는 정도가 아니라 평소의 두 배 정도의 엄청난 양을 할 수 있었고 연합장은 기분으로 무려 50%나 되는 보너스를 넣었다. 마리아 역시 제대로 번 첫 돈이다 보니 무언가 감개무량한 표정이었다. 지난주만 해도 그렇게 사고를 치고 구박을 받았는데 말이다. 혹시나 꿈이 아닐까 하는 정도였다.

"감사합니다."

"그래, 어린 나이에 수고했다."

그렇게 1주일의 고난이 끝나고 있을 때 좀 떨어진 곳에서 몰래 보고 있던 던젤은 안도의 한숨을 내쉬고 있었다. 일단 치트키 작전은 달성!

"던젤님! 던젤님!"

"네?"

집사 노릇을 하던 드래곤인 안톤이 서둘러 들어오자 던젤은 멍하니 그를 바라보았다. 그동안 수많은 마법무구의 도움으로 그녀의 경험치는 팍팍 올라가고 있었다. 물론 진짜로 실력으로 부딪친다면 난감하기 그지없을 것이다. 하지만 그의 목적은 하는 방법을 알려주고 그녀에게 자신감을 심어주는 것이고, 그 와중에 그녀의 재능을 찾아내는 것이기에 여러 가지 일을 시키고 있었다. 그 결과 그녀에게 지급된 마법무구는 엄청날 정도. 마법 걸린 도끼와 요리하는 마법 냄비, 알아서 조각하는 조각칼, 열 추적 시스템이 탑재된 활과 화살, 청결 마법이 가미된 빗자루와 걸레 등등 절대로 마법을 사용할 것이라 생각하지 않는 물품들에 마법들이 투입되고 있었다. 하지만 너무 거기에 연연한 것일까? 생각지도 못한 복병이 나타난 것이다.

"혹시 이번 감사절 준비는 하셨습니까?"

"감사절?"

"네, 매년 가을마다 열리는 감사절 말입니다."

"뭐라구요!"

던젤은 벌떡 일어났다. 완전히 게임 하는 기분, 아니, 딸 하나 키우는 기분에 빠져서 잊고 있었다. 중요한 만남이 기다리는 감사절을 말이다. 감사절의 필수 조건, 왕자를 만나라. 게임에서도 왕비가 되기 위한 필수 코스, 절대로 빼먹을 수 없는 이벤트, 그리고 수많은 대회에 달려 있는 소중한 포상금.

"깜빡했다."

그는 서둘러 일어나서 곰곰이 생각하기 시작했다. 이제 어떻게 해야 할 것인가? 돈이 많이 모인 것은 아니지만 그래도 나름대로 모였다. 물론 그 돈으로 개인 교습을 받는다는 것은 언 발에 오줌 누기 수준이다. 하지만 어차피 개인 교습을 할 사람들도 다 준비가 된 상태.

"일정이 얼마나 남았지요?"

"앞으로 2주 남았습니다."

"마리아는요?"

"오늘까지 고아원에서 아르바이트를 하고 있습니다."

"잘하고 있습니까?"

"글쎄요. 아르바이트라기보다는 거기 애들이랑 어울려서 논다는 편이……."

"좋습니다. 앞으로 2주간의 모든 계획은 취소합니다. 그 대신에 그동안 전력을 다해서 이번 감사절 준비를 하겠습니다. 시간이 부족하니 이번에는 하나만 하죠. 무투회는 아무래도 이미지가 드센 쪽으로 굳어버리니 포기하고, 요리 대회나 아니면 무도회인데……."

"요리 대회는 없는데요?"

"네? 없어요? 이런… 할 수 없죠. 하루인 재상을 적당히 갈 궈서 내년에 만들도록 합시다. 그럼 올해는 무도회에 나가는 수밖에 없군요."

"그것도 없습니다."

"……."

예상 미스였다. 무도회랑 요리 대회가 없다니. 심각한 문제 발생.

"그, 그럼 도대체 있는 게 뭡니까?"

“먹기 대회랑 진흙탕의 새끼 돼지 잡기 대회. 무투회. 그리고 경마 대회랑 포커 대회 정도.”

그 말에 머리를 부여잡고 절규하는 던젤. 도대체 그런 것도 미리 생각하지 못한 자신을 원망하는 수밖에 없었다.

“할 수 없군요. 빠드득. 죄송하지만 하루인 씨를 좀 불러주시겠습니까? 후후후후!”

그 순간 재상 집무실에 있던 하루인은 뭔지 모를 오한이 덮치는 것을 느끼고 부르르 떨었다.

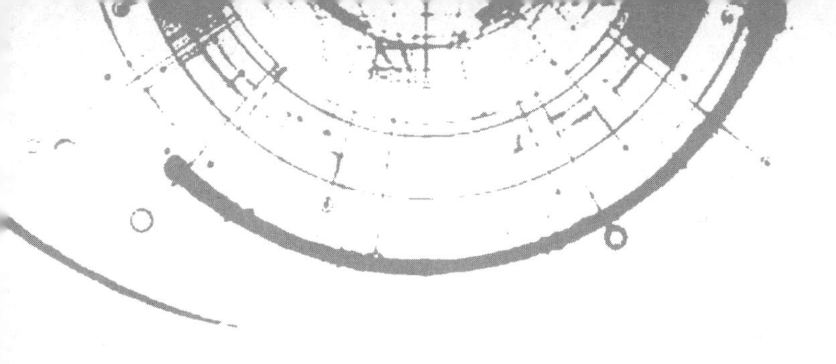

Part 6

중요 이벤트, 왕자를 만나자

SERVER

"자, 마리아 양, 그게 아니라니까요. 하나 둘 셋 넷 턴하고, 다시 하나 둘 셋 넷 한 걸음 뒤로. 파트너 손을 놓치면 안 되죠."

마리아의 댄스 선생님이 된 드래곤계의 제비 또는 춤바람이라고 불리는 리톨은 어디서 구했는지 작대기까지 준비해서 딱딱 치며 소리를 내가면서 박자를 맞추고 있었다. 유희를 할 때도 언제나 제비 노릇을 고수하는 그에게 마리아는 현재 댄스 교습 중. 이유는 하나, 댄스 대회에 나가기 위해서다. 물론 마법을 쓰면 편하기는 하다. 하지만 문제는 댄스는 다른 것과 다르게 자신의 의지에 맞게 움직여야 하기 때문에 마법을 건

드레스나 신발을 신게 된다면 바로 어색한 점이 티가 난다는 것이다. 물론 다른 사람이야 모르지만 그걸 입고 있는 당사자는 그걸 느낄 수밖에 없고, 그걸 막기 위해서는 최소한 어느 정도의 실력은 갖추어야 한다.

"자, 하나 둘 셋 넷~ 좋습니다. 아, 발이 꼬이잖아요. 다시 한 번."

"너무 힘들어요."

"할 수 없습니다. 이번 감사절에 던젤님이 댄스 대회에 나가길 원하시니 열심히 하셔야죠."

"하지만 댄스 대회가 없는걸요?"

"아니요, 있습니다."

그는 알고 있었다. 없으면 있게 하라. 그게 던젤의 모토라는 사실을 말이다. 그걸 모르는 마리아야 난생처음 입어보는 드레스와 하이힐을 신고는 춤을 추기 위해서 안간힘을 쓰고 있었다. 그리고 그걸 보고 있던 마리아의 어머니와 던젤은 너무나 상반된 표정이었다.

마리아의 어머니는 딸이 저렇게 커서 춤을 추는 것을 보곤 감격의 눈물을 손수건으로 찍어내고 있었고 던젤은 춤을 보면서 하품을 하고 있었다.

'너무한 거 아냐?

익히 예상을 하고 있었지만 이쪽의 춤은 거의 발전이 없는 화려하지도 않은 그저 그런 아무 느낌 없는 그런 춤이었다.

화사함이나 화려함 그런 것보다는 그저 시간이나 때우기 위한 그런 움직임들. 어쩐지 이곳에서 파티를 하면서 춤을 추는 것보다는 먹는 사람이 많다고 하더니만…….

'차라리 지루박을 가르키는 게 훨씬 낫겠다.'

결국 보다 못한 던젤은 직접 나서기로 했다. 물론 그러기 위해서 약간의 신체적 정보의 수정이 필요하지만 지금 그게 문제인가. 당장 2주도 안 남았는데 말이다.

"리틀, 그만."

"네? 하지만 아직 제대로 시작도 안 했는데요?"

"그걸로 우승할 생각인 거야?"

"하지만 춤이라는 게 다 그런데……."

"휴, 그러니 이쪽에서 재미없다는 소리를 듣지. 음, 안 되겠군. 내일부터 다른 교습 선생을 데리고 올 테니 그만 쉬어."

"허걱!"

리틀, 교습 시작 1시간 만에 전격 해고당하다.

"하, 내가 이거까지 해야 하냐?"

"방법이 없잖아요."

"그러니까 내가 운영자를 구해달라고 몇 번을 이야기했잖아, 난 이런 거 싫다고. 그때야 방법이 없으니 했다고 하지만 아, 진짜 이번 일 끝나고 바로 안 구해주면 나 사표 던진다."

"알았습니다, 알았어요. 그러니 이번만 참아주세요."

던젤의 옆에 있는 늘씬한 금발 머리의 미녀는 계속 투덜거리고 있었다. 사실 그럴 만도 하다. 분명 자신의 성 정체성은 남자. 그런데 난데없이 일이라고 여자로 들어와서 도와달라니. 그것도 다른 것도 아니고 춤 선생 해달란다. 태석은 졸지에 여자에 춤 선생까지 하게 된 자신의 운명을 저주했지만 어쩔 수 없었다.

"인사드려. 오늘부터 너에게 춤을 가르쳐 줄 선생님이셔."

"안녕하세요. 안나라고 합니다."

"네. 아, 안녕하세요."

마리아는 눈앞에 있는 늘씬한 미녀를 보면서 자신도 모르게 주눅이 드는 것을 느낄 수 있었다. 물론 가짜로 만든 존재이니 그런 미녀가 존재할 수 없다. 하지만 여자로서 어찌 비교가 안 되겠는가?

"흠흠, 오늘부터 네가 배울 춤은 왈츠란다."

"왈츠? 그게 뭐예요?"

처음 들어보는 생소한 말에 어리둥절하는 그녀.

사실 그녀뿐 아니라 이곳이 전반적으로 춤에 대해서 상당히 낙후되어 있기 때문에 대부분의 사람들이 비슷한 반응을 보일 것이다.

"백문이 불여일견이라는 말이 있지. 백번 듣는 것보다 한 번 보는 게 좋을 거야."

그러면서 던젤은 음악을 저장시켜 둔 마법구를 작동시켰고 그 안에서는 요한 스트라우스 2세의 봄의 왈츠가 흘러나왔다.

짠짜 라라라잔 짜잔!

생소한 음악에 맞춰서 던젤과 안나는 서로 손을 잡고 춤을 추기 시작했고, 그 황홀한 모습에 마리아도 그녀의 어머니도, 그리고 어제 잘린 리톨도 멍하니 바라보고 있었다.

경쾌한 음악에 맞춰서 두 명의 남녀가 서로를 바라보면서 미소를 띠우며 왈츠를 추는 모습은 한 폭의 그림같이 아름다웠고 세 사람은 그 모습에서 눈을 떼지 못했다. 하늘하늘하게 휘날리는 드레스와 남자의 절도있으면서도 부드러운 동작, 모든 것이 그들에게 있어서 충격이었다.

물론 그 내부의 사정은 좀 달랐다.

"아냐. 닭살이 막 돋는다."

"참아요."

"아니, 귀찮게 이딴 걸 왜 한다고 그랬어?"

"어쩌다 보니."

"에라이, 순둥아. 그나저나 진짜로 후임 안 구해오면 때려친다."

"알았으니까 조금만 참아요."

전혀 춤과 상황에 어울리지 않는 대사를 주고받은 두 남녀, 아니, 두 남자. 음악 때문에 그저 그 두 사람은 미소를 띠운 채 대화하는 것으로 보일 테지만 말이다. 그렇게 한 곡이 끝나고 나자 마리아와 그녀의 어머니는 자신들도 모르게 박수를 치고 있었다.

"대단해요. 너무너무 아름다운 춤이었어요."

"너무 멋져요. 제가 그걸 배우는 건가요?"

하지만 다른 한 사람, 아니, 드래곤의 반응은 좀 달랐다.

"저한테 그것 좀 가르쳐 주세요, 제발."

"좀 떨어져. 아놔."

"커헉!"

안나에게 엉겨 붙던 드래곤, 결국 낭심 차기로 기절.

그 시각 하루인은 국왕을 꼬시기 위해서 노력을 하고 있었다. 이번에 던젤의 반 협박으로 인해서 자신이 댄스 대회를 열기로 하기는 했는데, 문제는 이놈의 국왕을 꼭 데리고 오라는 것이다. 정확하게는 국왕이 아니라 그 왕자를 말이다. 생각해 보니 어지간한 일이 아니면 파티에서 자연스럽게 왕자와 만날 수 있는 기회가 없고 당연하게도 그렇다는 것은 프린세스 메이커고 뭐고 다 물 건너가는 것이나 마찬가지였다. 당연히 자연스럽게 만나는 것이 중요했고, 그래서 결국 그 덤터기는 하루인이 뒤집어쓴 것이었다.

"그러니까 지금 우리를 자네가 여는 댄스 대회에 초대한다 그건가?"

“그렇습니다, 폐하.”

그 말에 눈살을 찌푸리는 국왕.

“그게 뭐가 볼 게 있다고 대회까지 여는 건가?”

“볼 게 없어서 여는 겁니다. 우리나라의 춤 문화는 상당히 뒤떨어져 있습니다. 춤이야말로 사교계의 꽃, 하지만 예나 지금이나 거의 변화가 없어서 상당수의 귀족들이 춤을 배울 필요조차 못 느끼는 실정입니다.”

“그거야 그렇지.”

“그렇기 때문에 저는 댄스 대회를 열어서 우리나라의 춤 문화를 발전시키고자 하는 겁니다. 폐하가 나와서 우승자에게 그에 걸맞는 상을 내리신다면 우리의 문화가 더욱 발전할 것입니다.”

“흠…….”

“더욱이 왕자 저하와 춤을 출 수 있는 기회를 주신다면 그 수많은 처자들이 아름답게 치장을 하고 나올 테니 어찌 감사절이 환해지지 않겠습니까?”

“그것도 그렇구먼.”

그렇게 국왕을 살살 구슬리면서 하루인은 한숨을 쉬었다. 도대체 뜬금없는 것도 어느 정도지 난데없이 ‘댄스 파티가 필요하니 열어라!’는 뭐란 말인가. 그나마 그 정도야 자신이 주체를 한다고 하지만 거기에 왕자는 꼭 데리고 오라는 것은 상당히 힘든 주문이었다. 물론 계획을 모르는 것은 아니지만 그럼 사전에 언질이라도 주던가 말이다.

'내가 찍혀도 단단히 찍혔군 그래.'

자신의 과오에 대한 후회를 상당히 기괴한 기회를 통해서 하는 그였다.

"이걸 먹는 건가요?"

"아니, 발라."

"히엑! 진짜요?"

"당연하지!"

"하지만 이 비싼 걸."

"미를 위해서는 어쩔 수 없어. 발라."

댄스 대회가 다가오면 다가올수록 점점 할 일은 많아지고 있었다. 드레스를 맞추기 위해서 엄청난 돈을 들여 대단히 유명한 드레스 장인을 초빙한 것은 물론이고, 그에 맞는 구두와 장신구를 준비하는 것도 중요했다. 하지만 그 장인은 던젤이 생각하지 못한 급소를 지적함으로써 또다시 일거리를 만들어 주고 말았다.

"애가 너무 탔어요."

거지로 10년 가까이 살았고 던젤을 만나고 난 후에도 아르바이트라는 황당한 논리에 이끌려서 제대로 피부를 가꾸기보다는 나무를 한다거나 오만 잡것을 다했으니 피부가 좋을 리가 없다. 미안하지만 발에는 무좀이, 손에는 습진이,

얼굴은 시커먼 색이고, 아무리 잘 봐줘도 아름답다는 소리
가 나오지는 않았다. 그렇다고 건강미가 넘치는 것도 아니
었다.

"어머 어머. 동생 피부가 왜 이래."

'으미 닭살.'

드래곤계의 곧미녀라고 불리는 린드는 간드러지는 목소리
로 던젤에게 심각한 닭살 증후군을 만들어주고 있었다. 웃긴
것이 그 드래곤 별명이 어째서 곧미녀냐면 그녀는 언제나 평
범한 외모로 유희를 시작하는 여성형 드래곤이기 때문이었
다. 웃긴 것은 그런 그녀의 논리가 남자라면 칼과 명예로 모
든 것을 이룩하는 것이 꿈이지만 여자라면 미로써 모든 것을
이룩하는 것이 꿈이다.

또한 남자가 그걸 얻기 위해서 검술에 매진하듯이 여자는
미용 기술에 매진함으로써 그 결과는 동등해진다는 좀 괴상
한 관점을 가지고 있기 때문에 곧미녀였다.

하지만 무시 못할 것이 그런 주장을 하면서 평범한 얼굴로
시작한다고 하더라도 순수하게 자신의 화장술과 피부 관리
술, 그리고 미용체조만을 이용해서 엄청난 미녀로 발전해 후
궁의 자리까지 차지한 기록이 있을 정도였다. 하여간 별의별
직업에 다 있던 드래곤들이다.

낼름.

"동생, 찍어 먹지 말라니까."

“히잉.”

눈치 살살 보다가 꿀을 찍어 먹던 마리아는 한소리 듣고는 고개를 푹 수그렸다. 그녀도 아까울 수밖에 없다. 싸구려 꿀도 아니고 최고급 꿀로 얼굴에 팩을 하고 있으니 코끝으로는 달콤한 냄새가 나고 희미한 꿀맛이 입 안에 맴돌아 틈만 나면 낼름거리면서 꿀을 찍어 먹게 되는 것이다. 일종의 조건반사라고나 할까?

“에휴. 던젤님, 하루 이틀 가지고는 안 돼요. 2주 내내 해야 한다고요.”

“안 돼, 왈츠도 배워야 한단 말이다. 마법으로 능력을 향상시켜서 속성으로 배운다고 해도 빠듯한 시간이야. 최대한 빨리 움직여야 해.”

“하지만 10년이나 따가운 햇살 아래에서 굴러다녀서… 자외선은 여자의 적 모르세요?”

“드래곤 비늘이 자외선에 뚫릴 리가 없잖아.”

“어머어머, 여자는 종족을 막론하고 얼마나 섬세한 종족인데요.”

“그런 애가 검기로 각질 벗기냐?”

“그거야 광나는 비늘을 위해서.”

“휴, 협상하자.”

결국 마지못해서 던젤은 협상 카드를 꺼내 들었다. 아무리 자신이 노력을 한다고 해도 한계가 있는 법이고 더군다나 상대방은 전 대륙이 알아주는 변장의 달인. 그렇다. 화장이 아니라 변장의 달인이다. 그러니 다른 사람과 다르게 대체할 만한 사람도 없었다.

"1주일 준다. 그 안에 끝내. 끝내면……."

"끝내면?"

"우리 세상에서 쓰던 화장품 1년치 공수해 주마. 그것도 제일 좋은 참존 거로."

그 말에 얼굴이 달라지는 린드. 그녀가 얼굴을 가꾸는 데 있어서 가장 마음에 안 드는 것은 이쪽에서 쓰는 화장품의 저급한 질이었다. 물론 자신이 만들어 쓰기는 하지만 그것도 그렇게 좋은 것은 아니다. 화장품이라기보다는 천연물질 추출 정도이니까. 더군다나 다른 건 몰라도 화장만큼은 절대로 마법을 안 쓰는 그녀로서는 새로운 화장품, 그것도 던젤의 말에 의하면 이곳의 화장품보다 훨씬 질이 좋은 화장품 1년치라는 말에 새로운 의욕이 불끈 솟았다.

"5일!"

"응?"

"5일 안에 끝내겠습니다."

그날 저녁부터 마리아에게 집중 스파르타 미용법이 도입되었다.

"설마 이걸 마시라는……."

"아니, 이거로 목욕할 거야."

"농담이세요?"

"아니, 진담. 잠수!"

뽀그르르~

미용을 위해서 그날부터 피 터지는 노력이 시작되었다. 우선 목욕물을 맹물이나 온천이 아닌 최고급 우유로 바꾸었다. 마리아는 먹기도 아까운 우유를 보면서 기겁을 했지만 어쩔 수 없었다. 화장품에 눈이 먼 린드는 어떤 방법을 써서라도 사람 자체를 바꿀 생각이었다.

"우유는 보습 효과가 있고 약간의 미백 효과가 있단다. 먹는 거라고 하지만 아까워하면 안 돼. 여자에게 있어서 미는 최고의 선이야. 마음이 착하고 어쩌고 해도 결국 그걸 판단하는 기준은 미란다. 첫인상이 50% 이상의 마음을 결정한다는 거 모르니? 그러니 나중에 착한 마음으로 감싸 안는다거나 하는 것은 나중 문제고, 미모가 최우선이다. 네가 아직 어리다고 해도 그건 변명뿐이 안 되는 거야. 뼈를 깎는 고통이 있어야 아름다워지는 법이야. 세상을 지배하는 것은 남자고 전쟁을 지배하는 것은 영웅이지만 그들을 지배하는 것은 우리 여자라는 사실을 기억하렴."

"네……."

"그런 의미에서 이거 끝내고 미백을 위해 아레 마사지하고 나서 저녁은 피부 미용에 좋은 애플 5개, 그리고 저녁 먹고 나서 가슴을 세워주는 체조하고 나서 자기 전에 콜라겐으로 마스크하고, 새벽에 일어서 머릿결 보호를 위한 창포로 3번 마사지하고."

연이어 나오는 가혹할 정도의 미용 코스에 마리아는 얼굴이 우유만큼이나 하얀색으로 변하고 있었다. 아마 저대로 나간다면 미백은 필요없으리라.

결전 하루 전날 마리아의 어머니와 던젤은 눈앞에 있는 아리따운 아가씨를 보면서 흐뭇한 미소를 보내고 있었다.

"저 애가 제 딸이라니. 믿어지지 않는군요."

"아닙니다. 어머님이 원래 미인이시니 당연히 딸도 미인일 수밖에 없지요. 그동안은 그저 감추어진 것뿐입니다. 원래 진주는 진흙 속에서 더욱 빛을 발한답니다."

찰랑거리는 머릿결과 아름다운 드레스, 잘 태운 듯한 건강미 넘치는 피부와 그에 걸맞는 보석까지. 옷이 날개라고 하더니만 단 2주 사이에 마리아는 전혀 새로운 모습으로 변해 있었다.

"이리 오너라, 내 딸아. 그래, 드디어 네가 제대로의 모습이 되어가는구나."

아마도 마리아의 가문이 몰락하지 않았다면 그녀의 지금 모습이 원래 모습이 되었을 거란 생각에 그녀의 어머니는 눈물이 왈칵 쏟아져 나왔다. 비록 늦었지만 그래도 그렇게 변한 딸의 모습을 보면서 그녀는 억울하게 죽은 마리아 아버지의 원혼이 조금이라도 위로받기를 기도했다.

"춤은 다 배웠지요?"

"물론, 당연하지. 그렇게까지 했는데 못 배우면 이상한 거지."

그동안 졸지에 춤 교습 선생 노릇을 한 태석, 아니, 안나는 고개를 절레절레 흔들었다.

젊은 안내자가 와서 좋아했더니만 필요 이상으로 혈기 왕성한 것도 문제였다. 세상에, 아무리 그래도 그렇지, 춤이라니… 물론 많은 경험을 하는 것은 좋지만 그래도 이런 말도 안 되는 골 때리는 행동을 할 줄은 몰랐다.

"춤은 완벽은 아니지만 그래도 충분히 프로급이야. 뭐, 여기서는 처음 보는 춤일 테니 잘잘못을 따질 만한 사람도 없을 테지만."

짧은 시간 안에 그만큼 배우기 위해서 그녀에게 들어간 마법은 반사신경 증폭 마법에서부터 머리가 맑아지는 마법, 피로를 없애는 마법, 기억력 향상 마법 등등 다수였다. 드래곤들이 이 정도 나서서 마법 걸어주며 마법사를 키웠다면 현자 나오는 것은 일도 아니었을 것이다.

"드디어 내일이다."

"근데."

"네?"

안나의 말에 고개를 갸웃하게 드는 던젤.

"파트너는 어떻게 할 거야?"

"파트너?"

"왈츠가 무슨 힙합이나 브레이크 댄스인 줄 아냐? 파트너 없으면 못 춘다고."

"헛!"

충격적인 말에 그대로 굳어버리는 던젤. 그리고 그 순간 누군가가 그의 어깨에 손을 슬며시 올렸다. 그리고 그 자리에 서 있는 것은 다름 아닌 린드.

그녀는 웃으면서 던젤을 바라보았다.

"2년치만 추가하시면 하루 안에 끝내 드릴게요. 호호호."

"저게 왕자야?"

"넵."

"농담이지?"

"맞는데요."

우승은 따논 당상이었다. 이곳에서는 첨 보는 화려한 춤과 처바른 돈 역할을 하는 변장에 가까운 미모, 그리고 혹시나 하는 마음에 걸어둔 가벼운 매혹 마법과 만일을 대비해서 적당하게 하루인이 주변의 심판들에게 뇌물까지 먹여뒀으니 우승하는 것은 당연지사. 그 상황에서 우승하지 못하면 그게 문제가 있는 거다. 하지만 우승 후 주변의 시선은 던젤의 예상과는 너무나 달랐다.

"저 소녀가 불쌍해. 흑흑."

"신이시여, 어째서 저런 아리따운 소녀에게 저런 시련을 주시나이까."

"이것도 주최자가 하루인 공작이지. 하여간 그 갈아 마실 놈은 하는 짓마다!"

"차마 눈뜨고 못 보겠어."

그렇게 이야기하는 주변의 사람들을 보면서 던젤은 부정을 할 수가 없었다. 왕자를 자연스럽게 만나는 것만 생각했지 왕자에 대해서 생각하지 않은 것이 크나큰 실수였다.

하루인의 약속대로 우승자와 춤을 추는 왕자. 하지만 만일 던젤이 왕자가 저런 상태였다는 것을 알았다면 그는 절대로 무슨 일이 있어도 마리아를 우승시키지 않았을 것이다. 왕자의 상태를 한마디로 표현하자면 저팔계의 현신이라고 할까? 물론 왕가의 혈통이다 보니 미인과 미남이 많기 때문에 본바탕은 그리 나쁘지 않아 보였다. 하지만 그것도 어느 정도지 보이는 것은 살뿐이다. 춤을 출 때는 보통은 남자가 리드를 해야 하는데 리드는커녕 마리아를 따라가는 것도 벅차서 헉헉댈 정도였다.

"휴… 나오려면 저 손에 묻은 닭기름이나 닦고 나오던 가……."

던젤이 그렇게 한숨을 쉬는 이유는 그의 경이적인 먹성 때문이었다. 그가 대회가 시작되고 지금까지 6시간 동안 먹은 양은 상상을 초월했다. 닭다리 11개, 빵 3개, 쿠키는 다수, 푸딩, 초콜릿, 음료수는 세다 포기하고 그 외 과일은 부지기수.

던젤이 그렇게 걱정을 하고 있을 때 마리아도 상당한 고생을 하고 있었다. 그녀는 이제 춤을 추는 것이 아니라 두 가지 실수를 하지 않기 위해서 노력하고 있었다. 첫째는 상대방의 발을 밟지 않기 위해서였다. 아무리 그래도 왕자니 그런 실례를 할 수는 없는 노릇이고 말이다. 두 번째가 그의 배에 튕겨져 나가 손을 놓치는 불상사가 일어나지 않게 하기 위해서였다. 배 때문에 포옹은커녕 마주 잡은 손을 놓치지 않기 위해서 아둥바둥해야만 했다. 그런 그녀를 왕자는 아주 시큰둥하게 바라보고 있었다. 다른 사람들은 매혹 마법과 변장의 위력으로 인해서 해롱대고 있는데 말이다.

그리고 춤이 끝나갈 때쯤 그가 드디어 입을 열었다.

"몇 살이지?"

"13살이옵니다."

"그래? 아깝군."

"……?"

그 말에 이해할 수 없다는 표정으로 그를 바라보는 마리아, 그리고 드디어 충격적인 대사를 읊어대는 왕자.

"3년만 일찍 왔더라면."

"무슨 말씀이시온지……."

"난 10살 이상은 여자로 안 보거든. 나름대로 이쁘기는 한데 넌 내 취향은 아니야. 나이가 너무 많아. 그리고 13살치고는 절벽이네."

말 그대로 한 소녀의 가슴에 대못을, 그것도 아주 공기총을 쏴대는 충격적인 대사였다. 로리는 둘째 치고 고작 13살짜리 애한테 절벽이라니. 소녀의 가슴에 크나큰 상처를 남기는 충격적인 말이었다. 사실 13살짜리가 가슴이 있어봤자 얼마나 있단 말인가? 아직 사춘기도 오지 않은 나이인데 말이다.

"흑!"

결국 춤이 끝나기 무섭게 마리아는 눈물을 뿌리면서 무대를 뛰어내려 갈 수밖에 없었고, 왕자는 진짜로 아깝다는 듯이 그녀가 사라진 방향을 바라보면서 입맛을 몇 번 다시더니만 다시 단상으로 올라가 아버지인 국왕과 함께 왕궁으로 향했다.

던젤은 그녀가 눈물을 흘리면서 내려오자 무언가 일이 크게 터졌음을 직감하고는 서둘러 그녀에게 다가갔다.

"마리아, 왜 그래? 무슨 일이니?"

"아니에요. 아저씨, 그냥… 전… 흑흑."

"이 아저씨한테 뭐든 이야기해 보렴. 무슨 일인지 모르지만 이 아저씨한테 이야기하고 나면 좀 좋아질지도 모르잖니."

그녀도 던젤이 많이 도와주고 있다는 사실을 알고 있고, 그녀에게 이렇게까지 하면서 왕자와의 만남을 주선해 준 것도 고마워하고 있었다. 사실 그녀도 왕자라는 말에 내심 기대하고 있었던 것은 사실이다. 하지만 왕자라는 인간이 저런 인간일 줄은 생각도 못했고 그녀에게 그것은 엄청난 충격이었다.

결국 마리아는 던젤을 붙잡고는 울먹이면서 왕자 같지 않은 왕자에 대해서 하소연을 했고 한참 듣고 난 던젤은 가까이에 있던 린드에게 마리아를 맡기고는 대기자 천막 바깥으로 나왔다.

"휴… 왕자가 저런 인간인 줄 몰랐습니다."

"어찌 보면 당연하다면 당연한 걸지도 모르죠."

"네?"

가까이에 있던 드래곤의 말에 반문하는 던젤. 그러자 그 드래곤은 뭔가 알 듯 모를 듯한 쓸쓸한 미소를 지으면서 중얼거렸다.

"왕자의 스승이 누구라고 생각하십니까?"

"끙……."

그가 누군지 알고는 자리에 주저앉아서 한참을 고민하던 던젤, 그는 갑자기 자리에서 일어나더니만 해맑게 웃었다. 그리고는 주머니를 뒤적거려서 어디서 준비한 것인지 징이 박혀 있는 가죽 장갑을 꺼냈다. 그리고는 주변의 드래곤들에게 한마디.

"후후후, 오늘 저녁에 하루인 공작의 유희에 참가할 생각
인데 같이 가실 분?"

"악악, 살려주세요. 제발 때린 데는 그만 때려요!"

거대한 저택의 2층 다른 하인들이 들어오지 못하는 주인만
의 공간인 서재는 책을 읽기 좋게 완벽한 방음 마법이 펼쳐져
있었다. 문이 열리지 않는 이상 전혀 다른 공간처럼 조용하게
만들어진 공간. 그 덕에 그 안에서 일어나는 상당히 과격한
유희에 대해서 뭐라고 하는 사람은 없었다. 물론 뭐라고 하는
드래곤은 있었다.

"후… 교대."

던젤은 때리다 때리다 지쳐서는 장갑을 벗어서 다음에 기
다리고 있던 타자에게 넘겼다. 하지만 다음 타자는 그걸 거절
하고는 손을 탈탈 털면서 앞으로 나섰다.

"호호. 때리지는 않을게, 때리지는……."

"허걱……."

분명 때리지는 않았다. 하지만 차라리 맞는 것이 더 좋았
다.

"악! 거기는 꼬집지 마. 허벅지는 그만. 커헉. 이 화장빨,
아 도대체 어딜 꼬집어! 꾸~에~엑!"

차마 말로는 표현할 수 없는 부위를 최대 파워로 꼬집은 린

드는 상당히 개운하다는 표정으로 일어나 손을 깨끗한 천에 닦았다. 꼭 못 잡을 곳을 잡았다는 것처럼 말이다. 그리고 다른 드래곤들은 차마 그 잔인한 장면을 바라보지 못하고 고개를 돌릴 수밖에 없었다. 같은 남자로서 상당히 불쌍하다는 표정과 함께. 몇 명은 치를 떨면서 그 부분을 슬쩍 손으로 가렸다.

"휴. 하루인 씨, 도대체 무슨 생각으로 애를 교육한 겁니까?"

"저, 저는 그냥. 평소의 소신대로……."

"다음 타자 분?"

"아니요, 그냥 전 나중에 생각이 있어서 그렇게 교육한 건데요. 그렇다고 다 제 잘못은 아니라구요. 로리도 나름대로 끼가 있어야 하는 거지 그게 가르쳐 준다고 배워지는 것도 아니고."

"그 말은 하루인 씨도 평소에 로리기가 다분히 있다, 그런 말입니까?"

"그건 아니고……."

변명을 하다 결국은 자신의 말에 함정에 빠진 하루인은 우왕좌왕하다가 결국 모든 것을 실토할 수밖에 없었다. 다른 상황도 아니고 지금 같은 상황에서 거짓말을 했다가는 아마 남아 있는 드래곤들이 타순을 번갈아가면서 등판할 것이라는 것을 온몸으로 뼈저리게 느끼고 있었기 때문이다.

“그러니까. 하루인 씨 계획은 왕자를 무능하게 만들어서 나중에 그 왕자가 왕이 되면 전복하고, 왕이 된 다음에 왕성을 로리의 전당으로 만들어보겠다 그거였다 이겁니까?”

“로리의 전당은 아니고 시녀들의 나이를 좀 낮춰서……”

“후, 터치할 분?”

“아니요. 맞습니다, 맞아요.”

하루인은 드래곤 생 처음으로 살기 위해서 모든 것을 포기해야 할 때도 있다는 사실을 인정해야 했다. 물론 그가 작심하고 덤빈다면 던젤을 이기는 것은 일도 아니다. 하지만 문제는 여기의 육체를 죽인다고 해도 그가 죽는 것은 아니다. 그저 이곳에 존재하는 육체만이 죽을 뿐 그는 수천 수만 번이고 다시 찾아올 수 있고, 원한다면 자신을 능가하는 드래곤의 능력으로 올 수도 있다. 그러니 알아서 기는 것이 최선!

“휴, 저 왕자는 나이가 몇 살입니까?”

“그러니까… 15살인가……”

“저게요? 말도 안 돼! 저게 15살이라니, 사기야!”

“그게 살쪄서 그렇지 그렇게 나이 많은 것은 아닌데.”

아무리 봐도 18살 이상 20세 정도의 나이로 보이는데 저게 15살이란다. 사실 저런 과영양상태로 발육을 했으니 나이 좀 들어 보이는 것은 당연한 것일지도 몰랐다. 순간 던젤의 뇌리 속에서는 맨 처음 마리아를 만났던 그때가 생각났다. 자신의 또래보다 훨씬 작아 보이던 아이, 그리고 그 몸을 이끌고 구걸을 하러 다녔을 아이. 너무나 극과 극이었다.

"휴, 당분간은 프린세스 메이커를 유보시켜야겠군요."

"네?"

난데없는 결정에 다들 어리둥절한 표정으로 던젤을 바라보았다. 지난 몇 달간 그가 이것에 들인 공은 상상 이상이었다. 처음에는 반쯤 장난으로 시작했을지 모르지만 지금에 와서는 거의 딸처럼 대하고 있는데 이렇게 쉽게 포기를 할 줄은 생각도 못했던 것이다.

하지만 던젤은 절대로 포기할 생각이 없었다. 아니, 더욱 완벽한 시나리오를 짤 생각으로 유보시킨 것이다. 저 왕자를 프린세스 메이커의 왕자로 삼느니 차라리 아예 더 강하게 키워서 여왕으로 만드는 것이 더 나을지도 몰랐다.

"린드 양이 당분간 마리아를 맡아주세요. 계획 일정은 다 짜놨으니 그에 맞게 움직이면 될 겁니다."

"그럼 던젤 씨는?"

"후후, 메이커 시리즈는 아직 끝나지 않았습니다."

그날 저녁 루인 왕자는 저녁으로 평소와는 다르게 나름대로 소식을 하고는 잠자리에 들었다. 아침에 만난 그 소녀가 참 아깝다는 생각을 하면서 말이다. 나름 그의 취향이었지만 나이가 너무나 많았다. 그의 스승은 언제나 그에게 이렇게 말

하고는 했기 때문에 그는 10살 이상은 여자로 보지 않는 편이
었다.

'여자의 매력은 어려서 드러나고 나이가 들수록 줄어든
다'고 말이다. 하지만 어째서인지 그녀의 매력은 상상 이상
으로 그의 뇌리 속에 남아 있었다.

"거참, 이상하네. 주변에서 흔하게 볼 수 있는 그런 여잔데
말이야."

애써 그런 감정을 무시하면서 잠자리에 들던 루인. 그는 홀
연하게 잠이 들던 와중에 무언가 자신을 흔드는 소리에 신경
질이 버럭 났다. 그가 가장 싫어하는 것이 먹을 때 건드리는
것과 잘 때 깨우는 것이다.

"어떤 놈이 무엄하게 날 깨우는 것이냐!"

어떤 놈인지 몰라도 당장 감옥으로 처넣어 버리겠다고 그
가 굳은 결심을 하면서 일어났지만 순간 그는 당황할 수밖에
없었다. 분명 자신은 방에서 잠들었다. 하지만 그가 있는 곳
은 방이 아니었다. 물론 침대는 맞았지만 황당하게도 침대는
방 한가운데가 아닌 작렬하는 태양 아래 넓은 초원 위에 놓여
져 있었다.

"후……."

그리고 그의 눈앞에 보이는 무언가 시커먼 색의 물건으로
눈을 가리고 빨간색의 모자로 보이는 각진 물건을 뒤집어쓴
검은색 반팔 차림의 인간.

"누, 누구냐!"

"아… 누구인지는 알 거 없고 앞으로 조교님이라고 불러
라."

"님? 니임? 이게 미쳤나! 내가 누군 줄 알고 감히 님이라고
부르라는 것이냐! 난 루인 왕자, 이 나라의 왕권을 계승해 나
갈 왕세자란 말이다."

어찌 된 상황인지 알 수는 없지만 그는 나름대로 위엄을 가
지고 외쳤다. 어찌 된 일인지 알 수 없지만 자신은 왕세자이
고 자신에게 님이라는 호칭을 부를 수 있는 것은 아버지뿐이
었다.

"후, 역시 말로는 안 될 거라고 생각했지."

던젤은 바락바락 대들고 있는 왕자를 보면서 그럴 줄 알았
다는 듯이 고개를 끄덕거렸다. 사실 이 정도에 겁먹고 설설
기면 그것도 나름대로 문제였다. 그리고 저렇게 개길수록 왕
자를 만드는 맛이 있지 않겠는가? 너무 쉽게 끝나면 마법까지
사용하면서 납치한 의미가 없었다. 물론 왕성 안이니 그런 마
법을 막는 방어진이 있지만 그건 어차피 인간이 만든 물건,
드래곤들이 그 정도를 돌파하지 못한다는 것 자체가 말이 되
지 않는다.

"그으… 래? 그럼 할 수 없지. 니 순결은 내가 접수한다."

"무, 무슨 짓을."

순간 남색을 밝히는 몇 명의 귀족들이 생각나는 루인, 물론

자신은 남색은 절대로 사절이었다. 몇 명 그들의 아래에서 전속 하인으로 살아가는 자들을 본 적이 있지만 그들은 결코 행복해 보이지 않았다. 자신은 로리지 남자를 좋아하는 것은 아니었으니까.

"가… 감히 왕자인 내 몸을 덮치겠다는 거냐!"

"아, 그건 아냐. 애석하지만 난 나름대로 정상적인 미의 관점을 가진 남자라서 말이야. 하지만 너랑 비슷하게 생긴 짐승이 하나 있지."

"뭐라고!"

그 순간 뒤에서 들려오는 서늘한 비명 소리.

"취~ 이~ 익~"

"헉!"

그는 처음 들어보는 괴성에 움찔거리면서 고개를 돌렸다. 그리고 거기에는 두 명의 그 남자와 같은 복장을 한 사내가 웃으면서 한 마리의 오크를 끌고 오고 있었다. 하지만 오크의 상태는 무언가 이상했다. 벌게진 눈과 흥분한 듯 끊임없이 흐르는 침, 그리고 하늘 높이 서 있는 거시기.

"서… 설마."

"간단한 마법이지. 저런 오크 눈에 널 오크 미녀로 보이게 하는 것은 일도 아니야. 거기다 내가 특별히 제조한 배암그라라고 정력제도 먹였거든. 12시간 지속 효과는 장담하지. 뭐, 좋네. 침대도 있고. 아, 하나 더 있다."

그리고는 가방에서 주섬주섬 이미지 저장용 마법 수정구를 꺼내 드는 던젤. 그리고는 얼굴이 새파래지는 왕자를 보면서 상큼하게 웃었다.

"기념으로 촬영도 해줄게. 첫날밤은 중요한 거잖아. 판매용으로도 나갈 건데. 음, 이런 제목 어때? 내 첫 남자는 짐승. 너무 자극적인가?"

던젤의 사악한 의도를 알아차린 루인 왕자, 그의 머릿속에서는 그가 마지막으로 한 말이 메아리치고 있었다.

'첫 남자는 짐승. 첫 남자는 짐승. 첫 남자는 짐승. 첫 남자는 짐승. 첫 남자는 짐승.'

"조교님 시키는 대로 다 할게요. 제발 저놈만 치워주세요, 네!"

죽기보다 싫은 것은 당연한 노릇. 그냥 남자도 죽기보다 싫은데 오크라니, 차라리 죽었으면 죽었지 그 짓은 못할 노릇이었다.

"진짜?"

"네, 진짜로 시키는 대로 다 할게요. 저것만 좀 치워주세요."

이제는 아예 달라붙어서 애걸하는 루인 왕자, 그걸 보면서 던젤은 사악하게 웃었다. 자고로 프린세스 메이커의 핵심은 제대로 된 왕자다. 왕자가 부실하다면 왕자를 새로 개조하면 되는 것이다.

"자자, 그럼 여기 신체포기 각서에 사인하시고."

"허걱!"

"저거 풀까?"

그러자 잽싸게 사인하고는 부들부들 떠는 루인. 사인을 받아 든 던젤은 오크를 묶어둔 쇠사슬을 쥐고 있던 다른 조교들에게 신호를 줬고, 결국 그 오크는 눈앞의 오크 미녀를 덮치지 못하고 처절한 취익 소리와 함께 강제로 끌려 나가고 말았다.

잠시 후 넓은 초원 위에는 십여 명의 조교들과 교관들이 소위 말하는 침투복을 입고 있는 어리버리한 표정의 한 남자를 바라보고 있었다.

"본 교장에 오신 것을 환영합니다. 본 교관은 오늘부터 올빼미의 교육을 담당하게 될 교관으로서 제 목적은 올빼미의 입에서 죽여달라는 소리가 나오게 하는 겁니다. 아시겠습니까?"

"네……."

"목소리가 작습니다. 아시겠습니까!"

"네!"

뭔지 모르지만 아직 유격이라는 것을 한 번도 해본 적이 없는 루인 왕자는 설마 자신이 죽여달라는 소리를 할 정도로 괴롭히겠느냐라는 생각에 호기롭게 외쳤다.

"좋습니다. 그럼 오늘은 첫날이니 기본적인 PT체조부터 시작하겠습니다. 시범 조교, 앞으로."

"앞으로!"

그 말에 당당하게 나서는 한 남자, 그리고 루인은 그 남자를 보고는 기가 차서 외쳤다.

"하루인 공작!"

언제나 동안으로 자신과 비슷하게 보인다는 농담을 듣는 그의 스승인 하루인 공작이었다. 하지만 하루인은 절대로 그와 눈도 맞추지 않았다. 맨 처음에 그를 조교로 임명했을 때 그는 드디어 던젤이 마음을 좀 곱게 쓰는가 싶었다. 하지만 그것은 크나큰 오산, 시범 조교가 필요한데 교관인 자신이 할 수 없다는 이유로 누군가는 배워야 했다. 그리고 완벽한 포즈가 되기 위해서는 그에 선행하는 수많은 반복 숙달이 필요하다. 그리고 유독 그만이 반복 숙달에서 낙제점을 받아서 유격 아닌 유격을 받아야 했다. 그 원망은 이제 루인에게 향하고 있었다.

"PT 1번 높이뛰기 준비!"

"아! 으아!"

"구령에 맞춰서 10회 시작!"

"하나 둘 셋 하나!"

그렇게 시작된 왕자 만들기 프로젝트. 어찌 보면 왕자 입장에서는 상당히 억울할 수밖에 없지만 어쩌겠는가, 왕자로 태어난 자신의 운명을 탓해야지.

"98. 99. 100. 헥헥!"

"끝 번호 나왔습니다. 몇 번?"

"차라리 날 죽여라!"

"오크 데려와라!"

"200번."

"198 시작!"

그런 생활을 한 지 다섯 달. 왕자는 서럽게 자신의 줄어든 살을 바라보면서 슬퍼했지만 어쩔 수가 없었다. 무슨 방법을 썼는지 모르지만 밤이면 밤마다 소환이 되고 그 장소는 언제나 한낮이었다. 물론 그도 방법을 강구하지 않은 것은 아니었다. 방을 옮기기도 하고 별궁으로 도망쳐 보기도 했다. 심지어 다른 지역으로 가기도 했다. 하지만 여지없이 끌려 나왔고, 마지막 탈출의 경우였던 외국으로의 유학성 도피 이후 그는 도망을 포기했다.

그날 저녁 오크를 자신과 함께 소환된 침대 위까지 끌고 온 후 자신에게 중얼거리던 한 사내, 즉 던젤이 그의 어깨에 친근하게 팔을 올리고 상큼하게 웃으면서 한 말 때문이었다.

"엉덩이가 시큰거리나 보군. 여기서 그냥 찍을까?"

결국 그는 모든 것을 포기하고 받아들일 수밖에 없었다. 경비까지 동원했지만 그들조차도 밤에 자신이 사라지는 것을 모르는 판국이니 말이다. 그렇다고 다른 방법을 안 써본 것은 아니었다. 진짜 한번은 죽을 만큼 개긴 적도 있다. 그리고 그날 죽다 살 만큼 맞기도 했다. 그럭저럭 자신이 처음 맞는 사람치고는 맷집이 있는 것인지 아니면 모션만 크고 세게 때리지 않아서인지 아프지는 않았지만 대신에 기분이 좀 싱숭생숭하기는 했지만 말이다. 그렇게 개겨서 좀 놔줄지도 모른다고 생각을 했지만 오크가 거시기를 세우고 달려오는 것을 보고는 자신이 포기할 수밖에 없었다.

"후, 그나마 살 좀 빼고 보니 그럭저럭 보기 나쁜 얼굴은 아니군."

살이 쪽 빠지다 못해서 이제는 갑작스럽게 빠진 살로 인해서 피부가 늘어나 보이기까지 하는 루인 왕자를 보면서 던젤은 흐뭇하게 웃었다. 비록 어려서부터 들어가 있는 잘못된 상식을 고치기 위한 2차 개조 작업이 남아 있지만 그래도 이 정도면 생긴 것 하나만으로는 어디 가서 안 빠진다고 해줄 수 있었다. 원래가 귀족이나 왕가에는 혈통적으로 미남 미녀가 많이 들어갈 수밖에 없기 때문에 나름대로 꾸민다면 나쁘지는 않을 듯싶었다. 하지만 문제가 아직 없는 것은 아니었다.

"호호, 1년치!"

"6개월치로 하지?"

"무조건 1년치!"

린드에게 피부에 좋은 팩을 얻기 위해서는 결국 화장품을 공수해야 하는 뼈저린 아픔이 있었다. 저 늘어진 피부를 그냥 둘 수는 없으니 말이다.

'여기서 받은 선물 죄다 화장품 값으로 나가는 거 아냐?'

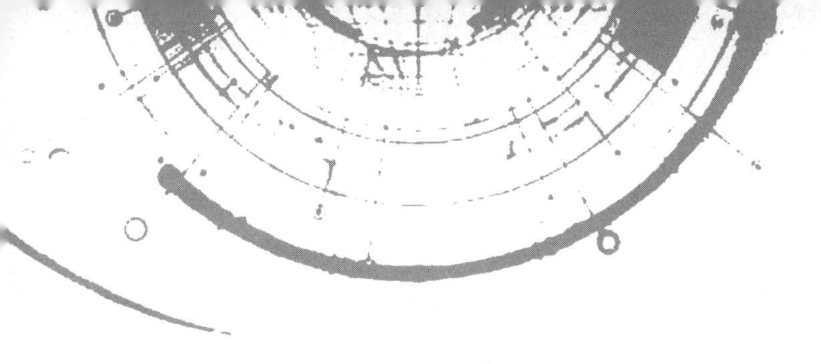

Part 7

등장 라이벌!

SERVER

"왕자가 많이 바뀌었다면서?"

"그러게 말이야. 이제 사람 구실 한다고 하던데?"

"음, 역시 사랑의 힘은 대단해."

두런두런 이야기하는 소문에 마리아는 몸 둘 바를 몰라 했다. 그녀 나이 이제 15살, 한창 피어나기 시작한 나이였다. 더불어 그만큼 많은 아르바이트를 시작했고 말이다. 그리고 현재 아르바이트는 주점에서 근무 중. 물론 주점이라고 해도 퇴폐업소는 아니고 사람들이 많이 다니는 평범한 주점이다. 다만 전과는 다르게 그녀의 유명세가 상당하다는 정도?

"역시 마리아란 말이야. 왕자가 바뀌기 시작한 게 아마 2년 전 그때였지? 처음 마리아랑 만나고 나서?"

"그럴걸? 지금이랑 그때랑 봐봐. 같은 사람이라고 볼 수가 없다니까."

사람들은 이리저리 돌아다니면서 열심히 일하고 있는 마리아를 뭔가 기특하다는 표정으로 바라보았다. 몰락 귀족의 딸이라고 하지만 그래도 백작의 영애, 더군다나 상당한 재력가의 비호를 받고 있는 그녀가 이런 험한 일을 한다는 것은 상당히 이례적인 일이었고 당연히 그만큼 평판도 좋아질 수밖에 없었다. 더군다나 왕자가 2년 전 그녀를 만나고 난 후에 사람이 바뀌었다는 것은 호사가들 사이에서는 사랑의 힘은 불가능이 없다는 괴상한 소리까지 만들어내고 있었다.

왕자의 변신은 말 그대로 파격적이었다. 단 몇 달 사이에 상상할 수 없을 정도로 살이 빠지고, 온몸에는 탄탄한 근육이 붙기 시작했다. 처음에는 사람들이 어디가 아픈가 할 정도로 급속도로 변했으니 말 다했을 정도였다.

그리고 어느 정도 살이 빠지고 나자 한시도 궁에 있지를 못했다. 국민들의 생활을 살핀다는 명목으로 외유를 하면서 지방에서 절대적인 권력으로 썩어가던 일부 귀족들이 풍비박산나기도 했고, 자청해서 부대를 이끌고 몬스터의 토벌을 나가기도 했다. 특히나 오크에 대해서는 엄청난 살심을 보이고 있었는데 그 덕에 왕자의 별명이 오크계의 저승사자였다.

물론 그것은 왕자가 진짜로 원해서 한 것은 아니었다. 살이야 그 정도 굴리면 안 빠지면 이상한 거고, 외부로 나간 이유는 우연한 기회에 외부로 나가서 일을 하면 그날 밤은 편안하게 잘 수 있다는 사실을 알아내서였다. 물론 처음에는 외부에 나가서 떵가떵가 놀려고 했지만 그때는 여지없이 소환당해서 가차없이 굴렸기 때문에 일을 하는 수밖에 없었다.

그리고 오크는… 개인적인 원한이랄까?

"어이, 마리아. 올해도 또 댄스 대회 우승할 예정이냐?"

"그건 가봐야 알죠, 아저씨."

"에이, 다 알면서 왜 그래. 마리아가 우승 못하면 누가 우승하냐? 아마 너가 우승 못하면 니 추종자들이 거품 물걸. 낄낄."

얼마 전 생긴 새로운 마리아의 팬클럽 마리아님이 보고 계셔를 줄인 마보는 엄청난 기세로 확장하고 있는 중이었다. 이제 겨우 15살이지만 린드의 살인적인 미용술과 미용체조를 바탕으로 벌써 여러 남자 상사병으로 입원시킨 전적이 있던 만큼 그 세 불리기는 가히 거의 어느 종교만큼이나 강렬했다.

"진짜 이번에 우승 못하면 마보에서 아마 축제를 뒤집을지도 몰라."

"아저씨도 참, 설마요."

"설마가 아닐걸. 거기 애들은 아직 혈기가 넘치기 때문에 욱하면 못 말린다고. 거기다 은근히 너랑 다른 사람이랑 비교

하는 사람도 있고.”

그 말에 고개를 갸웃하는 마리아. 자신이 뭐가 잘났다고 비교를 할 게 있단 말인가. 하지만 그것은 나름대로 일리가 있는 말이었다. 이 시대에는 특별히 대중매체라는 것이 발달하지 않았다. 당연하게도 모든 정보는 대부분 서면과 소문에 의지하고 있었기 때문에 몇몇 특정한 정보에 대해서는 소문이 엄청난 속력으로 퍼지기 마련이었다.

“하여간 너 같은 애도 없을 거다. 요리 잘해, 일도 잘해, 성격도 좋아, 얼굴도 이뻐, 몸매도, 흠흠, 이 나이에 주책이지만, 거기다 집안도 든든해. 아마 1등 신붓감이 아닐까 싶다.”

“아저씨도 참. 호호호.”

그저 그렇게 아저씨들의 농으로 받아들이면서 웃는 마리아였지만 그 소문이라는 것이 차후 어떤 결과를 가지고 오게 될는지는 아무도 생각하지 못하고 있었다.

“던젤님.”

“엉?”

“이번 축제 참가자 명단입니다.”

축제 1주일 전 모든 준비는 착착 되어가고 있었다. 나름대로 사람 모습을 형성하는 데 성공한 왕자와의 자연스러운 만남, 그리고 추후 왕성에 들어가기 위한 몇 가지 사전 공작, 더불어 점점 늘어나는 마리아님이 보고 계셔 클럽에 대한 추후

방안 등등.

"크, 이게 무슨 프린세스 메이커야. 서류 메이커잖아, 완전히."

"그럼 진짜로 게임처럼 쉽게 될 줄 아셨습니까? 그렇게 되면 얼마나 좋겠습니까만……."

"알았어, 알았다고."

서류에 이리 치이고 저리 치이고 하던 던젤. 비록 이곳에서는 놀고먹는다고 오해를 받을지 몰라도 그는 나름대로 바쁜 대학 생활을 보내는 학생이다. 물론 지난 2년간 학교를 가본 적은 없다. 여기서 2년이 지나도 돌아가는 시간만 적절히 조절하면 단 하루도 안 빠질 수가 있는데 특별히 갈 필요는 없으니까. 이곳과 현실 세계와의 시간 차이는 던젤에게는 무의미했다. 자신이 원하면 언제든 돌아갈 수 있고, 현실에서는 채 1분이 지나지 않을 수도 있었다. 하지만 지금은 도망가고 싶은 심정이었다. 엄청난 양의 서류 홍수라니.

"엉?"

한참을 서류를 바라보던 던젤, 그는 댄스 대회 참가자 이름이 적혀 있는 서류에서 전과 다르게 상당히 길어 보이는 이름에 눈살을 찌푸렸다. 보통 이런 긴 이름을 쓰는 사람은 귀족이다. 계급이 높을수록 긴 이름을 쓰는 것을 자랑스럽게 여기는 이곳의 풍토상 더욱 그랬다. 그런데 이건 어찌나 이름이 긴 건지 눈에 안 보일래야 안 보일 수가 없는 이름.

"안나 밀로노비치 카트리아 알레이 뷰티어스 하리인스? 귀족인가? 품위가 없다고 귀족들은 잘 참석을 안 하더니만 무슨 바람이 불어서. 그런데 상당히 고위 귀족인데 왜 이리 이름이 낯설지?"

그 말에 잠시 눈을 찌푸리는 안톤. 그는 떠듬떠듬 이름을 읽은 던젤과는 다르게 완벽하게 그 힘든 발음을 구사했다.

"안나 밀로노비치 카트리아 알레이 뷰티어스 하리인스라고 하셨습니까?"

'이거 뭔가 울컥하네.'

"어, 그런데 왜 아는 드래곤쯤 되냐?"

"소문이 사실이었군요."

"소문?"

소문이라고는 전혀 신경을 쓰지 않았으니 당연하게도 무슨 소문이 도는지 알지 못하는 던젤은 멀뚱히 그를 바라보았다.

"지금 대륙에는 3명의 미녀가 있습니다. 린드의 현신이라고 일컬어지면서."

"잠깐만, 거기서 린드가 왜 나와?"

"모르셨습니까? 역사상 가장 아름다운 여자라는 호칭이 붙어 있는 게 린드입니다. 뭐, 200년 전 이야기지만 그 아름다움은 전설적이죠. 평민도 아닌 천민으로 시작해서 아름다움만으로 왕후의 자리를 차지한 전설적인 여자. 물론 드래곤이지만."

그리고 던젤은 생각했다. 조심하자, 화장빨. 다시 보자, 조명빨.

"어쨌든 그 현신이라고 불리는 대륙의 3대 미녀가 있습니다. 올해 16살의 알레이 국 공주인 안나 밀로노비치 카트리아 알레이 뷰티어스 하리인스와 올해 15살, 음, 마리아와 동갑이군요. 신성왕국 이셔 국의 성녀, 신이 내린 미모라고 하던데 어쨌든 베니 양. 아, 성녀는 직책상 이름만 남기기 때문에. 그리고 우리의 소중한 딸 마리아, 그런데 베니 양도 아까 보니 이름이 있던 거 같더군요. 너무 짧아서 그냥 평민인 줄 알았습니다만."

"음……."

그녀야 모르지만 드래곤들도 나름대로 2년간 그녀가 살아오는 모습을 바라보고 그녀가 잘되게 하기 위해서 노력하다 보니 당연하게도 딸처럼 생각하는 드래곤들도 많았다. 물론 진짜로 자기 자식처럼 대해줄 수는 없지만 정이 들었다고나 할까? 아마 역사상 가장 강력한 백그라운드를 가진 사람이리라.

"그러니까 대륙의 최고 미녀를 정하겠다, 이거네? 허허, 참. 그런데 성녀는 할 게 없나, 여기 참가하게. 그런데 어째서 다 미성년자야?"

"뭐, 아직 어린 치기가 있을 테니까요. 그리고 그 3대 미녀는 미성년자 중에 제일 가능성이 있는 사람들입니다. 성인 3대 미녀는 따로 있습니다. 거나먼 왕국의 공작부인이자 현재 28살의 카리에 공작부인, 그리고 더먼 왕국의 공주인 메디 공주, 그리고 마리아의 춤 선생님이었던 안나 씨.”

“풋!”

시큰둥하게 물을 마시던 던젤은 마지막 말에 가서는 충격을 받아서 먹던 것이 역류하고 말았다. 말 그대로 분노, 아니, 황당의 역류.

“그 사람이 왜 나와?”

“우연히 그녀가 춤추던 모습이 유출되었는데 그 후 3대 미녀로 공인받았습니다.”

‘태석이 아저씨… 나름대로 출세하신 건가.’

소문은 빠른 법이다. 미성년 3대 미녀가 동시에 출전장을 냈다는 소문은 온 왕국을 들썩거리게 만들고 있었다. 프린세스 메이커에도 라이벌이 등장하기에 던젤은 대수롭게 생각하지 않았다. 물론 거기서 라이벌이란 자신의 딸을 띄워주기 위한 엑스트라 또는 딸에게 무참하게 패하는 역할의 수행자 등등의 뜻이었지만, 이곳에서의 사람들은 그렇게 생각하지 않고 있었다. 그리고 그중에는 그 소문에 광분하는 사람도 있기 마련.

“마리아를 저한테 넘겨요!”

"마리아가 무슨 물건이니, 넘기게?"

린드는 요 며칠 피부 미용을 위해서 온천에 간다고 사라지더니만 갑자기 나타나서는 마리아를 달라고 요구하고 있었다.

"소문 들었어요. 이번에 대륙 최고 미녀 결정전이 있다고. 물론 저를 빼고."

'도대체 누가 그딴 작명 센스를······.'

"그거야 그렇지만, 그거랑 무슨 관계인데."

그러자 린드는 한참을 진짜로 이해하지 못한다는 표정의 던젤을 더욱 이해할 수 없다는 표정으로 바라보다가 아주 확고한 의지를 가지고 입을 열었다.

"3대 미녀의 호칭 중에 린드의 환생이라는 게 있다는 거 아시죠?"

"그건 아는데."

"마리아는 이 린드의 수제자라면 수제자! 제 모든 화장술과 미용술을 이어받은 아이. 그런 애가 전혀 다른 애들한테 진다는 것은 이 린드의 수치! 린드의 화장술의 패배라구요. 절대로 그런 것은 용납 못해요, 절대로!"

'고작 이유가 그거냐? 화장술이 다른 애들한테 지는 게 싫어서? 하여간 이쪽 동네 드래곤들은 정신 감정 받아야 돼. 로리에 제비에 화장술에 뭔 생각을 하고 사는 거야? 그래도 마침 준비는 해야겠는데 잘됐네. 어찌 보면 이렇게 왕자랑 자주

만나는 게 더욱 유리할지도 모르고. 하지만…….'

"화장품 추가는 없다. 대신에 마리아도 이제 아르바이트 끝내고 공부 좀 해야지."

"그런 치사한!"

"싫음 말고."

은근슬쩍 화장품 돈을 아끼는 던젤이었다.

"우리의 마리아 양을 돌려달라!"

"마리아 양은 우리의 희망 우리의 꿈!"

"악덕 양부 던젤은 각성하라!"

던젤의 저택 앞에서는 수많은 시위대가 마리아의 공개를 요구하고 있었다 하지만 던젤은 당분간 마리아를 아르바이트 내보낼 생각이 없었다. 그동안 아르바이트로 돈을 모은 것도 상당히 많은 편이고 이제는 공부에 집중할 때, 원래 초반은 돈 벌고 후반에 공부해서 마지막을 장식하는 것이 정석, 그리고 라이벌의 등장은 그때를 알리는 신호탄 같은 것.

"오늘은 역사에 대해서 해보겠습니다. 오늘의 역사는 성마 전쟁에서 있었던……."

마리아는 열심히 하려고 했다.

쾅!

"마리아, 안 일어나!"

"네넵! 여기 맥주 두 잔 추가……."

아르바이트를 하던 기억 때문인지 졸다가 일어난 마리아
는 말도 안 되는 잠꼬대를 해버렸고, 그걸 본 던젤은 웃을 수
밖에 없었다. 사실 그녀 나이 15살, 한창 공부할 때가 맞기는
하지만 언제나 사람들이 많고 왁자지껄하던 곳에서 지내다가
이렇게 조용한 곳에서 공부를 하려니 당연히 익숙해지는 데
시간이 걸릴 수밖에 없었다.

"흠흠. 다음 성마전쟁에 대해서 계속하마."

"자고로 미술이라는 것은 마음을 그리는 작업이라고 했습
니다. 물론 얼마나 사실적으로 그리느냐가 중요하기는 합니
다. 또한 그렇게 그릴 수 있는 사람은 많아요. 하지만 그 그
림에 마음을 담는 사람은 거의 없는 것이 사실입니다. 거장
이라고 불리는 수많은 사람들이 살아생전에는 그 가치를 인
정받지 못하다가 사후에 인정받는 것은 그 사람들이 그 그림
에 마음을, 그리고 미래를 담았기 때문입니다. 거장들은 자
신의 그림에 현실을 담는 것이 아니라 미래를, 그리고 그 미
래에 대한 개척을 담습니다. 그러니 마리아 양도 대상을 그
리면서 너무 사실적인 부분만 집착하지 마세요. 마음속에 있
는 것, 추상적인 것, 그리고 미래적인 것을 담도록 노력해야
합니다."

마리아는 미술선생 피카수의 강의를 마음속 깊이 새기면
서 그림을 그리기 위해서 노력하고 있었다. 사실 공부함에 있

어서 마법적으로 공부하기 편한 환경과 최적의 신체 상태를 만들어줄 수는 있을는지 몰라도 결국 공부를 하는 것은 사람이기에 마리아의 노력이 가장 중요했다. 그리고 마리아는 그런 점에 있어서는 최고의 학생이었다. 어려서 상당한 고생을 하면서 자랐고, 여러 가지 아르바이트를 하면서 겪은 수많은 경험과 넓은 정신세계는 그가 예능에 상당한 능력을 갖게 해줬다. 글이든 그림이든 10년간 그림만 그린 사람보다는 5년간 사회를 느끼고 그린 사람이 더욱 잘 그리는 이유가 있는 것이다. 10년간 그림만 그려서는 기교는 늘어날지 몰라도 그의 정신세계는 늘어나지 않기 때문이었다.

그리고 지금 그녀는 자신의 마음을 담아서 한 남자의 초상화를 그리고 있었다. 자신이 진짜로 어렵던 시절 자신과 자신의 어머니를 도와준 그 남자. 그리고 이제는 사실상 아버지의 역할을 해주는 그 남자. 자신이 이 자리까지 올 수 있게 해준 그 남자에 대한 고마움을 담아서 말이다.

그녀도 알고 있었다. 그녀가 벌어온 돈으로는 이런 좋은 교육을 받지 못한다는 것을. 그렇기 때문에 그녀는 더욱 열심히 그렸고 열심히 노력했다. 그리고 그 남자의 초상화가 완성되었을 때 그녀는 뿌듯한 기분으로 아침 햇살을 받을 수 있었다.

그날 저녁 던젤은 한 장의 그림을 받고는 한숨을 쉬었다.

"혹시 마리아 교습 과목 중에 SF나 특수 효과, 아니면 괴기물에 관한 고찰 그런 거 있었나?"

"아니요, 그거는 미술입니다. 던젤님의 초상화라고 하던데
요."

던젤은 그제야 알았다. 아무리 날고 기어도, 마법으로 지원
을 해줘도 안 되는 것은 안 된다는 사실을 말이다. 그리고는
그 그림을 다시 한 번 바라보았다. 그리고는 나지막하게 한마
디 했다.

"미술선생 잘라."

축제 당일, 축제장은 말 그대로 인산인해였다. 평소 축제라
고 해도 교통이 발달하지 않은 이상에는 그 도시, 잘해야 그
나라에서의 축제이다. 하지만 지금은 3국의 자존심 대결로
치닫고 있는 대륙 최고 미녀 선발전을 앞두고 있는 상황에서
각국의 귀족들이 우르르 몰려왔다. 안나야 당연히 한 나라의
공주니 그 나라의 귀족 입장에서는 안 올 수도 없는 노릇이
고, 베니는 성녀니 그 나라에서 잘 나오지 않는다는 성녀가
좀 세속적이긴 하지만 그래도 나온다는 소문에 신자들이 꾸
역꾸역 몰려들었고, 마리아의 경우에는 그래도 홈그라운드,
안방에서 싸운다는데 그것도 비록 몰락 귀족이라고 해도 한
나라의 귀족인데 당연히 관심이 안 갈 리가 없었다.

"환영합니다. 대륙의 3대 미녀가 이렇게 누추한 곳에 계시
니 무척이나 환해지는 기분이로군요."

'누추는 개뿔, 왕성이 누추면 내가 사는 집은 어디 굴다리

밑이냐?

마리아의 보호자 자격으로 왕성에 온 던젤은 필요 이상으로 기뻐하는 국왕을 보면서 투덜거렸다. 물론 자신이 보기에도 마리아는 이쁘다. 화장술도 별로 없는 이 시대, 그리고 미용용품도 거의 없는 시대에 미용전문가가 따로 달라붙어서 그 난리를 피웠으니 험한 아르바이트를 한 애치고는 피부가 깨끗하고 어디 잡티 하나 없다.

"감사합니다, 폐하. 이런 환대에 몸 둘 바를 모르겠네요."

그리고 이어지는 상투적인 문구들. 하지만 던젤은 엑스트라들의 대사에는 전혀 관심이 없었다. 그리고 엑스트라들도 눈앞에 있는 국왕보다는 그 뒤에 있는 훤칠하게 생긴 남자에게 관심이 더 많았다. 루인 왕자. 누군가를 잘못 만나서 이제는 훤칠한 청년이 된 나름대로 잘생긴 왕자, 과거의 150킬로가 넘는 거구는 어디 가고 군살 하나 없이 깔끔한 몸매를 유지하고 있는 그였다.

사실 2년간 그렇게 타의에 의해서 훈련을 했으니 살이 찌고 싶어도 찔 수도 없고, 살이 찌면 자신이 힘들다는 생각에 나름대로 자신이 관리를 해서 그럭저럭 보기 좋은 상태였다. 그 덕에 요즘은 정신 교육이 주를 이루고 있었고, 전보다는 좀 여유로운 생활을 하는 그였다. 하지만…

"루인 왕자님, 처음 뵙겠습니다. 전 알레이 국의 공주 안나 밀로노비치 카트리아 알레이 뷰티어스 하리인스라고 합니다."

"반갑습니다. 전 이서 국에서 신의 지팡이 노릇을 하고 있는 베니라고 합니다. 소문이 자자하신 루인 왕자님을 뵙게 되어서 영광입니다."

"안녕하세요, 왕자님. 마리아라고 합니다. 지난번 축제 때 뵙고 처음 뵙네요."

3명의 눈에 확 들어오는 미녀가 인사를 하는 동안 다른 주변의 남자들은 헤벌쭉한 표정으로 있었지만 루인은 아니었다. 물론 그의 로리 증세는 많이 호전되었다. 그러나 그런 것을 떠나서 그의 시선은 한 남자를 향하고 있었다. 익숙한 몸놀림, 눈에 익은 몸매, 한 번도 본 적이 없지만 선해 보이는 눈동자. 그리고,

"안녕하십니까, 전 마리아 양의 대부인 던젤이라고 합니다. 위명이 자자하신 왕실 분들을 만나서 제 살아생전의 영광입니다."

살짝 비꼬는 듯한 저 익숙한 목소리, 그리고 그의 머릿속에서 울리는 과거의 환영들.

"12시간 지속 효과는 장담하지."

"내 첫 남자는 짐승, 어때? 너무 자극적인가?"

"엉덩이가 시큰거리나 보군. 여기서 그냥 찍을까?"

그 이외 주옥같은 명언들을 그의 뇌리 깊숙한 곳에 남긴 남

자. 그의 진실된 모습을 보는 순간 왕자는 말 그대로 공포에 절었다.

"루인 왕자야, 뭐 하는 게냐?"

멍하게 표정이 풀린 상태에서 한쪽만 바라보는 왕자를 보고 국왕은 불편한 심기를 드러냈다. 아까부터 헛기침을 몇 번이나 하면서 신호를 줬지만 정신 못 차리고 있으니 말이다.

"허헛! 아닙니다, 아버님. 안나 공주님, 베니 성녀님, 그리고 마리아 양, 환영합니다. 이 작은 성이나마 이렇게 미녀 세 분이 모이시니 환해지는 느낌이군요."

그제야 수습을 하기 위해서 서둘러 더듬거리면서 말을 꺼냈지만 애석하게도 사람들은 그의 증세를 보면서 각자 생각이 많았다.

'나 같은 미녀를 두고 마리아라는 계집에 홀리다니 어디 두고 보자. 내 미모가 어느 정도인지 느끼게 해주마.'

이건 안나.

'내가 마리아라는 여자보다 부족하다는 거야? 이건 말도 안 돼.'

이건 베니.

"저렇게도 좋을까?"

"그렇게 말이에요, 여보. 그래도 2년 전에 저 아이 만나고 그렇게 변하더니만 다시 만나는 것은 처음이잖아요. 호호, 그럴 수도 있죠. 이러다 진짜 며느리 들이는 거 아닌지 모르겠네."

이것은 귓속말로 속닥거리는 국왕 부부.

'저 시키 꼬라보네. 넌 오늘 밤에 죽었다.'

그리고 그 눈빛을 오해한 던젤의 복수 다짐까지. 다인다색이라는 말이 이때 어울리지 않을까?

"하하!"

"호호!"

상당히 화기애애한 분위기의 저녁 식사. 던젤은 예정에서 어긋나기는 했지만 그래도 성공적인 왕궁 입성에 만족하고 있을 때 단 한 사람만 화기애매한 분위기에 심취해 있었다.

'저 남자가 여기에, 어째서, 그리고 왜 날 괴롭히는 거지? 내가 무슨 잘못을 했기에. 난 그냥 조용하게 살고 싶었을 뿐인데.'

"왕자야, 소금 좀 다오."

"아, 네……."

"아니, 설탕 말고 소금."

"……."

"후추 말고 소금 좀 달라니까."

몇 번의 실패 끝에 소금을 받아 든 국왕은 혀를 차면서 정신 나간 아들을 바라보았다. 나름대로 안 그런 척하고 있지만 분명 그는 한쪽의 눈치를 보고 있었다.

'아무리 좋다고 하지만 그래도 다른 사람이 있는데 저런

식으로 하는 것은 자제를 할 것이지. 쯧쯧.'

아무리 마음에 있다고 해도 그래도 대륙의 3대 미녀가 있는 자리다. 그런데 그중에서 한 명에게만 신경을 쓰면 다른 사람의 기분이 상할 수밖에 없는 것이다. 그것도 한 명은 공주요, 한 명은 성국의 성녀다. 그리고 그의 예상대로 두 명의 라이벌 또는 엑스트라는 살며시 기분이 나쁜 상태였다. 웃고는 있지만 왕자의 시선이 한쪽으로만 쏠리는 것을 알지 못할 그녀들이 아니니까. 그리고 그럴수록 두 사람의 라이벌 의식은 점점 강해지고 있었다. 그리고 그 시각 왕성 바깥은 왕성 안의 조용한 대립과는 다르게 각 팬클럽의 소요전이 벌어지고 있었다.

"이름?"

"한스."

"소속?"

"마리아님이 보고 계셔."

"사유?"

"아, 글쎄. 저 녀석이 우리 조직을 물로 보잖아요. 안카 카렌가 뭔가."

"안나 카레니나다, 이 자식아!"

"닥쳐, 카레!"

"뭐라고!"

서로 조사를 받던 두 남자, 아니, 두 무리의 남자들은 서로

에게 악을 쓰면서 벌떡 일어났다. 그들의 눈에서는 흉흉한 안
광이 터져 나오고 있었다.

"마리아가 보긴 뭘 봐!"

"닥쳐, 카레 자식아! 카레니나를 쓴 사람이 이 사실을 안다
면 땅속에서 대성통곡을 할 거다!"

"말 다 했어? 카레? 그래, 카레가 얼마나 매운지 한번 맛보
게 해주마!"

그리고 두 무리가 싸우는 가운데 한구석에서 조용하게 바
라보고 있던 한 무리는 조용하게 그들을 말리기 시작했다. 그
걸 보고는 강제 진압을 생각하던 경비대는 안도의 한숨을 내
쉬었다.

시장통에서 시작된 두 개 조직, 마리아 팬클럽 마리아님이
보고 계셔와 안나 팬클럽 안나 카레니나의 충돌로 수십 명이
잡혀왔고, 그 와중에 베니 팬클럽 베니 걸스까지 끼어들어 대
혼란이 야기된 것이다.

"그래도 베니 걸스는 대상이 성녀라서 그런지 나름대로 얌
전하네."

그렇게 두 조직의 대결을 말리면서 사람들을 진정시키고
있는 베니 걸스의 사람들을 보며 한 병사는 안도의 한숨을 내
쉬었다. 작년만 해도 이 정도는 아니었고, 마리아야 모두가
인정하는 미녀다 보니 사실 대회는 2등 싸움이라고 할 정도
였는데 올해는 그에 상응하는 미녀들이 팬클럽까지 끌고 왔

으니 시끄러울 수밖에 없었다. 그렇다고 자신들의 홈이라고 다른 팬클럽을 막 대할 수도 없는 노릇이고 말이다.

하지만 그 병사는 종교적 신념과 팬클럽으로서의 열광이 합쳐진 상황이 얼마나 무서운지, 인간이 가진 종교적 신념이 얼마나 대단한 것인지 채 알지 못했다.

"자자, 이러지들 마세요. 신은 싸움을 좋아하지 않습니다."

"맞아요. 신은 인간 세상이 평화롭기를 바라는 분입니다."

"사실 이런 미모 논쟁이 무슨 소용이 있습니까?"

여기까지는 좋았다. 여기까지는. 하지만 그다음 말은 좋지 않았다. 말 그대로 좋다가도 좋지 않다라고 할까?

"이런 쓸데없는 짓을 하지 말라고 신이 우리 성녀님을 내려주신 것 아니겠습니까?"

"그럼요, 다들 세속적인 아름다움 따위는 버리고 신이 내린 우리 성녀님의 아름다움을 인정하세요."

"우리 성녀님이 제일이라는 사실을 인정하시면 마음이 편해질 겁니다."

하지만 사람들의 반응은 그리 호의적이지 않았다. 때리는 시어머니보다 말리는 시누이가 더 밉다고, 착한 척하는 것도 짜증나는데 은근슬쩍 우열을 결정해 버리는 베니 걸스를 보고 누군가가 험하게 소리 질렀다.

"웃기고 자빠졌네! 수도원에 처박혀서 기도나 할 것이지, 성녀가 미모에 연연해서 뭐 할 건데?"

그러자 베니 걸스 가장 가운데 있던 남자는 뭔가 안다는 듯한 썩소를 날리면서 한마디를 했고, 그 한마디에 사무실은 난장판이 되었다.

"하여간 세속적인 것들이란, 훗."

"뭐야! 이색!"

"까!"

그리고 그 난장판에 수비대가 끼어들음으로써 그 좁아터진 사무실에 있던 집기들은 허공을 날며 그 형체를 잃어가기 시작했다.

그날 저녁 경비대장은 얼굴에 난 멍을 문지르면서 보고서를 작성하고 있었다. 우선은 분할해서 감옥에 던져 버렸지만 그 안에서조차 으르렁대는 그들 때문에 그는 당분간 조용하지 않을 것 같다는 생각이 뇌리를 스치고 있었다. 그리고는 이 사실을 가능하면 빨리 해결하기 위해서 서둘러 보고서를 쓰기 시작했다.

신흥 폭력 조직에 관한 보고서.

현재 수도를 포함, 전국에는 약 100여 개의 폭력 조직이 있는 것으로 생각이 된다. 과거 어둠의 전쟁 이후 잠잠하던 폭력 조직은 각 조직의 지역을 넘보지 않는 선에서 묵시적인 평화를 유지하고 있었다. 하지만 현재 이 나라에서는 폭력 조직의 통합이 이루어지고 있는 듯한 징후가 곳곳에 발견되고 있으며 그 세 역시 무시할 수 없을 정도이다.

　얼마 전 수도 내 시장에서 벌어진 3군데 조직의 긴급 체포 및 취조의 조사 결과 이 나라에 있는 몇몇 조직의 조직원들이 많이 발견이 되었으며 그중 수배 중인 인물도 몇 명 있는 것으로 알려지고 있다.

　그 사건으로 인해서 과거 술떡파의 행동대장이었던 한스를 체포할 수 있었는데 그의 진술에 의하면 수많은 조직원들이 신흥 통합 조직 마리아님이 보고 계서 파에 흡수되었다고 이야기하고 있다. 하지만 간과할 수 없는 것이 그 행사장에서 충돌로 인해서 드러난 조직원의 수만 각 파당 100여 명 정도로, 과거 최대 조직이 100여 명인 것을 생각한다면 엄청난 규모의 조직일 수 있으며, 그 외 수도의 주요 파 중 하나인 술떡파와 로타리 털어파, 그리고 쌍칼파뿐 아니라 전국에 있는 수많은 조직의 조직원들이 목격되었다. 남부 최대 파인 딸기 맛 다시마파와 동부 조직인 엄마 10코퍼만파도 상당수 발견되었다.

　여기서 주의할 점은 10코퍼만파의 최고 보스이자 사실상 동부 지역의 대부였던 밥 웨슨이 넘버 11라는 것이다. 조직원들은 그것을 상당히 자랑스럽게 여기고 있었는데 우리가 주의할 점은 그가 절대 11정도의 위력을 가진 보스가 아니라는 사실이며, 우리 최대의 과제는 이 조직의 보스이자 넘버 1로 추정되는 마리아님이 보고 계서 파의 마리아라는 인물에 대한 정보 수집이다.

　이름을 봐서는 여자로 추정되나 정확한 정보가 없으며, 조직의 이름이 마리아님이 보고 계서라는 것으로 봐서는 아마도 조직 내 장악력이 탁월할 것으로 생각하고 있다.

그 외 그날 시장에서 체포된 상대 조직은 원정 온 것으로 추정되는 안나 카레니나파와 광신도 집단으로 추정되는 베니 걸스파로서 이 두 조직에 대한 정보 수집 및 박멸은 우리나라뿐 아니라 알레이 국과 이서 국과의 협조가 필요할 것으로 생각된다. 그 외…….

"크. 무지하게 아프네."

졸지에 팬클럽을 조직으로 만들어 버릴 정도로 세상일에 무관심한 그는 얼굴에 난 멍을 문지르면서 오늘 중으로 써야 하는 서류의 양을 생각하고는 한숨을 쉬었다.

Part 8

격돌 미녀 결정전

SERVER

　축제 당일 댄스 대회는 말 그대로 인산인해를 이루고 있었다. 하지만 그 누구도 댄스 대회에서 마리아가 질 거라는 생각은 하지 않았고 사람들의 생각대로 완벽한 왈츠를 선보이면서 관중을 휘어잡고 우승을 차지했다. 물론 나머지 두 사람의 라이벌도 그것만은 인정할 수밖에 없었다. 춤이라는 것이 하루아침에 완성되는 것이 아닌 완벽한 조화를 이루기 위해서는 상당 기간 발전해야 하기 때문이었다. 자신들도 나름대로 한 춤한다는 사람들도 그녀를 이길 수 없다는 것이 정석이니까. 하지만 사람들이 기대하는 것은 그것이 아니었다.

　"지금부터 대륙 최고 미인 결정전을 시작하겠습니다."

"우와!"

난데없이 미녀 결정전으로 바뀌어 버린 축제의 장에서 세 사람의 대결이 궁금했던 것이다.

그리고 그걸 보는 던젤의 기분은 착잡했다.

"하루인 공작님, 무슨 속셈이야?"

"하하… 하하하."

원래 목적은 이게 아니었는데 말이다. 아름답게 자란 마리아, 그리고 그녀에게 사랑에 빠지는 왕자. 그런 마리아를 노리는 사악한 공작과 왕자의 대혈투. 그런 서정적이고 아름다운 시나리오였다.

그런데 어째서 도대체 어디서부터 일이 꼬인 건지 왕자는 마리아와 사랑에 빠지기는커녕 그녀의 대부인 자신에게 쫄아서 벌벌 기고 있었다. 전날 그곳에서의 눈길을 오해한 던젤이 그날 반쯤 죽이려고 들자 결국 그는 사실대로 불었고, 던젤로서는 어쩔 수 없이 봐줘야 했다. 더군다나 사악해야 하는 하루인은 무슨 바람이 불었는지 2년간 사무실 벽마다 차카게 살자라는 구호를 써놓고는 부지런하게 살다 보니 만일 처단하면 지들이 먼저 욕을 먹을지도 모르는 상황. 사실 이번에 3명만을 위한 미녀 결정전 역시 그의 전폭적인 지지를 얻어서 하는 것이고 당연하게도 그 돈은 그가 내는 것이다.

"친애하는 국민 여러분! 오늘 우리나라에는 대륙에서 제일 아름다운 세 명의 소녀가 어쩌고……."

국왕의 하염없이 늘어지는 인사가 끝나고 드디어 최고 미인을 결정하기 위한 시합이 시작되었다. 시합의 방식은 5가지, 이 시대 여성이 가지고 있어야 하는 덕목과 귀족이 가지고 있어야 하는 덕목 2가지와 한 사람씩 선택한 시합 종목 총 3가지를 합해서 5개의 시합을 하는 것이었다. 그리고 첫 번째는 귀족으로서 가지고 있어야 하는 덕목이었다.

"인간의 역사는 많은 것을 담고 있습니다. 그리고 귀족은 그 역사에 배워서 더 나은 세상을 향해서 노력해야 하는 것입니다. 그러니 첫 번째 시합은 역사에 대해서 얼마나 알고 있느냐를 테스트하겠습니다. 첫 번째 문제. 테페 왕국에는 피바람이 불어닥친 적이 있습니다. 왕위권을 둘러싸고 5명의 왕자들이 치열한 싸움 끝에 결국 2왕자가 그 왕권을 차지했는데요, 나머지 왕자들이 어째서 왕권을 포기할 수밖에 없었는지 주관식으로 써주시기 바랍니다."

아무래도 역사적 사건이 중요하고 왕권의 계승처럼 귀족가에 충격을 주는 사건은 별로 없기 때문에 낸 문제인 듯하다.

"네, 안나 공주님과 베니 성녀님은 깔끔하게 정답을 내셨군요. 맞습니다. 첫째 왕자는 병으로 인해서 돌아가셨고, 셋째 왕자는 끝없는 싸움에 염증을 느껴서 왕권을 포기했습니다. 넷째 왕자는 여기 쓰신 대로 왕권을 가지고 싸우다가 전투에서 전사하셨죠. 마지막 왕자 다섯 번째는 초반부터 왕권에 생각이 없는 학자풍이셨죠. 사실 국왕의 마지막 후궁에서 태어나서 지지 세력이 없다는 것도 이유지만 말입니……."

차분하게 읽어가던 역사가는 마리아의 답안지를 받아 들더니만 얼굴이 사색이 되었다.

역사라는 것은 사람들이 기억하는 과거를 말한다. 그리고 그 기억이라는 것이 불명확한 경우가 있고 개중에는 진짜 역사가 아닌 경우도 있다.

'말도 안 돼!'

그리고 그런 경우 음성적으로 그 역사를 아는 사람도 있다. 그걸 보통 역사가들은 어둠의 역사라고 한다.

'이걸… 어떻게.'

채점을 맡았던 역사가는 얼굴이 노란색으로 변할 수밖에 없었다. 그녀가 써낸 역사는 자신들이 가르친 역사가 아니었다. 물론 그것이 문제가 아니다. 하지만 이번 출제 문제에 있어서 이는 치명적인 타격이었다.

첫째 왕자는 역사적으로 병이 아니었다. 역사적으로는 몇몇 호사가들이 병으로 인해서 죽은 것으로 되어 있으며 그의 어머니인 안젤라 왕비 역시 그를 간호하다 같은 병으로 인해서 죽은 것으로 되어 있다. 하지만 진실은 다르다. 그 당시 안젤라 왕비는 국왕과 사이가 좋지 않았다. 왕비는 이웃 나라의 공주였으며 그 나라의 정식 왕위 계승권자였다. 그녀와 국왕 사이에서 태어난 첫째 왕자는 사실 애정의 산물이라기보다는 정치적 선택의 산물이었다.

두 나라의 극단적인 증오 관계를 청산하기 위해서 이루어진 정략적 결혼이었지만 그가 장성하고 나서 왕위 계승권 문제가 발생하자 국왕은 왕비에게 다른 정치적 야심이 있다는 것을 알게 된다. 자신의 아들이자 그녀의 아들을 국왕으로 올리고 두 나라를 통합하는 계획이 있다는 사실을 알아챈 국왕은 후궁 출신의 두 번째 왕자를 전폭적으로 지지한다.

하지만 자신은 아비 된 입장에서 드러내 놓고 지원할 수 없는 반면, 첫째 왕자는 외가 쪽의 전폭적인 지지를 받아서 사실상 게임이 되질 않으니 그는 나라를 지키기 위해서 극단적인 선택을 한다. 사람들이 거의 알지 못하는 마리나스의 씨앗 가루를 이용, 두 모자의 암살을 지시한 것이다. 마리나스 자체가 아주 귀한 식물이고 자체는 독성이 없다.

하지만 그 씨앗 가루를 먹으면 면역력이 아주 약화된다는 비공식적인 연구 결과도 있다. 그 결과 두 모자는 암살되었으며 둘째 왕자가 왕권을 계승할 수 있게 되었다. 셋째 왕자 역시 가능성은 있었으나 그 당시 모 공작부인과의 추문으로 인해서 상당히 골치 아픈 상태였고, 만일 그들을 완전히 적으로 돌린다면 죽음을 피할 수 없는 상황이기에 이를 수습하는 대신에 왕권을 포기한다고 한 것이 정설이다.

넷째 왕자가 전투 중에 전사한 것은 사실이다. 하지만 이 모든 일을 지배한 사람은 국왕이 아니었다. 국왕이 가장 신임하고 그의 명령을 실행한 사람은 가장 세력이 없었던 다섯 번째 왕자로, 그는 마리나스의 씨앗에 대한 정보가 전무하던 상황에서 암살을 성공시켰고, 넷째 왕자를 위험한 전투 지역으로 끌어내는 함정을 만들었으며 비공식적인 정보에 따르면 공작부인과 셋째 왕자와의 추문 역시 공작부인을 뒤에서 조종한 것은 그라는 이야기가 있다.

그 결과 현재 다섯 번째 왕자는 공식적으로는 어떤 권력도 가지지 않은 채로 살고 있는 것으로 보이지만 사실상 왕국 내의 모든 상업적 통제권을 쥐고 있다.

어디서 알았는지 모르지만 소상하게 그 당시에 있던 일을 이야기하고 있는 그 답안지를 보면서 그 당시 진정한 역사를 알고 있는 그로서는 당혹할 수밖에 없었다. 가장 큰 문제는 그 둘째 왕자가 국왕으로, 그리고 다섯 번째 왕자가 경제적 실권을 쥔 상태에서 살아 있고 특히나 첫째 왕자와 왕비에 대한 암살 사건이 새어나가는 것은 이웃 나라와 충분히 전쟁을 할 수 있는 사유가 될 것이다.

'이걸 어떻게.'

그가 그렇게 황당하다는 듯이 마리아를 바라볼 때 마리아는 아무런 사실도 알지 못한 채로 생글생글 웃고 있었다. 하지만 던젤만은 뭔가 사고가 생겼다는 것을 알 수 있었다.

"역사 담당 누구였어?"

"가쟈요. 전 테페 왕국 서기관이자 역사 담당관이어서 그

애보고 하라고 했는데.”

“도대체 무슨 역사를 가르쳐서 감독관 얼굴이 저래?”

감독관의 노란 얼굴을 보면서 던젤은 걱정을 했지만 감독관은 벌써 마음을 굳힌 상태였다.

“이번 승부는 무승부입니다. 다들 잘 알고 계시는군요…….”

“우우!”

“와와!”

사람들의 환호 속에서 감독관은 서둘러 답안지들을 가지고 내려와야 했다. 누군가 이 사실을 알기 전에 진실을 역사의 그림자 속에 감춰야 했으니까. 그리고 그는 서둘러 이 사실을 상부에 보고해야 했다. 혹시나 비밀이 누설되었다면 어떠한 희생을 치르더라도 지켜야 했다.

“다음은 여성으로서의 능력을 측정하는 시간입니다. 아시다시피 여자에게 가장 요구되는 능력 중에 하나는 요리! 오늘은 미식가 메디 후작님을 모시고 세 미녀 분들의 요리를 맛보도록 하겠습니다.”

사실 요리는 여성으로서 기본 덕목이기는 하다. 그래서 들어가기는 하지만 이건 하기도 전에 결판이 난 것이나 마찬가지.

“음… 베니 양의 음식은 좀 싱겁군요. 확실히 깔끔한 맛이 있기는 하지만 신전에서 자라서 그런지 소박하기는 하지만 사람을 기쁘게 할 정도의 맛이 나질 않아요. 그리고 마리아 양은 상당한 솜씨입니다. 어린 나이에 이 정도 실력을 가지고 있다니 이 메디 후작은 기쁩니다. 우리 요리업계의 미래가 밝아요."

과거 음식점에서 수많은 사람들을 입원시키면서 배우기 시작한 요리는 이제 상당한 수준에 도달해 있었고 그 덕에 상당히 후한 점수를 받을 수 있었다. 그리고 마지막 안나 공주의 음식.

뿌글.

"……."

정체를 알 수 없는 기포가 터지는 음식을 본 메디 후작, 그는 일생일대의 고민에 빠져들었다.

'먹어야 하나, 말아야 하나. 에잇, 남자 인생 한 번 죽지 두 번 죽냐!'

과감한 선택이 인생을 가른다는 신조로 평생을 살아왔던 그였다. 그 덕에 자작 찌그레기에서 시작해서 후작이라는 경이적인 승진을 한 그였다. 그리고 그의 생각대로 과감한 선택이 인생을 가른다. 아니, 이번 경우에는 삶을 가른다고 표현해야 했었다.

"커억!"

"헉, 신관! 신관!"

사람들은 가슴을 쥐어뜯으면서 넘어가는 후작을 보며 기

겁을 했다. 그리고 다음 시합 때문에 대기하고 있던 신관은 후작을 살리기 위해서 사력을 다했다. 잠시 후 완전 안전 장치로 무장한 한 무리의 네크로맨서들이 나타났다. 그들은 조심스럽게 남아 있는 음식과 재료를 가지고 가버렸다. 그리고 그 와중에 누군가는 그들이 하는 소리를 들을 수 있었다. 독극물계의 일대 쾌거라고 말이다.

"흠흠. 불미스러운 사고가 있었습니다만, 다음 시합을 진행하겠습니다. 메디 후작은 다행히 아무런 이상이 없다는 연락을 받았습니다. 당분간 요양이 필요하다고 합니다만, 재료 중에 상한 재료가 있었던 모양입니다."

물론 그런 것이 있을 리가 없지만 차마 공주가 만든 음식이 네크로맨서들이 인정한 신종 독극물이라는 사실은 말할 수가 없었다.

"다음은 각 도전자들이 제시한 과제에 대한 대결입니다. 첫 번째는 베니 성녀님이 내신 과제입니다. 다음은 기도입니다! 신자로서 얼마나 경건하게 기도를 할 수 있는가가 이번 과제입니다."

그와 함께 터지는 야유들.

"우우, 치사하다."

"맞다, 그건 너무하다."

기도로 날밤을 새는 성녀에게 기도로 이길 수 있는 사람이 있을 리가 없지 않은가?

하지만 그녀도 치사하긴 하지만, 아직 어린 치기로 지고 싶은 생각이 없어서 그랬다. 현재 마리아가 1승 1무로 이기고 있다. 비록 메디 후작이 실려 나갔지만 그전에 채점한 것은 인정이 된 것이다. 그리고 자신과 안나는 1무 1패. 불리한 상황이다.

'좀 치사하긴 하지만 신이 내린 내 매력을 무시하는 사람들에게는 기도하는 경건한 모습을 보여준다면 다들 인정할 건 인정하겠지.'

그녀는 그렇게 생각했다. 그래서 기도를 시합으로 내건 것이다. 사실 쉽게 이겨보려는 생각도 있었다. 귀족들의 생활은 잘 알고 있다. 그들도 기도는 하지만 자신처럼 기도 자체가 삶이지는 않다. 당연한 것이다.

"그럼 이번 기도의 주체자는 나인 사제님이 하시겠습니다. 애석하게도 대기중이시던 추기경께서는 후작과 함께 급하게 돌아가셨기 때문에. 그럼 기도회를 시작하겠습니다."

신관에서 사제로 승급한 나인은 오늘 세 미녀의 대결에 구경 왔다가 졸지에 기도 집전을 맡게 되었지만 나름대로 흥분하고 있었다. 간간이 그녀가 놀러도 오고 또 그녀가 자라는 모습을 보는 것도 많이 보고, 그녀의 신전 아르바이트를 주기도 하지만 사제라는 직업은 생각보다 재미없는 차에 상당한 흥밋거리를 발견했으니 말이다.

　그리고 시작되는 시합. 한 시간, 두 시간. 보통 기도 시간을 넘어서 진행되는 시간에 사람들은 지칠 만도 하건만 세 미녀의 경건한 포즈를 보면서 깊은 신심을 느끼고 있었다. 하지만 그 순간 나인은 상당히 충격적인 모습을 발견했다.

　'혁, 자고 있어.'

　다른 두 사람은 눈을 지그시 감고 두 손을 맞잡은 채로 기도를 하고 있다. 하지만 마리아는 그 자세 그대로 잠들어 있었다. 물론 정면에 있는 것은 자신뿐이니 주변의 사람들은 전혀 모르겠지만 이제는 아예 입에서 나오는 한줄기 물.

　'던젤님, 던젤님.'

　'응?'

　난데없이 자신의 머릿속에서 울리는 기괴한 소리에 기겁을 하는 던젤이었지만 나인은 그런 것이 중요한 게 아니었다.

　'생각만 하세요. 마법이니까 통해요. 저기, 마리아 잠들었는데요.'

　'뭐, 잠들어? 저 자세로?'

　'네. 침까지 흘리면서 자는데…….'

　'맙소사.'

　자신이 행군하면서 자본 적도 있긴 하지만 저런 기괴한 포즈로 잠이 온단 말인가?

　'에, 우선은. 에, 그러니까 에잇, 몰라 냅둬. 자다 쓰러지면 지쳐서 기절했다고 구라치지 뭐.'

‘그래도 돼요? 걱정이.’

‘냅둬.’

그렇게 결정한 던젤, 그리고 그 결정대로 흐르는 침만큼 시간은 흘러가기 시작했다.

“크흑.”

맨 처음 떨어진 것은 3시간 만에 손을 바닥에 대면서 포기한 안나 공주. 공주야 오기로라도 하고 싶었지만 평소에 그런 장시간의 기도를 해본 적이 없는 그녀로서는 무리였다.

“안나 공주님, 수고하셨습니다. 이제 내려가서 쉬도록 하세요. 비록 시간이 다른 사람보다 부족하다고 해도 기도의 정성은 시간만으로 결정되는 것이 아니니 신께서도 공주님의 신심을 알아주셨을 겁니다.”

마리아가 잠들어 있다는 사실이 걸릴세라 나인은 서둘러 그녀를 내려 보냈고, 불편한 자세로 기도를 해서 그런지 안나 공주는 다른 도전자들은 보지도 못한 채 그대로 힘겹게 내려갔다. 그리고 시간은 흘러서 무려 12시간이 지난 어스름한 새벽, 아직도 두 사람은 기도를 하고 있었다. 물론 사람들이 보기에는 그렇게 보인다. 그리고 기도 자세를 유지하던 베니 성녀는 조바심이 나고 있었다.

‘말도 안 돼. 어떻게 저렇게 할 수가 있지.’

비록 눈을 감고 있지만 그녀는 느낄 수 있었다. 바로 옆에 한 사람이 있다는 사실을. 자신의 최고 기록이 8시간이다. 그

반을 넘는 12시간 동안 기도를 하고 있는 자신도 대단하지만 옆에 있는 마리아라는 아이도 대단했다. 성녀도 아닌 아이가 무려 12시간을 기도를 하는 것이다. 그렇다고 자세만 지키고 있는 것이 아니다. 그녀에게서 느껴지는 것은 잡생각의 오라가 아니라 말 그대로 무아지경의 경지, 자신조차 달성하지 못한 경지. 어찌 보면 지금 잡생각을 하고 있는 것은 자신. 물론 그 무아지경의 이유는 따로 있지만.

'난, 난 우물 안의 개구리였단 말인가… 신이여.'

그 순간 저 멀리 들려오는 닭의 아침 모닝콜이 울려 퍼졌다.

꼬끼오~ 꼬꼬땍 꼬꼬.

그리고 마리아는 평소처럼 그 소리에 조건반사를 했다.

'아, 아르바이트 가야지. 오늘 아르바이트가 뭐였…….'

잠이 깨는 순간 몸이 무너지면서 앞으로 기울어졌고 그녀는 서둘러 바닥을 짚었다. 그리고 자신이 무엇을 하고 있었는지 알고는 얼굴이 홍당무처럼 변했다.

'이런, 깜빡 졸았다.'

10시간을 내리 잔 사람치고는 말도 안 되는 생각을 하면서 그녀는 혹시나 주변 사람들이 자신을 보지 않았을까 생각을 했지만 다행히도 그렇지 않은 듯했다. 그리고 뒤에서 울려 퍼지는 환호성 소리.

"만세! 베니 성녀님이 이겼다! 역시 성녀님 대단하셔."

"베니 걸스 만세! 역시 신이 내린 성녀님이다."

그 소리를 들은 그녀는 일어나면서 은근슬쩍 얼굴에서 느껴지는 한줄기 차가운 기운을 지우고 베니에게 다가갔다.

"역시 성녀님이 대단하시네요. 존경스럽습니다. 저도 계속 정진해야 할까 봐요."

"감사합니다, 마리아님. 마리아님이야말로 존경스럽습니다."

그녀는 이제 사심없이 그렇게 말할 수밖에 없었다. 미모를 떠나서 결과는 자신이 이겼을지 모르지만 진정한 승리는 그녀라는 사실을 잘 알고 있었기 때문이다. 오랜 기도에 지친 자신과 달리 한 점의 지친 모습도 보이지 않고, 그 기나긴 시간을 자신조차 하지 못한 무념무상의 세계에 빠진 사람. 자신이 성녀라서 더욱 유리할 줄 알았건만 결국 이번 승리도 그녀가 자신을 위해서 배려해 준 것이라 생각했다. 지쳐서 후들거리는 그녀와 달리 마리아는 그런 시간을 보내고도 생생한 모습이었고, 아침 햇살을 받은 얼굴은 발그스레하게 빛나고 있었다. 아마도 자신의 성녀라는 지위를 알고는 져준 것이리라. 성녀가 기도에서 진다는 것은 크나큰 문제가 될 수 있을 테니까.

"그녀는 진정으로 신을 만난 것일까?"

베니는 계단을 내려가는 그녀를 보면서 중얼거렸다.

"다음 시합은 안나 공주님이 신청한 토론입니다. 토론의 주제는 국민을 위한 정치는 어떤 것인가?"

안나 역시 이 정도까지 하고 싶지는 않았지만 자신만 패가 있는 상황에서 어떻게든 이길 생각이었다. 자신이야 명실상부한 왕권 계승자이다. 비록 계승권 3위이고 위에 두 오빠들이 있어서 가능성은 거의 없다고 해도 말이다. 대부분의 귀족들은 딸에게는 그리 정치적 교육을 시키지 않는 편이고 이서 국에서도 성녀는 정치적 논리에 오염된다고 거의 하지 않는 편이니까.

"국민을 위한 정치는 어렵지 않습니다. 국민에게 가장 필요한 것은 생존성 문제입니다. 귀족들이야 모르지만 국민에게 있어 생존성은 현재뿐 아니라 미래와도 관련이 있는 겁니다. 그러니 국민들의 생존성을 살리기 위한 정책이 최우선적으로 이루어져야 합니다. 그러기 위해서는 무리한 세금을 인하하고 국민들에게 그 재분배가 이루어지도록 해야 합니다."

배운 대로 행하는 것은 쉽지 않다. 하지만 최소한 배운 것을 말하는 것은 어렵지 않다. 그리고 그녀의 예상대로 베니는 정치 이야기가 나오자 얼굴부터 노래지고 있었다.

"그… 그럴지도."

'역시 성녀는 세속적인 정치에서 벗어나야 한다는 거지. 호호호. 내 승리다.'

하지만 아직 마리아가 남아 있었고 마리아는 그렇게 생각하지 않는 듯했다.

"세금을 낮추는 것만이 능사는 아닙니다. 국민은 국가의 일부라는 사실을 생각하셔야 합니다."

"그러니 세금을 낮추고 그로써 그들의 생존성을⋯⋯."

"그것은 일시적인 방법에 지나지 않습니다. 생존성을 확보하는 것이 아니라 생존에 대한 책임을 국민들에게 떠넘기는 것에 지나지 않지요. 생각해 보세요. 지금 당장 세금을 내린다고 해도 그들에게 돌아가는 것은 그리 많지 않은 돈입니다. 물론 지금의 생활에서 더욱 도움이 되는 것은 확실하지요. 하지만 그것은 아까도 말씀드렸다시피 그 책임을 떠넘기는 것에 지나지 않습니다."

"그럼, 마리아 양은 어떻게 하시겠습니까?"

"저라면 세금을 올립니다."

그동안 배운 것과는 전혀 다른 엉뚱한 대답, 하지만 마리아는 배운 대로 대답하는 것이 아니었다. 물론 정치적인 부분을 배우기는 했지만 그렇게 많이 배운 것도 아니었다. 사실 그녀의 정치적 식견은 다른 귀족들의 여식보다 조금 더 나은 정도. 하지만 적어도 그녀는 당장 먹고살 수 없을 만큼 가난했던 시절이 있었고, 그때는 세금 몇 푼 낮추어준다고 자신들의 상황이 나아지는 것은 아니었다.

"세금을 낮추는 것은 어느 정도 재력이 있는 자산가에게는 상당히 도움이 될지는 모릅니다. 하지만 그만큼 그들에게 생

존성은 중요한 것이 아니지요. 그와 반대로 극빈층으로 대표
되는 쪽은 세금을 올리든 세금을 내리든 낼 돈이 없기는 마찬
가지입니다. 사실 극빈층에게 세금을 낮추어준다고 해도 그
들에게는 당장 낼 돈이 없습니다. 그럴 거면 차라리 세금을
올리는 것이 나을 겁니다. 세금을 올리고 그에 해당하는 돈을
제대로 집행하는 것이 최우선입니다.”

“그건 말도 안 됩니다. 그럼 국민들의 조세 부담이…….”

“당장의 조세 부담은 늘어날지 모릅니다. 하지만 그 정도
조세를 부담할 수 있는 능력자들이라면 일부 세금을 올린다
고 해도 당장 생존성에 큰 문제가 없습니다. 하지만 그와 반
대로 극빈층은 어차피 내지 못하는 세금이니 결국 상관이 없
지요. 그럼 국민들의 저항을 제외하고 생각한다면 세금을 올
려서 그 추가적 조세로 세금조차 낼 수 없는 극빈층의 생존성
을 보장하는 것이 최선 아닐까요?”

그 말에 안나는 충격을 받았다. 그럴지도 모른다는 생각이
문득 들었다. 어느 나라에나 세금조차 내지 못하는 극빈층이
있고 그들은 제대로 보호도 못 받는다.

“결국 정치 이론은 귀족들이 만들어낸 겁니다. 그들이 아
닌 국민들의 정치 이론을 듣기 위해서는 그들과 함께 움직이
고 생활해 봐야 압니다.”

그리고는 끝이었다. 그녀는 그 이후에 이어진 토론에서 더
이상 말을 하지 않았다. 하지만 그녀의 마지막 결국 정치 이

론은 귀족들이 만들어냈다는 말이 안나 공주의 뇌리 속에는 확실히 남아 있었다. 결국 제대로 대답을 하지 않는 베니 성녀와 마리아 덕에 안나 공주가 승리를 하기는 했지만 그녀는 무언가 찝찝함을 느낄 수밖에 없었다.

"마지막으로 마리아 양이 요청하신 시합은… 돈 벌기?"

돈을 벌어야 한다는 황당한 말에 다들 어리둥절한 표정을 지었다. 돈이라는 것은 있으면 좋기야 하지만 이 세 사람은 그런 거랑 전혀 상관없는 사람이 아닌가. 한 사람은 공주이고, 한 사람은 세속에서 떠난 성녀이며, 한 사람은 그 후원자가 도대체 재산이 얼마가 있는지도 모르는 갑부인데 말이다.

"저의 대부께서는 이런 말씀을 하셨습니다. 돈이란 버는 법을 배워야 한다고 말입니다. 물론 지금은 풍요로울지 모르지만 영원한 풍요는 없다고 하셨죠. 그리고 사람을 이해하는 가장 좋은 방법은 그 사람들과 어울리는 것이라고 누누이 말씀하셨죠."

그 말에 다들 고개를 끄덕거리기는 했지만 안나 공주와 베니 성녀는 눈살을 찌푸렸다. 돈이야 그저 가지고 온 물건 몇 개만 팔면 엄청난 이득이 생길 텐데 말이다.

"그래서 조건이 있습니다. 첫째, 어떤 물건도 팔아서는 안 됩니다. 가지고 오시거나 아니면 주변의 다른 분이 가지고 오신 물건에도 손을 대서는 안 되고 오로지 자신만의 노력으로 벌어야 합니다. 두 번째, 신분을 드러내서도 안 됩니다. 방법은 묻지 않습니다만 신분을 드러내지 않은 상태에서 금전적이득을 취해야 합니다. 다른 대리인을 세워서도 안 됩니다.”

어찌 보면 이는 마리아에게 압도적으로 불리할 수밖에 없는 조건이었다. 공주와 성녀야 이곳에서 돈을 벌어본 적이 없어서 문제이긴 하지만 그 대신에 마리아는 이곳에서 수많은 아르바이트를 했다. 그 때문에 할 수 있는 일이 제약될 수밖에 없었다.

“좋습니다. 현재 우리 모두 1승 1무 2패니 마지막 결전이 되겠네요.”

자신들과 다르게 핸디캡까지 받아가면서 공평한 시합을 하는 마리아를 보면서 두 사람은 미안했지만 이제 와서 포기할 수는 없는 노릇이었다. 자신들의 어린 치기 싸움이었을지 몰라도 이제는 세 나라의 자존심 싸움.

“시합은 내일 준비하시고 모레부터 시작하겠습니다. 기간은 축제 기간이 끝나는 순간까지입니다. 한 명까지 도와줄 사람을 둘 수 있습니다.”

“오호호. 이 정도는 일도 아니지!”

안나 공주는 단 하루 만에 준비한 것치고는 상당히 마음에 든다는 표정으로 자신이 빌린 식당을 바라보았다. 그녀도 당연 경제를 배웠고 경제의 기본은 돈이 돈을 부른다라는 사실을 알고 있었다. 그리고 팔지 말라는 조건은 달았지만 가지고 있는 돈을 쓰지 말라는 조건은 없었다. 그래서 시작한 것이 바로 식당업. 물론 사지는 못한다. 이곳에 살 것도 아니니까. 그 대신에 자신이 직접 움직여야 하니 좀 고달프겠지만 말이다. 당연히 자신의 측근들은 이 근방에서 몰래 숨어 있어야 했다.

"어서 오세요."

"여어~ 써빙 보는 아가씨가 바뀌었네."

신분을 감춰야 한다는 조건 때문에 마법으로 얼굴을 가린 그녀는 이제 주근깨가 드문드문 박혀 있는 귀여운 얼굴이었지만 과거의 미모는 어디 가고 없었다.

"뭐 드시겠습니까?"

"음, 맥주랑 안주 약간. 그나저나 아가씨 참 귀엽네."

'평민한테 이런 소리나 듣고 있어야 한다니, 부글부글.'

속으로는 애가 타면서도 참고 있는 그녀. 평소에 이런 대접을 받아본 적이 없어서 그녀로서는 참기 힘든 모욕일지도 모르지만 오기로 버티고 있었다.

"여기 맥주 나왔습니다."

"음. 그전에 있던 아가씨도 이쁘지만 이번 아가씨도 참 이쁘네. 아가씨 이름이 뭐야? 이야, 그런데 이런 데 일하는 아가씨치고는 손이 참 곱네. 아가씨, 우리 언제 한번 개인적으로 만날……."

흔해 빠진 술집에서 그러는 것처럼 은근슬쩍 여급의 손을 쓰다듬으면서 농을 건네는 손님. 그냥 간단한 술집이어서 그런 일은 전혀 없지만 그래도 이 정도 농은 다들 하고 지내는 것이기에 아무런 생각 없이 진짜 농담으로 한 말이었다. 그리고 그 정도는 예상하고 있던 안나는 속에서 치미는 열불을 참으면서 웃으려고 했다. 하지만, 못 참는 사람이 있었다.

"꾸에에!"

옆 자리에서 술을 먹고 있던 남자가 다짜고짜 그 남자에게 주먹을 날린 것이다.

"무슨 짓이냐! 이분이……."

"손님, 이러시면 안 돼요. 호호, 호호."

한 사람의 지원자는 많은 고민 끝에 그녀를 호위해 줄 호위 기사단장으로 결정했다. 혹시나 그녀가 감당할 수 없는 사건이 터질지도 모른다는 생각에서였다. 하지만 그녀는 기사단장의 고지식함을 너무나 만만하게 본 것이었다.

"걱정 마십시오. 아가씨 신분을 말하지 않겠습니다. 그냥 이 작자들의 저 더러운 손목 한쪽씩 잘라낼 뿐입니다."

'아예 광고를 해라!'

분명 아가씨라고 부르면서 그녀의 진짜 신분은 말하지 않았다. 하지만 바보도 아니고 시합 내용이 소문이 다 났는데 그걸 모를 남자들이 아니었다.

“히액! 공주님, 살려주십시오. 잘못했습니다. 이 어리석은 것의 목숨만 살려주십시오. 집에는 토끼 같은 마누라와 여우 같은 자식이 있습니다.”

놀라서 앞뒤 말까지 바꿔 말하는 남자를 보면서 단장은 더욱 엄한 얼굴이 되었다.

“알면서도 그런 것이냐! 죽음으로 갚아도 부족할 죄를 짓고도 살려달라는 소리가 나오느냔 말이다.”

‘휴. 단장님이 알려준 거나 마찬가지잖아요.’

사람을 잘못 데리고 왔다는 생각을 뼈저리게 하면서 그녀는 그들에게 손을 흔들었다.

“그만들 가세요. 신분을 감춰야 하는데 이렇게 대대적으로 했으니 이거 참. 당신들은 잘못이 없습니다. 그저 생활하는 대로 움직였을 뿐.”

그 말에 남자들은 몇 번을 굽실거리면서 인사를 하고는 서둘러서 도망쳤다. 그리고 기사단장은 그런 남자들이 불만인지 노려보고 있었다.

“단장님, 덕분에 오늘 수익은 제로군요.”

“아니요, 마이너스입니다.”

“네?”

“빌리는 데 들어간 돈이 있는 데다가 제가 방금 겁을 주기 위해서 부순 의자의 배상을 포함해서.”

단장은 담담하게 공주가 한 말의 잘못된 부분을 지적했고 공주는 그 말을 들으면서 한숨을 쉬었다.

'진짜 얄밉다니까.'

결국 그날 장사를 종친 그녀는 한숨을 쉬면서 비싼 돈 주고 빌린 가게를 나올 수밖에 없었다. 저렇게 도망을 갔으니 소문은 파다하게 날 테고 그렇다는 것은 신분을 감추자는 규칙위반이니 말이다.

"하. 그냥 내일 빌릴 장소를 보는 것이 좋겠네요. 이곳은 소문이 날 테니 돈이 많이 들더라도 다른 곳을 빌리는 것이."

"하지만 그래서는 이익이 하루 만에 나올까요?"

"해봐야지요. 사실 제가 다른 데서 일하고 싶어도 기술이 있어야 일을 할 텐데 말이죠."

그렇게 걱정스럽게 이야기하면서 지나가던 그녀는 시장 입구에서 얼굴을 찌푸릴 수밖에 없었다.

"저런……."

시장 입구에는 수많은 사람들이 있기 마련이다. 자리가 좋은 탓도 있고 아직 돈을 쓰기 전이니 말이다. 그리고 그 자리에 언제나 있는 것이 바로 거지이다.

"불쌍해라."

거지를 거의 본 적이 없는 그녀는 처음 보는 거지를 보고는 애틋한 마음이 솟아올랐다.

사실 언제나 마차를 타고 다니고 거지 같은 경우에는 자신

같은 귀족이 온다면 알아서 피한다. 무슨 해코지를 당할지 모르니까. 하지만 막상 마차를 타지 않은 상태에서 이렇게 보니 살기 위해서 구걸하는 그 모습에 눈물이 핑 돌 수밖에 없었다. 그녀가 본 거지는 작은 체구의 여자였는데 그 옆에는 동생으로 보이는 어린아이가 꾀죄죄한 모습으로 함께 구걸을 하고 있었다. 안나는 자신도 모르게 그녀에게 다가가고 있었다.

"아가씨, 더럽습니다."

"쉿! 아닙니다. 마리아의 말이 맞습니다. 국민을 이해하기 위해서는 국민의 삶을 이해해야 하지요. 아마 우리나라에도 저런 거지가 있을 테지요."

"하지만."

기사단장이 뭐라고 하든 그녀는 그 거지에게 다가갔다. 그동안 이론적으로는 많이 배웠지만 이렇게 눈앞에 있는 거지를 보니 눈물이 핑 돌았다.

"불쌍한 아이구나. 한창 부모님한테 사랑받을 나이인데. 비록 많은 돈은 아니지만 이거라도 받아두거라."

"아가씨!"

"이 정도는 상관없지 않습니까. 자선하는 것은 시합에 들어가지 않을 테니까요."

그 말에 따라오던 감독관 역시 고개를 끄덕거렸다.

"비록 토론에서 제가 아는 지식으로 많은 말을 했지만 실상은 역시 다르군요."

"아가씨……."

"치기로 시작한 시합이지만 참 많은 것을 배워갑니다."

그녀는 그렇게 반짝거리는 동전 3개를 거지에게 주고는 밤거리를 걸어서 멀어져 갔고, 그 거지의 동생으로 보이는 아이는 처음 보는 누런 것에 마음을 빼앗긴 것인지 들고는 신기한 듯이 쳐다보고 있었다.

둘째 날. 베니는 안나와 다르게 변칙적인 방법이 아닌 정공법을 선택했다. 기도에서 자신이 진 거라는 얼토당토않은 오해 이후 미모보다는 진정으로서 성녀로서의 자세를 배우기로 한 것이다. 물론 그래도 이번 시합은 끝을 내야 하기에 참가는 했지만 그 대신에 무리하게 돈을 벌기보다는 정직하게 일해서 벌기로 한 것이다.

"아이구. 아가씨, 일 참 다부지게 잘하네."

"고맙습니다."

"고맙긴, 안 그래도 요즘 축제 기간이라 일손이 부족한데 이렇게 일하러 나와주니 우리가 더 고맙지."

그녀가 지금 일하는 곳은 다름 아닌 빨래터. 축제가 시작되면서 일감은 많아지는데 젊은 처자들이 축제를 즐긴답시고 휴가를 가버린 사람이 많아서 일손이 부족했다. 급하게 사람을 구하는 공고를 내면서 평소보다 일당을 많이 준다고 하지

만 그래도 온 사람은 몇 명 되지 않았다. 축제 기간을 즐기기
바쁘다 보니 말이다. 그 와중에 이유야 알 수 없지만 사람이
왔으니 말이다.

"아이구, 힘들다. 오늘 다 수고들 했어요. 그러고 보니 내
일이 축제 마지막이네. 그럭저럭 일이 끝났으니 내일은 쉬시
면서 축제 마지막 날이라도 즐기시라구요."

작업반장으로 보이는 아주머니들의 말에 나머지 아주머니
들도 신나게 환호성을 지르면서 정리를 시작했다. 비록 한창
때가 지난 나이라고는 하나 자신들도 축제에서 놀고 싶은 마
음은 굴뚝같았기 때문이었다.

"바이도 수고했어. 이틀뿐이지만 그래도 고마워서 좀 더
넣었어."

그래도 사람이 없어서 쩔쩔맬 때 와줘서 고마운 것인지 은
근슬쩍 몇 푼 더 찔러주는 작업반장. 같은 또래의 아이들이
열심히 놀고 있을 때 이렇게 열심히 일하는 아이가 있다 보니
좋게 보인 듯했다.

"별말씀을요. 수고하세요."

이틀간의 수당을 받아서 나오는 베니는 컴컴해지는 밤하
늘을 바라보았다. 사실 빨래터의 수익은 그리 많은 편이 아니
다. 아마도 더 넣어줬다고 해도 몇 실버 안 될 것이 뻔한 돈.
이 돈으로는 돈이 돈을 부른다고 하는 식의 공주나 이쪽에 빠
삭하게 알고 있는 마리아를 이기지 못할 것이다.

"그래도 사람들이 살아가는 것이 보기는 좋구나. 이것이 신의 뜻일까."

하지만 더 많은 것을 배워가기에 후회는 없었다. 그렇게 자신의 숙소로 가던 그녀는 이제 사람들이 흩어지는 시장의 입구에서 구걸하고 있는 한 거지 소녀를 만났다. 그녀는 동생으로 보이는 아이를 무릎에 재우고 있었다.

'저 아이는 저녁이나 먹었을까?'

비록 거지라고 하나 신도인 것이 확실한 이상 그녀로서는 차마 그냥 발걸음을 뗄 수가 없었다. 빼빼 마른 동생을 재우는 모습에서 더욱 그런 느낌이 강했다.

"여비가……."

비록 자신이 직접 번 돈은 쓸 수가 없을 테지만 그래도 여비 정도는 있기 때문에 그녀는 주머니를 뒤져서 그녀의 빈 바가지 안에 던져 넣었다.

"힘을 내세요. 언젠가 좋은 일이 있을 겁니다. 신의 가호가 당신에게 함께하기를."

수많은 사람들이 받기를 원하는 성녀의 가호까지 내려준 베니는 감사의 인사를 하는 그녀를 떠나서 자신의 숙소로 돌아가기 시작했다.

'비록 이번 시합에서 진다고 해도 결국 나는 나니까. 신이 내린 아름다움은 외적인 것이 아닐 테니까.'

그런 생각에 그녀는 뭔가 막힌 부분이 뻥 하고 뚫리는 기분이었다.

　3일째이자 축제의 마지막 날. 대륙 미소녀 3파전의 마지막 결정이 남아 있었고, 그래서 광장은 어느 때보다 사람들이 많이 있었다.

　"현재 상태는 1승 1무 2패로 이번에 승리하는 사람이 최종 우승자가 됩니다. 그럼 마지막으로 참가자 분들의 한말씀을 듣도록 하겠습니다."

　"와와."

　그 말에 가장 먼저 대답한 것은 베니였다.

　"사실 외적인 아름다움은 결국 시드는 것. 아무리 아름답다고 해도 그것이 영원할 수는 없는 노릇입니다. 신이 우리에게 준 것은 미가 아니라 마음이라는 것을 전 이곳에서 배워갑니다. 그런 면에서 저희를 모일 수 있는 기회를 준 마리아 양에게 감사의 인사를 보내고 싶습니다."

　"흠흠. 저도 마리아 양에게 감사하고 있습니다. 정치는 많이 배웠다고 생각했습니다. 하지만 국민과 대면하고 국민에게 필요한 정치를 하는 법은 여기서 배워가는군요. 제 부족한 부분을 알려줘서 감사합니다."

　"별말씀을요. 두 분 다 열심히 노력하셨으니 좋은 결과가 있을 겁니다. 사실 제일 막내나 마찬가지인 제가 이렇게 두 분을 만나서 많은 것을 배울 수 있었던 것도 신의 보살핌이겠지요. 그동안 감사했고 나중에 다시 한 번 만나뵐 수 있었으면 좋겠습니다."

마지막 말이 끝나고 난 후에 심사관은 긴장된 얼굴로 단상 위에 올라갔다. 사실 미적인 부분에서는 세 사람 다 팽팽하다. 하지만 내적인 부분에서 얼마나 능력이 있느냐가 이번 승부의 관건. 그리고 그 결과는 현재 같은 점수. 이번 점수로 승리자가 결정된다.

"흠흠. 이런 영광을 어쩌고저쩌고……."

심히 긴장한 것인지 한참을 떠벌거리면서 질질 끌던 사회자는 드디어 한 장의 종이를 꺼내 들었다.

"첫 시합은 귀족으로서의 지식을 측정하는 시합이었는데요. 역시 모두 무승부였습니다. 두 번째 요리 시합은 마리아님이 우승하셨고, 세 번째 기도 시합은 베니님이, 네 번째 토론은 안나님이 우승하셔서 이제 마지막 마리아님이 제안하신 생활력 테스트로 결정이 됩니다."

"꾸울꺽~"

사실 사람들은 알고 있었다. 물론 일반인이야 알 수가 없지만 어느 정도 한다 하는 귀족들이 그녀들이 어디에서 일하는지 알지 못할 리가 없었다. 다만 시합의 특성상 귀족들이 다니기 껄끄러운 장소인지라 도움을 주지는 못했다.

"음. 안나 공주님은 기본 자산을 가지고 시작하셨습니다. 주점을 빌려서 하셨네요. 하지만 첫째 날 신분이 드러나서 마

이너스를 내셨고, 둘째 날 하신 다른 주점은 사고는 나지 않
았습니다만 전날의 마이너스 부분을 제하고 나서 수익은 1골
드 22실버 3코퍼입니다.”

“우우. 말도 안 된다. 이건 주최 측의 농간이다.”

“아닙니다. 우리 쪽은 어떤 인위적인 조정도 한 적이 없습
니다. 워낙 적자폭이 많아서 말이죠.”

알레이 국 귀족들이 사람을 사서 먹으라고 보내라 조종을
했건만 고작 1골드라는 말에 다들 한숨을 쉬었다. 하지만 전
날 적자가 너무 커서 아마 그때 사람을 보내지 않았다면 마이
너스 그대로였을 것이다.

“두 번째, 베니님은 빨래터에서 일하셨군요. 이틀 일당 60실
버입니다. 보너스 포함이라는군요.”

“베니님 만세!”

비록 지기는 했지만 정정당당하게 빨래터에서 일한 그녀
를 그녀의 팬클럽인 베니 걸스는 열렬하게 응원해 주었다. 어
찌 보면 외적인 것은 진정으로 세속적인 것일지도 모르기 때
문이었다.

“마지막 음… 마리아 양은… 총 15골드 22실버 2코퍼입니
다…….”

“뭐? 말도 안 돼!”

그것은 단 이틀 만에 벌 수 있는 돈이 아니다. 그녀가 아무
리 아르바이트를 많이 했다고 해도 말이다. 더욱이 이번에는

신분을 철저하게 감추고 해야 했던 만큼 이곳이 터전인 그녀로서는 커다란 핸디캡을 가지고 있던 셈이었고, 지난 이틀간 그녀를 본 사람은 아무도 없었다.

"그거 사기 아닙니까? 집에서 주는 돈으로 하는 건 반칙이라구요."

"반칙이 아닙니다. 마리아 양 역시 우리의 감독관이 철저하게 감시했고, 감독관은 신의 이름으로 모든 수익이 정상이라는 걸 인정했습니다."

"헉. 말도 안 돼. 하지만 지난 이틀간 마리아 양은 전혀 보지 못했는데."

"직업 부분은 안 나와 있지만 기부받았다고 되어 있습니다. 다만 분명 기부자들은 마리아 양의 신분을 모르는 상태에서 한 것이 맞습니다."

그 말에 사람들은 고개를 갸우뚱했다. 어떤 사람이 이 사람이 누군지도 모르는데 돈을 준단 말인가?

"에. 밀러 자작님이 1골드, 안티 백작님 2골드, 그 외 00상가 아주머니 50코퍼, 00연합회 회장님 2실버, 000장인가구 80실버."

줄줄이 나오는 이름을 들으면서 정작 당사자들이 당혹해하고 있었다. 도대체 자신들이 기부를 한 기억이 없는데 기부자라고 나오니 말이다. 조작이 아니냐는 듯한 분위기가 나올 때쯤 경악스러운 이름도 나왔다.

"안나 공주님 3골드, 베니 성녀님 3골드."

"헉!"

"말도 안 돼."

"그럴 리가!"

두 사람이 기부를 했다는 것은 두 사람이 마리아에게 승리를 밀어줬다는 소리나 마찬가지다. 그리고 사람들의 시선은 모두 두 사람에게 향했다. 당혹스러운 것은 두 사람도 마찬가지. 자신이 마리아에게 기부를 할 이유가 없지 않은가?

"하지만 우리가 기부를 할 리……."

안나 공주는 거부를 하려는 순간 무언가 머릿속을 지나갔다. 지난 이틀간 딱 한 번 한 적이 있는 기부.

"호호, 호호호."

완전히 한 방 먹었다는 표정으로 웃어대기 시작하는 그녀를 보면서 다들 어리둥절하고 있을 때 베니 역시 관람석 가까이에서 자신을 보고 있는 한 소년을 바라보고는 사태를 알 수 있었다. 어제와는 바뀌었지만 확실히 어제 그 거지 소녀와 함께 있던 아이.

"호호호."

두 사람이 갑자기 웃기 시작하자 사람들은 영문을 몰라 했지만 두 사람은 한참 웃고 나서야 대답할 수 있었다.

"마리아 양에게 한 방 먹었네요. 맞습니다. 제가 기부했어요."

"저도 맞네요. 하지만 마리아 양인 줄은 전혀 몰랐습니다."

"그럼 인정하시는 겁니까?"

"네, 이번 시합은 마리아 양의 승리입니다."

"저도 인정하죠. 마리아님이 저희를 멋지게 속였네요. 저희는 그분의 신분을 몰랐으니 진 거 맞습니다."

"그럼 이번 시합은 마리아 양의 승리입니다!"

"우와~"

마리아가 우승했다는 말에 다들 환호성을 지르고 난리도 아니었다. 국가적 자존심이 걸린 대회였다. 거기서 우승했는데 좋지 않을 리가 없었다. 이서 국의 신도들과 알레이 국의 귀족들은 아쉽다는 듯이 입맛을 다셨고 던젤은 황당하다는 듯이 린드를 바라보았다.

"설마… 진짜로 시킨 거야?"

"당연하죠. 화장은 아름다움으로 사랑뿐 아니라 다른 감정도 불러낼 수 있는 기술! 거기다 마리아 전직이 그거였으니 딱 맞았어요. 그리고 저기 빈티지인가 하는 고아원에서 데리고 온 애. 마리아가 거기서 일할 때 만났는데 생긴 거 자체가 빈티나잖아요. 완벽한 상승효과. 호호호, 역시 내 화장술은 안 죽었어."

"그건 화장술이 아니라 변장술이라고 봐야 하지 않을까?"

황당하게 이기긴 했지만 그래도 우승한 기쁨에 실실 웃으면서 대답하고 있을 때 어둠은 소리 소문 없이 찾아오고 있었다. 환호하는 사람들 속에서 한 무리의 사람들은 굳은 표정으로 인파를 헤치면서 다가오고 있었고, 그의 손에서는 흉흉한 흉기가 빛나고 있었다. 이들은 오늘 사생결단을 낼 각오로 이렇게 모였고 점점 표적이 가까워지고 있었다.

그리고 완전히 시선 안에 들어왔을 때 그들은 무기를 쥐고 있던 손에 힘을 주었다.

"당신이 던젤입니까?"

"그렇습니다만, 누구신지?"

자신을 모르는 사람이 부르자 던젤은 누군가 하고 그를 바라보았다. 하지만 도저히 기억이 나지 않았다.

"무슨 일이신지요?"

"마리아님이 보고 계셔 파 보스 던젤. 당신을 폭력단체 구성 혐의로 체포합니다."

"허걱!"

『서버』 2권에 계속…